JN045924

Traces of
FINAL FANTASY VII REMAKE
Two Pasts

野島一成
Kazushige Nojima

Aerith
Gainsborough

Tifa
Lockhart

Traces of Two Pasts

FINAL FANTASY VII REMAKE

野島一成
Kazushige Nojima

カバーCGイラスト　スクウェア・エニックス　イメージ・スタジオ部
カバー・オビ・表紙・本文デザイン　有限会社キューファクトリー
設定監修　スクウェア・エニックス　鳥山　求

c o n t e n t s

Episode-1
Tifa

【ティファの軌跡】

草原を吹く風が髪を揺らす。ティファ・ロックハートは不意に故郷を思い出した。あの村では、ニブル山から下りてくる風でいつも髪が乱れた。

「ねえねえ。ティファはこういうの、慣れてるの？」

エアリス・ゲインズブールが前方に広がるグラスランドの草原を指差して言った。知り合って日が浅いのにまるで旧知の友人のようだ。また強い風が来た。草が波打っている。ティファは身体を反転させて背中で風を受ける。歩いてきた道のりは思いのほか長い。

「こういうのって？　草原のこと？」

向きなおると、すぐ近くにエアリスがいた。

「じゃなくて、こうして歩くこと。草原とか荒野とか」

「うーん、歩くのは嫌いじゃないかな。トレーニングになるし」

「ああ、ティファはそっちだね。わかる」

「でも歩くなら山道の方が好き。風景が変わるのがいいな」

「でしょ！　ピクニック、憧れてたんだけど、こういうのなら、もういいや」

「これはどちらかというとハイキング。ピクニックはお弁当とか、遊ぶのがメインだよね」

「そっか。ティファは、ピクニックしたことある?」

「うん」故郷で過ごした子供時代を思い出す。「似たようなことはしてたよ。別の呼び方してたけど」

「なんて?」

照れくささとともに光景が甦る。

「お茶会」

ふん、と前を行くレッドXIIIが鼻で笑った。彼は赤い毛皮と炎が灯る尾を持つ――少なくとも容姿は――獣だ。その理知的な内面と見た目の隔たりにはまだ慣れない。

「それ、どんなの? お茶会の話、聞きたい」

エアリスが目を輝かせた。

「いいよ」

答えたものの、どこから話せばよいのだろう。

※

ニブルヘイムはニブル山の麓(ふもと)にある小さな村だ。山の珍しい動植物を狙う人々の拠点としてその歴史は始まった。入山者たちにベッドと食事を提供する、わずか数世帯だけの集落だった。やがて神羅(しんら)カンパニーがこの地に目を付けた。何かと干渉するジュノン共和国政府の目を逃れ、最先端の研究を行う拠点が必要だった。魔晄（まこう）エネルギーが発見された翌年の１９６０年には、後に神羅屋敷と呼ばれることになる施設の建設が始まった。続いてニブル魔晄炉の建設も始まり、労働者が全国各地から集まった。それらの工事が終わる１９６８年までが村の賑わいのピークだった。施設の完成後は、神羅カンパニーから施設管理を委託された者たちだけが残った。やがて魔晄炉は老朽化によって事実上の休止状態になった。これといった産業を持たない村の住人は減る一方。神羅が支払う土地使用料と管理の委託費だけが村の収入だった。いつ用済みになってもおかしくない古い施設が村の経済を支えていたのだ。

　このままで良いはずがない。誰もが思っていた。しかし村の将来を心配する声はニブル山から吹き下ろす風でどこかへ運ばれ、うやむやのうちに消えてしまうのだった。

※

「私と年の近い子が四人いて、全員男の子だったの。よく一緒に遊んでいたから親たちは私たちのこと四人組って呼んでた。それがお茶会のメンバー」

「ん？　男の子四人とティファなら五人組じゃないの？」

「男の子のうちのひとりがクラウド。誘っても断られるか、そんなのまだいい方で、たいていは無視。それが原因で喧嘩が始まることが何度もあって。変人。危険人物」

　そのクラウド・ストライフは一同を率いるように先頭を歩いている。

※

ティファは１９８７年の五月にロックハート家の長女として生まれた。父の名はブライアン。母の名はテア。しかし八年後、テアは病気で死亡。以来、彼女は父親の手で育てられた。ブライアンが苦手なことは村の女たちが快く手を貸した。裁縫や料理など、母親が娘に教えるべきとされている技術をティファに教えたのだ。共和国式の古い生活様式が残る村だった。男は外で働き、女は家を守る。女の幸せは一緒になる男によって決まるとする風潮があった。

　エミリオ、レスター、タイラー、そしてティファは、赤ん坊の頃からの四人組だった。全員が長男長女で母親同士も仲が良かったのだ。四人は絡み合って遊びながら成長したが、ティファが母親を亡くしたことで状況が変わった。ティファは〝可哀想な女の子〟として扱われるようになった。十歳をすぎる頃になると少年たちの、ティファに向ける眼差しがさらに変わった。いつか自分のパートナーになるかもしれない女の子として意識し始めたのだ。好意をほのめかし、時に互いを牽制（けんせい）しあった。ティファも悪い気はしなかった。しかし、ふたりきりになりたがる彼らの誘いには閉口していた。断って傷つけたくはない。ほのめかしは気づかないふりで、具体的な誘いは曖昧な返事でかわしていた。

　やがて少年たちは村を出ることを口にするようになる。ニブルヘイムの少年がかかる流行病のようなものだった。神羅で出世する。ミッドガルで金持ちになる。それぞれ語る夢は違っても、君を養うとか守るとか、そんな未来を思い描いているところは同じだった。彼らにとってティファは成功の証、勝利のトロフィーだった。

※

十二歳の誕生日。父親から贈られた新しいサンダルを履いて散歩に出かけた。ミッドガルで流行っているスタイルだったが村を歩くには不向きだった。慎重に歩いていると村長のゾンダーが声をかけてきた。

「ティファ・ロックハート。誕生日おめでとう。プレゼントにうちで生まれた仔猫をあげよう。ブライアンには話しておいた。さあ、選びにおいで」

猫を飼いたいという希望は父親に何度も話していた。それが叶うのだ。ゾンダーの家へ行き、木箱の中で眠る猫の兄弟姉妹の中から長い時間をかけて一匹を選んだ。

「そいつか。そいつの名前はマル。もちろんティファの猫だから好きな名前をつけるといい。お薦めはマルだけどな」

帰宅の途中、腕の中から仔猫が飛び出しそうになった。慌てて抑えようとしてティファはバランスを崩した。都会のサンダルは踏ん張りが効かなかった。抱えた猫を守ろうと、不自然な恰好で転んでしまった。村の医師、サンク先生の診断は右足首の捻挫だった。

「サンダルは壊れちゃったし、もう、散々。しかも、転んだ時にできた擦り傷から菌が入って熱も出ちゃった。一週間くらいベッドから出られなくて。しかも、その間にマルがどこかに行っちゃったの。パパがドアを開きっぱなしにするから」

「うわ、踏んだり蹴ったり。それに、猫、結局マルになったんだ」

「パパが村中を巻きこんで探したの。その時に村長が猫の名前はマルだって言ったから村中がマル、マルって。ひどいと思ったけど、猫にも名前にも罪はないよね」

※

熱が下がると親しい村人たちが見舞いに来た。うれしかったのは最初の一日だけだった。三日目の夜、ティファは音を上げた。

「毎日誰か来るの、困るな。お見舞いのお菓子だって食べきれないし」

ひとりの時間が欲しかった。

「そんなこと言うもんじゃないよ」

「外に出たいなあ。私もマルを探したいし、歩く練習をした方がいいって先生も言ってたし」

「そうだな。それなら、明後日から始めようか」

「明日はダメなの？」

「パパは山へ行かなくちゃ。魔晄炉までの道の補修が遅れてるんだ」

「練習はひとりでも大丈夫だよ？　村から出ないし」

父親が考え込む。何を考えているかだいたいわかる。パパはいなくても大丈夫。結果的にそう言われたことが寂しく、腹立たしい。やがて口を開いた。

「わかったよ。とにかく村から出ないこと。それから無理をしないこと。少しでも痛くなったらやめること。あとは――」

次から次へと追加される注意事項をティファは我慢して聞いた。

翌朝、父親が山に向かうと、そのタイミングを狙ったように来客があった。隣人のクラウディア・ストライフだった。クラウドの母親だ。

「朝早くにごめんなさいね。この子を届けに来たの」

クラウディアの腕の中には仔猫がいた。マルだった。

「ありがとうございます。どこにいたんですか？」

「山門の向こうだって。昨日クラウドが見つけたの。早く届けるように言ったのに、あの子ったら全然。それで、私がね」

クラウディアに礼を言って仔猫を受けとり、二階の、自分の部屋に連れて行った。

「おかえり、マル。クラウド、マルのこと知ってたんだね。意外」

マルを探すという目的が無くなると、外出が面倒になった。外に出たい一心で歩行練習のことを持ち出したが、まだ完全に痛みが消えたわけではなかった。そこにエミリオが訪ねてきた。

「さあ、練習だ」そう言ってバスケットを胸まで持ち上げた。「果物とお茶を持ってきたぞ」

「え？」

「滝壺まで下りてみよう。あそこなら一応、村の中と言えるし」

「うちのパパに何か言われた？」

「うん。ティファの歩行練習に付きあってやってくれって。村から出ないようにとか、そんな話」

エミリオはどこか落ち着かない様子だった。ティファの父親から声をかけられたことに特別な意味を見いだしていたにちがいない。

エミリオと連れだって外に出るとレスターが来た。手にはやはりバスケットを持っている。エミリオが一瞬不満そうな顔をしたのをティファは見逃さなかった。

その滝は村の水源にもかかわらずただ〝滝〟としか呼ばれていない。無数にある、ニブル山に溜まった水のはけ口のひとつだった。少年たちにエスコートされ、痛む足をかばいながらティファは滝壺に下りた。乾いた場所を探しているとタイラーが現れた。父親は幼なじみの三人全員に声をかけていたらしい。

「もうすぐ昼だからサンドイッチ持ってきたよ。自家製ハム入りだ！」

エミリオとレスターが歓声をあげる。タイラーの家に伝わるレシピで作られたハムはとても美味しいのだ。これには不機嫌だったティファも歓声をあげた。

　四人が集まると、話題は、少年たちの憧れの地ミッドガルのことになりがちだ。ミッドガルには学校があり、子供たちはそこで勉強しなくてはならない。スラムの子は親かボランティアから読み書きを習う。自分たちの学力はスラムの子と同じくらいではないか。スラムから神羅カンパニーに入るには兵士になるのが近道。兵士が死ぬ確率はどれくらいか。プレートではたいていの問題は金で解決できる。真実も嘘も誤解もあったが、彼らは真面目な顔で語り合っていた。ティファにとってもそれなりに興味深い話題だった。感心したり驚いたりしながら都会という異世界に思いを馳せた。

「ミッドガルで暮らしたら、ここに戻る気になるかな」

「都会にうまく馴染めなければそうするしかないんじゃないか」

「負け犬扱いは嫌だから、その時は別な町に行くんじゃないかな」

「誰も戻ってこなかったら、ティファが寂しいよな」

「みんな私のことなんて忘れちゃうってことだよね」

　言ってから、恥ずかしくなった。これではまるで拗ねているようだ。案の定、エミリオたちはティファの機嫌を取りはじめた。

　滝壺から離れながら少年たちが口々に言った。

「ピクニック、楽しかったね。また来ようよ」

「ピクニック？　それにしては近所すぎるよ」

「ピクニックは近場でいいんだよ。ハイキングと勘違いしてるだろ」

「お茶会がいいな」ティファは言った。「なんだか優雅で素敵」

共和国時代の裕福な家族が草原に道具を広げてお茶を飲んでいる写真を、ティファは母親の膝の上で見たことを覚えていた。母の祖父母が写っていたはずだ。

「お茶会？　なんだそれ」

「でも、ティファがいいなら、俺はそれでいいよ」

「僕も！」

お茶会は次第に回数を減らしながらも少年たちが村を出るまで続いた。

※

「男の子たちはミッドガルの話ばかりするから、そのうち、ミッドガルが私のライバルみたいに思えてきた。ミッドガルの子が着るような服が欲しくて、裁縫が得意な人に作ってもらったりとか、よろず屋では売っていない生地を欲しがったりとか。自分でお菓子を焼いてみたり。あんなに男の子の気を引こうとしたことはないと思う」

「ミッドガルがライバルとはな。ティファ、気に入ったぜ」

いつの間にかすぐ後ろを歩いていたバレット・ウォーレスが笑った。

※

友人たちが村を出ると言った春が近づいてきた。四人組で過ごす時間が終わろうとしている。その予感はティファを思いのほか感傷的な気分にした。夜遅くになって、お茶会のためにケーキを焼こうと思い立った。クッキーと迷ったが、ケーキの方が特別な春には相応しい気がした。台所を急ぎチェックして足りない材料を書き留めた。その勢いのまま家を出てよろず屋へ走る。エミリオの家だ。

店の前に立った時、背後に視線を感じた。振り返るとクラウド・ストライフがいた。目が合った。いつもはすぐに視線を外してどこかへ行ってしまうのに今日は様子が違う。クラウドの口元が動いた。何かを言ったようだ。しかし聞こえない。ティファは首を傾げる。するとクラウドは勢いよく駆けてきた。ティファは思わず逃げ腰になる。

「真夜中。給水塔で」

ぶつかる直前で止まると、クラウドが早口で言った。

「うん」

ティファが応えるとクラウドは逃げるように走っていった。その必要はないのにティファも慌てて家に帰った。買い物のことはすっかり忘れていた。怪訝な顔の父親を不機嫌なふりで誤魔化して自分の部屋に落ち着く。ベッドの上にいたマルを抱えて床に座り込んだ。心臓の鼓動が激しいのは走ったせいだけではない。

最後に言葉を交わしたのはいつだろう。そうだ。マルがいなくなった時だ。クラウドが保護した最初の脱走以降もマルは何度も行方不明になった。回を重ねるうちに、何日か放浪すれば気が済むのか、ちゃんと帰ってくることがわかった。それでも探さないわけにはいかない。滅多に出ないとはいえ、山にはモンスターもいる。


マルの名を呼びながら山門のあたりを探しているとクラウドが山から下りてきた。気づいているはずなのに目を合わせようとしない。

すれ違いざまにクラウドが言った。

「マルがいた。山に入ってすぐ」

「ありがとう」

クラウドは止まらずに村へ向かった。しかしやがて振り返って言った。

「エサ、やってないのか？　あいつ、小鳥食べてたぞ」

「あげてるよ！」

猛然と抗議して山に入ると、なるほど口を血まみれにしたマルがいた。

「あれは、いつだっけ？」

膝の上のマルを撫でるとゴロゴロと気持ち良さそうに目を細める。

幼い頃はクラウドともよく遊んでいた。家が隣なので自然と行き来があったのだ。

「クラウドは本当に美しい顔をしている」

食卓で母親がクラウドをそう褒めたことがある。あれは七歳か六歳か。ティファはなぜかそれがうれしく、照れくさくもあった。気づいた母親と目配せを交わした。それを見ていた父親が機嫌を損ねた。母親がいた頃の家族の思い出のひとつだ。

それがいつから遠い存在になったのか。男の子同士で何かあったのだろうか。決定的だったのはティファの母親の死がきっかけで起こった遭難事件だろう。しかし、それ以前から遊ばなくなっていたはずだ。

「どうしてだろうね……」

マルを抱いて窓際に行く。村の中央の給水塔が見えた。あんなところで会えば村中から見られてしまう。ああ、だから村が寝静まった真夜中なのか。真夜中って何時のことだろう。深夜の零時丁度ということだろうか。クラウドの中では、私は、たったそれだけでもわかり合えるような関係なのだろうか。

「クラウドは、わからないよね」

あれこれ想像しても仕方がない。

「ねえ、何を着たらいいと思う?」

マルはまったく興味がなさそうだ。腕から飛び出して寝床へ行ってしまった。

「ティファ？」

ドアの向こうから父親の声がした。開くと眠そうな顔の父親がいた。

「今日はちょっと早く寝るよ。ここのところ吊り橋の補修が大変でね」

「うん、わかった。しっかり休んでね」

「ああ」

父親の顔に困惑が浮かぶ。

「どうしたの？」

「さっきは機嫌が悪かっただろ？」

「そういうこと言うから、機嫌が悪くなっちゃうんだよ」

ティファは笑った。

「そうかそうか」

父親も笑うと、おやすみを言って寝室へ下がった。

着ていく服を選びながら、親が眠っている真夜中に家を抜け出すなんて初めてのことだと気がついた。しかも男の子と会うのだ。あのクラウド・ストライフと。唐突に訪れた特別な夜。気持ちが高揚して眠気はまったくこなかった。似合っているとエミリオたちに評判が良かった若葉色のワンピースを着ることにした。

身支度を整え、窓の外を見る。そろそろ時間だ。予想と違って幾つかの窓に明かりがついている。給水塔周辺にクラウドの姿はない。部屋の灯りを消して廊下に出る。ついて来ようとするマルを部屋に戻してドアを閉める。父親の部屋のドアに耳を近づける。呑気なイビキが聞こえた。足音に気をつけながら階段を下りる。リビングを抜けて玄関のドアを開ける。外に出て息を飲んだ。満天の星。まるで降ってきそうだ。

あの給水塔の上でクラウドから特別な感情、友情を超えた気持ちを告白されるのだろうか。もしそうだったらなんと答えよう。クラウドを好きだろうか。胸に手を当てて考える。好きなのは間違いない。ただ、その〝好き〟は、ふたりきりで過ごしたくなるような、そういう〝好き〟とはちがう気がする。

「クラウドは本当に美しい顔をしている」母親の言葉を思い出す。その言葉は、こう続く。「ママは、英雄のセフィロスよりもずっと綺麗だと思うな」

当時若き英雄として事あるごとに紹介されていた神羅カンパニーのソルジャーと比較してクラウドを褒めたのだ。ああ、そうかとティファは思う。クラウドと会うとドキドキするのは――クラウドが相手だと緊張してうまく話せなくなるのは、好きだからではない。憧れているからだ。彼は手の届かない、美しいもの。あの星のように。

「ありがとう、ママ」

すっかり緊張がとけて足取りが軽くなった。給水塔までティファは一気に駆け抜けた。すでにクラウドが来ている。足場に腰掛けて足をぶらぶらさせている。給水塔にのぼるのは小さな子供の時以来だ。どんな調子で話せばいいのだろう。もちろん普通でいい。普通って、どんな感じだったかな。

「おまたせ」

少し、気取ったかもしれない。

給水塔で聞いたクラウドの告白は驚くほど凡庸(ぼんよう)だった。春になったら村を出る。俺はみんなとちがう。結局、男の子はみんな同じことを言う。

それでも失望しなかったのは星降る夜の魔法のおかげだろうか。それとも、少し気負ったクラウドが愛おしく思えたからだろうか。

ティファからもちかけた約束はほんの思いつきだった。

「ね、約束しない？　あのね、クラウドが有名になって、その時、私が困ってたらクラウド、助けに来てね」

思いつきではあったけれど、交わした瞬間から、それはかけがえのない約束になった。そして、憧れのクラウドも普通の男の子だと知ったその夜、ティファはクラウドを好きになった。ふたりで過ごしたいと思うような、そういう〝好き〟だ。

ニブル山からの風に鋭さが消えた頃、お茶会の三人が旅立った。エミリオは出発前夜に現れて、必ず迎えに来ると言った。施設の補修部品を運んで来たトラックに便乗して村を出た。窓から乗り出して、ずっと手を振っていた。レスターとタイラーには迎えのヘリコプターが来た。神羅軍の入隊希望者の特権なのだそうだ。レスターは勢いよく別れの言葉を並べ、その勢いのままハグをしてきた。タイラーはもじもじした様子で何も言わず、時間切れになりそうだったのでティファからハグをした。タイラーは他の女の子からもハグで見送られてレスターを悔しがらせた。

暖かくなるとクラウドが村を出た。夜中に神羅軍のトラックが来て乗っていったそうだ。入隊時期が遅れたのは送った書類に不備があったからで、ヘリコプターが来なかったのはどこかの戦闘で出払っていたかららしい。出発の挨拶も、再会の約束も、ハグもなかった。予想が当たり、ティファは笑った。笑って、泣いた。

すっかり静かになったニブルへイムでティファは十三歳になった。父親が盛大に祝ってくれた。しかし、村を出た少年たちからはカードの一枚も届かなかった。新しい生活に追われて忘れてしまったのだろう。そう考えることで、ティファは寂しさを追い払った。

※

「おい、ティファ」

バレットが呼んでいた。心配しているらしい。

「ん？」

「さっきからずっと黙り込んで、どうした」

「あ、ごめんごめん、色々思い出しちゃって。どこまで話したかな？」

「ミッドガルがライバルって話だ」

「ああ。じゃあ、次は師匠との、運命的な出会いの話かな」

※

ひとりで本を読んだり、裁縫や料理をしたり、父親以外の誰とも口をきかないような日々に、意外にも、ティファはすぐに慣れた。楽しんでさえいた。こんなに穏やかな世界があったのだ。そして気がついた。クラウドはこれを好んでいたのではないか。ひとりでも、寂しくはなかったにちがいない。それを自分は、不幸だと決めつけていた。傲慢な考えが恥ずかしい。彼はただ、嫌なこと、面倒なことを拒否しただけだ。比べると、自分は正反対だ。誰にどう思われようと気にしない強さが自分にもあれば——あればどうなっていただろう？


想像は果てしなく広がった。

「ティファ」父親が呼んでいる。「またマルの姿が見えないんだ。探しに行ってくれないか？」

「えっ、また？」

放っておいても、マルは村のどこかでご飯をもらい、山で鳥や小動物を狩って生きていけるにちがいない。

〝大丈夫。どうせ帰ってくるから〟

そう言ったら、どんな気持ちになるだろう。想像する。父親の顔色を気にするだろう。猫を探さない飼い主への、村の視線も気になる。もし何かあればマルへの罪悪感に苦しむだろう。

「マル！　どこ？」

クラウドには、なれそうにない。

村の中にマルはいないようだった。山の方を探すことにした。空を流れる雲を眺めながら歩くと、いつの間にかグンスラー川に来ていた。涼しい風が吹いている。まったくマルを探していないことを思い出して振り返る。次に、もしやと思いながらも川を見る。

「え⁉」

見慣れた風景の中に異様な人影があった。その男は青年にも老人にも見えた。速い流れの中に立っていた。分厚い身体をしている。剝き出しの肩は広く、腕は村の誰よりも太そうだ。グレーの髪が精悍に見える。後ろ髪を伸ばして縛っている。クラウドも後ろ髪を伸ばしていたが、それよりもずっと長い。男は足を踏ん張って、流されないように耐えている。身動きができないのだろう。昔エミリオが同じような状況に陥ったことがある。村の大人が総出で、村中のロープを集めてエミリオを救出した。その結果、十歳以下の子供たちは大人の同伴抜きでグンスラーに近づくことを禁止された。季節によっては大人でも立っているのが難しい。泣き叫ぶエミリオの姿が蘇る。恐ろしい記憶だった。

「大丈夫ですか⁉　人を呼んできます！」

声をかけ、村に向かって走り出す。

「いらんよ！　ほら、見なさい！」

川から声がする。ティファは足を止め、男の姿を探した。

男はいきなり片脚を上げた。右脚のつま先が頭の上まであがる。左脚一本で立っている。濁流が脚に当たって割れる。渦を巻く。その姿勢が簡単ではないことは試さなくてもわかる。次の瞬間右脚が素早く下りたかと思うとその勢いで男はジャンプした。驚くほど高く——こちらの目線と同じ高さまで届いたように見えた——飛ぶと、川面から顔を出している岩伝いに近づいてくる。そして最後の跳躍でティファの目の前に降り立った。

男は分厚い手をサッと差し出す。

「私はローシャ・ザンガン。さあ、握手しよう」

ティファは勢いに負けてつい手を出した。

「痛っ！」

ザンガンが強く手を握っている。そんなことをする大人がいるだろうか。

「嫌っ！」

「すまないすまない」

ザンガンは慌てて手を放した。しかしすぐにティファの両方の二の腕をがっしりと掴む。

「ほほう！」

ティファは足がすくむ。思ったより危険な状況ではないか。

「ふくらはぎもいいかな？」

良いはずがない。

「やめてください！」

やっと声が出る。強い拒絶でザンガンが怯んだ隙に逃げ出すことができた。


シャワーで全身を洗い流してひと息ついていると父親が帰宅した。マルを抱えていた。

「ゾンダーが役場でご飯をやってた。ひと言言ってくれないとなあ」

「でも、見つかって良かったね」

ザンガンのことを報告するつもりはなかった。川へ行ってはいけないという結論になるのが見えている。

「ああ。それで、ティファ。村に有名な格闘術の先生が滞在するらしいんだ。世界を巡ってあらゆる知識を身につけ、健康と長寿がかなう体操を教えてくれるとか。胡散臭(うさんくさ)いだろう？　明日、広場でその体操を教えるらしい。一緒に冷やかしに行かないか？」

「そうだね。行ってみようか」

その先生は川にいた怪しい人にちがいない。確信があった。

旅人が来るとニブルヘイムは浮き足立つ。彼らが運ぶ生々しい情報はラジオや雑誌、新聞の定期便とは違う刺激があった。

役場の前の広場には村のほとんど全員が集まっていた。その中で、村長が得意気に紹介したのはティファの予想通りローシャ・ザンガンだった。

「さて、ニブルヘイムの皆さん。朝の忙しい時間ゆえ早速始めよう。まずはザンガン流の長生き体操から。私、ローシャ・ザンガンが人生を賭して研鑽（けんさん）した格闘術。その基礎にあるのがこの長生き体操。覚えて日々実践すればあれよあれよと寿命が延びて皆さん死ぬまで生きられますぞ！」

「そりゃそうだ！」

村長が大きな声で合いの手を入れ、笑った。何人かが愛想笑いで応える。

「では皆さん、両手を広げて。前後左右、ぶつからないように居場所を確保して」

村人たちがだらだらと動き出す。ザンガンは何度もうなずきながらその様子を見ている。

「ではニブルヘイムの友人たちよ。まずはこうだ。両手の指先を天に向かって突き出して。腕は耳につける。手の平は前。まっすぐ、指先までピンと伸ばして。さあ、空から天の使いが舞い降りてあなたの手首を摑む。そしてあなたは宙に浮く。そんな気持ちで身体を伸ばして。ゆっくりゆっくり。はい、伸びきったら、そのまま背伸び！」

ザンガンが微笑んでこちらを見ている。ティファは慌てて両手を上げる。身体全体を思い切り伸ばす。上から引っ張られることを想像してつま先立ちになる。周囲の大人たちはバランスを崩して揺れ、足を踏み出して踏ん張る。やり直しだ。しかしティファは不安定なポーズを保ったましっかり立っている。自分でも驚く。ザンガンが満足そうにうなずく。

「はい、十数えたら脱力！」

ザンガンがジリジリと数える。

「――はち、きゅう、じゅう！」

全身の力を抜く。うまく出来なかった言い訳が周囲から聞こえる。

「さあ、もう一度！　身体の揺れは心の揺れ。皆さん、ぐらぐらですな！」

「そりゃもう！」

村長が応えると笑い声があがった。最初と同じ動きを何度か繰り返すとザンガンは座の中央に向かって動き出した。ティファを見ている。見やすい場所に移動したらしい。緊張する。と、身体が揺れた。ザンガンがニヤリと笑った。

「次も同じように両手を上へ。腕は耳につける。そして右膝をあげて。膝は九十度に曲げる。いいかな？」

ザンガンは軽く手本を見せると村人たちを指導する。

「はい、ピタッと止まる！　グラグラしないと考えると揺れてしまうぞ。石像になった自分を想像しようか。想像だ。善き想像力が身体を律する」

また目が合った。満足そうだ。

「さあまた上から引っ張られるぞ。そのまま浮かび上がり、遠くの街、村まで飛んで行く。遠方の友に会いにゆくんだ。びっくりさせてやろうじゃないか」

バランスを崩した村人が笑って誤魔化す。ほとんどの村人が地面にしゃがみ込む中、ティファは身体を揺らすこと無く左脚だけで立っていた。

「さあ次はどうかな。ゆっくり両腕を広げて。肩の高さでストップ」

ティファはザンガンの言葉に従う。両腕を広げてしまうとバランスを取りやすくなった。

「両腕が天秤棒のようだ。バランスを取りやすくなったかな？　でもこのポーズはすぐに腕に来る。自分の限界を見極めてごらんなさい。一、二、三――」

ザンガンはゆっくりと数を数える。確かに腕が疲れる。それにしても自分はなぜこんなことをしているのか。いつだって止められるのに。

答えらしきものを見つけてティファは驚いた。ニブルヘイムの住民としての意地だ。あのザンガンに、こんなものかと思われたくない。

「すごいな、ティファ。見直したよ」

近くにしゃがみ込んでいる父親が感心した。聞き流して、ティファはザンガンを目で追う。

彼は子供たちを見ていた。広場を巡り、子供に近づき、支えてやるふりをして腕――二の腕に触れている。そして、しゃがみ込んで今度はふくらはぎを突く。

ティファは昨日の出来事を思い出す。

——ふくらはぎもいいかな。

「あっ」

自分の想像に驚いて思わず声が出る。いつか聞いた「人買い」という言葉が頭に浮かんだのだ。足腰の丈夫な、よく働きそうな子供を騙してどこかに売り飛ばすのではないだろうか。都会には小さな子供を集めて育て、労働力として高く売り飛ばす、そのための施設さえあるという。ザンガンはそんなところから来たのではないか。

両腕がさらに重くなる。筋肉が悲鳴を上げているのだ。

「善き想像力が身体を律する」

ザンガンが声を張り上げる。身体が揺れて、修正不可能なほどにバランスが崩れた。

「もう！」

ティファが右足を地面につけると同時に太い声が響いた。

「はい、そこまで。次は左膝をあげて。同じく角度は九十度」

人買いの言うことなど聞くものかとその場にしゃがみ込んだ。ザンガンは気づいたようだが、そんなそぶりは見せずに指導し続けた。次から次へと指示を出す。失敗しても、ポーズの途中でまた参加し直す者もいた。ティファの父親は休み休みでポーズもいい加減だが続いている。

周囲の様子を見て、今度は止めなければよかったと後悔する。指導するザンガンの言葉には力が溢(あふ)れていた。人を動かす力だ。困難に立ち向かわせる力。初めて聞く種類の声だ。村のどんな大人の声とも違う。彼らが他人を動かそうとする時は、頼み、誘い、ダメなら怒る。しかしザンガンは違う。導き、あるいは、背中を押す。人買いであるはずがない。

良くない想像に惑わされて、新しい世界を知るチャンスを逸してしまうところだった。

ティファは立ち上がった。まだ間に合うはずだ。

「では次はどうかな。つらいぞ」

「カンベンしてくださーい！」

村長が情けない声をあげる。広場に笑いが広がる。ザンガンも微笑み、こちらを見ている。もう人買いには見えない。

「両腕を胸の前でクロス。右手で左肩に触れる。左手で右肩に触れる。そのまま両膝を曲げて腰を落とそう。お尻は突き出さない。太ももを意識して。ゆっくり。ゆっくり。ゆっくり」

集中して。意識して。ゆっくり。何度言われたことだろう。自分の身体の筋肉。その動きをこれほど意識したことはなかった。

広場の体操は全部で20分ほど続いた。

「では、今日はこれまでにしよう。できればこれを一日おきにやっていただきたい。できる人は毎日やっても構わない。急いだり、楽をしようなどと考えないこと。今日のはどうもキツい、または、足腰を痛めている人たち、それから根性のない人たち――」

「ここにゃそんなのはいない！」

　村長がおどけると村人が沸く。

「どんな人も私は見捨てない。なぜなら私自身がそうだったからだ。あなたにぴったりの方法がある。それを見つけてさしあげよう。まずはやる気と想像力。この両方がある者、育みたい者は明日この時間にまた会おうではないか。このご縁を大切に、より良い人生を」

※

「でも、次の日はなかったの」

「えっ？」話を聞きながら一緒に腕を広げて歩いていたエアリスが驚く。「覚えてやってみようと思ったのに」

「あとで教えてあげるね」

「やった！」

「で、何があったんだ？」

　バレットも興味があるらしい。

「うん。その夜に大人だけが参加できる懇親会というのがあったの。ザンガン先生を囲んでお話を聞く会ね。そこで先生が、神羅カンパニーの批判をしたんだって。戦争は神羅カンパニーの魔晄至上主義が原因だったとか、元は兵器屋だから開発を止められず、新製品を使う口実に戦争をしていたとか」

「全部当たりじゃねえか。そりゃ批判じゃなくて指摘だ」

「うん。パパだって神羅のやり方を色々いうことはあったし、村長なんて、都合の悪いことはなんでも神羅のせいにしていた。でも、外からの人たちの話にうんうんうなずくわけにはいかないの。神羅のお金で生きている村では特にね。なぜかというと、それは本音を引き出す神羅の罠かもしれないから」

「ザンガン先生、スパイってこと？」

エアリスが目を丸くする。

「違うよ。でも、村長たちはその可能性を考えた。その結果、失礼の無いように丁寧におもてなしをして帰ってもらうことにした。あとで聞いた話も色々合わせると、そういうことだったみたい」

※

まだ夜が明け切らない時間だった。コツコツという音が聞こえた。窓ガラスが鳴っている。誰かが外から呼んでいる。そう認識するまでに少し時間がかかった。こんなことをするのは誰だろう。ここは二階だ。

ああ――あの人しかありえない。ベッドから出てカーテンを開いた。思ったとおりザンガンがいた。身振りで窓を開くように指示している。ティファは父親の気配を気にしながら窓を開けた。

「おはよう」

「おはようございます」

「事情は父上あたりから聞いているだろうが、夜が明け次第ここを発つことになった。いたしかたあるまい」

ティファは曖昧にうなずいた。

「ひとつ申し開きをしておきたい。私は〝人買い〟ではないぞ」

「え?」

「若年者は私を人買い、年長者はスパイだと誤解する傾向がある。図星だったかな? ずいぶん厳しい目で私を見ていただろう?」

「ごめんなさい」

謝ると、ザンガンは楽しそうに笑った。そして――

「ティファ・ロックハート。初めて会った時からの、私の熱い眼差しには気づいているな? 率直に言おう。私の弟子にならんか? 君には素質と資格がある。素質はそのしなやかな四肢の筋肉。しっかりした体幹。資格はその心。善き想像が身体を律する。善き想像は良い心からしか生まれない」

「心までわかるんですか？」

「ふむ。川で会った時のことを覚えているな？」

　素晴らしい出会いとは言えない。

「君の前に何人もの村人があそこを通り、私に気がついた。しかし私を案じて声をかけてくれたのはティファ、君だけだった」

　あの時のザンガンは何も困っていないし危険な状況でもなかった。ティファの勘違いだった。それを心が良いとか資格だとか言われるのは気が引ける。

「ああ、夜明けが近い。この秘伝の書を渡しておこう」

　ザンガンは隠し持っていた薄い書物をティファに差し出した。

「私が人生を賭けて編み出したザンガン流格闘術の基礎練習法だ。この一の巻には身体の動かし方、鍛え方を十二段階に分けて記してある。進め方、鍛錬の実践方法も書いてある。しかるべき時に二の巻、三の巻を届けよう。大人になる頃には立派な格闘術の使い手になれるだろう」

「格闘術の使い手……」

「格闘家になれとは言わない。だが、格闘術は君を強くする。強くなれば宿敵を倒すことができる。さらに言えば、強くなろうという意志と努力。それが宿敵に勝つ唯一の術(すべ)かもしれない」

「宿敵って、誰ですか？」

「君自身。君の弱さだ。それくらいの歳になれば身に覚えがあるのではないかな？　たとえば、そうだな。父親が嫌いだ。大人が嫌いだ。友人たちにだって腹が立つ。どうして私のことをわかってくれないのか。私は特別だ。だから、わかって当然なのに。そして周囲を見下し始める」

「……」

「他人を下に置く前に、まず己を知ることが肝要。格闘術の訓練は、己――自分と向き合うには最高の手段だ。己を知らずして他人の評価はできない。基準点を持たずに評価することになる。判断基準は気分や機嫌や天気でさえ変わるだろう。そんなあやふやな場所から見るから世間を見誤るのだ。私の格闘術は君に基準点を与えることができる。それは即ち、宿敵たる己と対峙し、よく知ること。それは即ち、ザンガン流格闘術を学ぶこと」

「……はい」

よくわからなかった。ザンガンも勢いだけでしゃべっているように聞こえた。

「私の言う意味がわからないのは私のせいか君のせいか。それを正しく判断するには、やはり己をよく知らねばならない」

「そう……ですか」

「まあ、簡単に言えば、運動は身体だけじゃなくて心にもいいぞ、中でもザンガン流格闘術は最高だぞ。そんな雰囲気だな」

ザンガンがニカっと笑った。

「無理強いはしない。不要なら、その書は焼き捨ててくれ」

「焼いちゃうんですか？」

ザンガンは目尻に皺を寄せて微笑んだ。

「そりゃあ、秘伝だからな」

※

「なあ」バレットが寄ってくる。「その秘伝の書には何が書いてあったんだ？」

「それはダメ。たとえバレットでも教えられない。だって、秘伝だから」

「ちっ」

「先生に会えたら、志願してみる？」

エアリスがからかい気味に言った。

「ふん。見えるぜ、俺が断られて、おまえらがクスクス笑う未来がよ」

突然レッドⅩⅢが唸った。獣そのものの低い唸りだ。

「どうしたレッド」

「続きを頼む。バレットはもう口を挟むな」

※

ゾンダー村長の判断に全員が賛同したわけではなかった。村の一大勢力である老人たちが騒ぎ出したのだ。彼らはザンガンの体操が気に入ったらしい。そして伝授された体操を覚えきれなかったことを悔やんでいた。自分のポーズが正しいのか誰かに確認して欲しかった。指導してもらえたはずだった残りの体操を知りたがった。

「なあ、ティファ」夕食時に訪ねてきた村長が渋面で言った。「ザンガンの体操の正しい動きってやつをジジババに教えてやってくれないか？」

「どうしてティファなんだ？」

父親が訊く。当然だ。

「ザンガンの指名だ。体操の指導が必要な場合はティファが適任だとな。あの日集まった誰よりも型がしっかりしていたとか」

自分の知らないところでそんな話があったとは。誇らしく、照れくさい。

「ゾンダー。うちを面倒に巻きこまないでくれ」

「なあ頼む。すでに面倒が起こってるんだ。年寄りたちがまったく言うことを聞かない」

「ふん」

ブライアン・ロックハートが鼻を鳴らした。村長の困っている様子が面白いらしい。ふたりは仲が良いのか悪いのか。ティファにはまったくわからなかった。

「どうだろう、ティファ」

「お年寄りに体操を教えるだけですよね？　それならやってみたいです」

「ティファ……」

父親が文句をいいかけて呑み込んだ。毎日ぼんやり過ごすのは良くないと日頃から気にしていたのだ。

「やるからにはちゃんとやりなさい」


ティファが朝食の用意をしているとドアをノックする音がした。開くと、顔見知り程度には知っている女がいた。ゾンダー村長の叔母にあたる、モナミという老人だ。髪を後ろできつく束ねているのか目が吊り上がって見える。

「おはようさん。ひさしぶりだね、ティファ。ゾンダーから話はついたって聞いたんでね。報酬は一時間2ギルでいいかい？」

「え？」

報酬があるとは聞いていなかった。

「あんたも十三だものね。小さい子じゃないんだからやっぱり足りないねえ。じゃあ4ギルでどうだい？」

「いいえ、お金はいいんです」

「そうはいかない。本気になってもらわなくちゃ。金額のぶんまでキッチリやってもらうよ」

いくらザンガンの指名とはいえ自分にそれだけの働きができるだろうか。しかし、自力でお金を稼ぐという体験は魅力的だった。世界が一気に広がる気がした。

「6ギル」

モナミはティファの沈黙を値上げの要求だと考えたらしい。

「わかりました。6ギルでお願いします」


「結局ブライアンは村を出なかったんだよね。テアを独占するためにね」

広場で体操をしながら、モナミが突然ティファの両親のことを話し出した。

「そうなんですか」

ティファはモナミの腕の位置を直している。少し後ろに伸ばして胸を張らないと効果がでないのだ。

「あの子は人気があったから」

母親をあの子と呼ばれることは愉快ではない。しかし、先を促す。老人たちの昔話を聞くのも仕事のうちだ。報酬をもらうという責任感がティファを辛抱強くしていた。

「あんたは村を出た方がいい」

モナミが突然言った。

「ザンガン先生にくっついてあちこち回るのも楽しそうだ」

「楽しそうですね」

「調子合わせなくていいから。そんなこと覚えなくていい。それよりも本気で考えな。ニブルヘイムの女だって変わるべきだよ」

ティファは静かにうなずき、モナミの腕を支える。

「私の世代にはそんなことを考える女はいなかった。でもね、ストライフんところの娘――」

クラウドの母親のことだ。「あの子は出て行こうとしてたんだ。ここが嫌だったのか、都会に憧れていたのか知らないけどね」

モナミが突然ポーズを変えた。もう原形を留めていない。

「ニブルの女の伝統的な幸せを思えば常識外れ。私たちは否定されたようなものだ。でもみんな――私だって――こそこそ非難はしたけど、内心は応援していた。羨ましくさえあった。自分で道を切り拓くなんてね。少しずつ変わるのかもしれないと思ったよ」

ティファはモナミの膝を持ち上げる。

「この高さです。はい」ゆらゆらと安定しないモナミの身体を支えた。「でも、クラウディアさんは村に残ったんですよね」

「ああ。恋ばかりはどうしようもない。旅の男が来てね。宿屋を手伝っていたクラウディアはあの男が運んで来た外の空気にやられたんだろうね。それに、きれいな顔の男だったよ。クラウドを見ればわかるだろう？　あれは両親のいいとこどりだよ」

「はあ」

「でも、風みたいな男でね。落ち着くことができなかった。クラウドが歩き出すかどうかの頃に山の向こうへ行くと言ってそれっきりさ。持ち物は見つかったけどね。身体はモンスターにでも喰われたんだろうね。あんたも同じ目に遭わなくて良かったよ」

ティファは身構える。あの話が始まるのだろう。

「クラウドがあんたをそそのかしてニブルにのぼったのは、やっぱり血のせいなのかね」

モナミの身体がぐらぐら揺れる。ティファは支えてやらなかった。そのせいでモナミはバランスを崩す。慌てて脚を下ろしたが間に合わない。無様に尻もちをついた。

「じゃあ、反対の脚にしましょうか。膝をあげてください」

引き起こそうと手を差し出したがモナミは断って自分で立ち上がる。

「かわいい顔して、厳しいねえ」

「6ギル、もらってますから」

いつの間にか、あしらいが上手になっている。

モナミが反対の膝を上げる。また高さが違う。直してやると——

「本当に何も覚えてないのかい？　ほら、あの遭難事件」

八歳だった。ティファはニブル山で遭難した。クラウドが一緒だった。村人が信じている話——エミリオたちの証言——の他に補足できることは何もなかった。本当に何も覚えていないのだ。

「そうなんですよね。残念です」

体操に来たのか、おしゃべりに来たのか。年寄りの相手は思いの外大変だった。父親は100ギルでも嫌だと笑う。人の話を聞かない。自己主張が強い。離れたところで控え目に笑っている老人も同じだ。主張の方法が違うだけ。気づいてあげないと拗ねる。話題もティファを驚かせ、時に傷つけた。体つきが大人びてきたことをからかわれるのは嫌いだった。ティファの困惑や憤りに気づいた誰かが話題を変えてくれることもあった。だが提示される話題は誰と一緒になるとか、そんな話だ。自分の話はまだいい。父親の失恋話や母親の結婚前の交際も平気で語られた。老人たちの間ではティファの父親の世代でさえ『村の若者たち』なのだ。

しかし、一日を終えて眠る前に思う。今日の出来事を、誰かに聞いた村のニュースを、他の誰かに聞かせる日がいつか来るのだろうか。同じような話を繰り返す、似たような明日が来る。そして自分も村の歴史の一部になっていくのかもしれない。

※

「最初は戸惑ったけど、お年寄りの相手も少しずつ慣れてそんなに嫌じゃなくなった。話したい気持ち、誰にもあるもの」

「ティファの客あしらいテクニックの原点はジジババ相手の会話だったか」

「そうかもね。それが良かったのかな。だんだん参加するお年寄りの数が増えて、朝の集まりは体操サークルって呼ばれるようになったんだ」

「セブンスヘブンもそうだったな」

バレットが感慨深げに言った。エアリスがそのバレットに先を促した。

「じいさんがやってる静かな店だったのに、ティファが働き始めたらもう大盛況。男どもが押すな押すなってよ」

「わかるなぁ。ね、レッド」

「それよりもザンガンが気になる。その後、どうなったんだ？　ティファの戦いぶりを見れば予想はつくが」

レッドⅩⅢが言った。

「そうだね。でもその予想よりもう少し色々あったかな」

※

体操サークルが始まってからひと月ほどが経っていた。ティファは朝を体操の指導、昼までを読本や算術の時間にあて、午後は山に入って体力作りに励んだ。必ず日暮れまでに家に戻り父親を安心させた。夜はザンガンの書を見て型を覚え、見逃していることはないかと何度も復習した。

ある日、エミリオから手紙が届いた。慌ただしい都会の暮らしのことが書いてあった。喧噪。食べ物。貧富の差。倫理観の違い。あらゆるものに戸惑う様子を彼は書いていた。

『でも、心が挫けそうになった時、俺はティファのことを考えるんだ。そして君を迎えに行く日を思う。その時に君が戸惑わないように時々手紙を書いて都会のことを教えてあげるよ』

何様だ。それが手紙の率直な感想だった。

ザンガンは何事もなかったかのように現れた。ティファの家のドアをノックして、父親に丁寧に挨拶をした。許可を得てティファを呼び出し、出会った川の近くへ連れ出した。

「ザンガン先生。私を弟子にしてください。私は強くなりたいんです」

「まさに私が期待した返事だがティファよ、どうした。苛立っているようだ。焦っているようにも見える」

「そんなことはありません」そう答えたものの自覚はあった。「いいえ、友だちの手紙を読んだせいだと思います」

「どんな手紙かな?」

「私は負けたくないんだと思います。村を出た子たちに負けたくないんです」

「ふーむ。私の格闘術は他人を見下す道具ではない」

「わかってます」

「いや、わかっていないな。だが答えは、真摯(しんし)に学ばないとわからない。いいだろう。試験に合格すれば認めよう」

「試験!?」

「一の巻をすべてやってみなさい。練習したのだろう?」

「はい」

ティファは一の巻にあった肉体鍛錬法の型を順番にやってみせた。

「もう一度最初から」

「はい」

今度はザンガンの指導が入った。

「手の平の向きを書で確認しなさい」

ティファはしゃがみ込んで持参した書をめくる。最初の型からして違った。下ではなく上。

「違いました」

「やってみなさい」

両手を広げた時の手のひらの向き。それを少し変えると刺激される筋肉が変わる。

「秘伝の書にあることは全て守らねばならない。勝手に解釈したり、決めて良いことは何もない。肉体の鍛錬と同時に、決め事に忠実であることを学ばねばならない。私の弟子でいれば君はとても強くなるだろう。だから、その力を制御する精神も同時に養う必要がある。扱う力が大きく強いほど持ち主の責任は大きい。わかるな?」

「はい」

二周目はザンガンが間違いを細かく指摘した。そのたびに秘伝の書を確認しながら進めたので倍の時間がかかった。腕と脚全体に疲労が溜まっていた。

「よし。身体を楽にして、目を閉じなさい。意識を集中して身体の状態を確認しよう。どこか痛むところは？」

「背中の上。このあたり――痛いというよりムズムズするみたいな……」

右手を左脇の下から回して肩甲骨の下部に触れる。指先で押すと心地が良かった。

「ふむ」ザンガンがしたり顔でうなずく。

「その骨は肩甲骨。押しているのは僧帽筋。周辺には三角筋、棘下（きょくか）筋、小円筋などがある。第二の巻ではその筋肉、背中全般を鍛えることになる」

言いながら冊子を差し出す。第二の巻だった。

「胸を張って生きるには背中を意識することが重要だ。肩甲骨を寄せて、胸を張ることを心がけなさい。美しい姿勢で人生を歩く訓練にもなる」

「はい」

「さっそくやってみようか。では第二の巻、二の一の一。肩立て伏せだ」

ザンガンはさっと地面にうつぶせになると腕立て伏せの姿勢をとる。ティファも慌てて同じ姿勢になる。

「腕は身体を支えるだけ。肩甲骨を意識する。左右の肩甲骨を開く、閉じる、開く、閉じる」

　初めて体験する動きだった。どこをどう動かせば肩甲骨が開くのか。その様子がイメージできない。ザンガンを見ると背中を丸めたり伸ばしたりしているように見えた。マルがよくやる動きだった。

「ネコみたいですね」

「ああ。ネコには学ぶべきことが多い」

　肩甲骨に意識を集中して背中を上下させていると「開く。閉じる」という状態がわかるようになってきた。ザンガンが立ち上がる。ティファをしばらく見おろしていいぞと呟いた。地味な動きなのにすぐに汗がにじむ。

「背中の筋肉は大きいからな。動かすと血の巡りが活発になる。体温も上がる。そりゃあ汗も出るさ」

　第二の巻が終わる頃にはティファは汗まみれになっていた。背中全体がこれ以上ないほどに疲れていた。

「よし。何か質問は？　あれば今のうちにな」

「はい」

　とは言っても、すぐには浮かばない。

「ないようなら次は第三の巻をやってみよう」

「えっ?」

思わず声が出る。身体が悲鳴を上げているのだ。しかしザンガンは無視して続ける。

「三の巻では胸と腹。身体の前面を鍛える。大胸筋は大雑把に上中下の三つの部位に分かれる。それぞれ効果的な鍛え方が違うから基礎的な考え方を伝授する」

「はい……」

「君の年齢では総合的な運動神経は出来上がっていて、その点において君はとても優れている。特別なトレーニングはしていないのだろう? ならばそれは生まれながらに備わった素質だ。大事にしなさい」

「はい」

身体に力が戻って来ていた。ザンガンの話を脱力して聞いたことで疲労が回復したのだろう。

「あとしばらくは筋肉を育てることに専念するんだ。でも、自分の身体以外を使ってはいけない。バーベルやダンベルを使うのはもっと大人になってからで十分。しかもザンガン流では、ほとんど必要としないはずだ。なぜなら私は弟子のひとりひとりに合った戦い方を処方する。君には丸太のような腕も分厚い胸板も必要ない。その反射神経、体幹、スピードを活かした戦い方を一緒に作り上げよう。さあどうする。今日はもうやめにするかな?」

「いいえ、お願いします」

初めての尊敬できる人に失望されたくなかった。

「うん、その心意気や、よし。だが、今日はここまで。今の疲れ具合を限界としよう。覚えておきなさい。限界突破に挑むのはまだまだ先。今は継続こそが肝要だ」

帰り道、ティファはザンガンに試されたことに気がついた。不愉快ではなかった。父親に同じことをされたら三日は口をきかないだろう。そんなことを思いながら師を宿まで見送った。

「父上によろしく」

自宅の前に立つと香辛料の香りが漂ってきた。母親の得意料理によく入っていた。父親の好物だが、ティファが苦手だったので滅多に食卓に上らなかった。

「ただいま」扉を開く。

「おかえり」エプロン姿の父親が台所から顔を見せた。

「この匂い、あれ？　ママの？」

「なんだか無性に食べたくなってね。ティファには別のを用意したから」

申し訳ない気持ちで胸が一杯になった。娘の機嫌を窺うような顔、話し方が好きではなかった。しかし、そんなふうにしたのはすべて自分だ。

※

「私はそれから変わったと思う。身体を鍛える。強くなる。目標と習慣ができて、身の回りのことが整理できたような、そんな感じかな」

「わかるぜ。それ以外はどうでも良くなるんだろ？」

「うーん、ごめん、ちがう。全部大切になったの。どうでも良くなったのは、自分の中にあった変なコダワリ」

「おう……」

「それからザンガン先生は間隔が長い時も短い時もあったけどだいたい二ヶ月に一度くらいニブルヘイムにやって来た。体操サークルは続いていたからその指導をしてくれてね、おばあさんたちが褒められると、私が褒められたみたいでうれしかったな」

※

「ほう……」

ザンガンはティファのノートを見て溜息をもらした。個人練習をする中で浮かんだ疑問を書き留めたノートだった。その終わりの方に、ティファは体操サークルに集まるひとりひとりの特徴を書いていたのだ。左脚が悪い。肩が上がらない。腰が悪い。得意、不得意。持久力。家族構成。触れてはいけない話題。気づいたこと全てを書いていた。そして対策。重点的に行うべき体操。型。

「まさにザンガン流だな、ティファ」

うれしそうにノートを返す。

「さて。父上は在宅かな?」

「はい。いると思います」

「では、ご挨拶したい。このままお邪魔したいが、良いかな」

「はい」

真意がわからない。不安がよぎったがトレーニングを始めてから父親との関係は安定している。問題はないはずだ。

ブライアン・ロックハートはザンガンを歓待した。当初の態度には、娘が師と仰ぐよそ者への反感が見え隠れしていた。しかし、今では、娘が心身ともに健全に成長しているのはザンガンのおかげだと認め、すっかり態度を改めていた。

「ロックハートさん。実は、あなたに協力してもらいたいことがあってね。それでこうしてお邪魔したというわけです。もちろん、ティファのことです」

ロックハート親子は身を固くした。

「ティファの素質は素晴らしく、感嘆すべき意志の力で日々のトレーニングも続けている。誰の指導もなく、言ってみれば監視もなく、それができるのは私が見込んだ弟子の中でも少数。そこでティファ——」

ザンガンに見つめられてティファの不安はいやが上にも増す。

「明日から五の巻を始めようと思う」

ティファは頬がカッと赤くなるのがわかった。いよいよだ。四の巻までの基礎運動は終わり、五の巻からは実戦的に使える技のトレーニングが始まるのだ。

「はい！」

「お父上。ロックハートさん。ティファの練習相手を務めてはもらえないだろうか。つまり、模擬バトルのパートナーですな。というのも、以前、私の指導が至らず、荒野のモンスターをパートナーに選んだ若者がいてね。彼は残念ながら命を落とすことになってしまった。そのような悲劇はもう起こしたくなくてね」

「ザンガンさん」父親は顔に困惑を浮かべている。「それは私のような素人にもできることなのかな」

「まあ、ふたりが慣れるまでは色々あるでしょうな」

「色々……」

「かといって手加減は殴る方も受ける方もケガをしがちです。なに、防具を身につければ大丈夫。家にあるもので十分代用可能だ」

ザンガンの返事を受けて父親はティファを見る。その目を、願いを込めて見つめ返した。

「わかりました。やりましょう。さて、どうすればいいですか？」

「パパ、ありがとう」

うれしくて父親の首に抱きついた。そんなことをしたのはずいぶんひさしぶりだった。

ザンガンはロックハート親子に五の巻に示された基本的なパンチとキック、そして体捌(たいさば)きを教えて村を去った。ブライアン・ロックハートは元々手先が器用で凝り性だった。ザンガンが指示したよりも立派なトレーニング用具を作った。その用具を使って親子は家の中で、時にはニブル山の、滅多に人の来ないところまで入り込んで模擬バトルに汗を流した。

次にザンガンが現れたのはティファの十五の誕生日の三日前だった。師の月の前で、五の巻で学んだ動きを父親相手に実演してみせる。ザンガンはティファの勝手な解釈や好ましくない癖を指摘して矯正した。

「では今日の最後に、私と一戦、やってみようか」

「先生がパートナーということですか?」

「ああ、私は防具無しでやろう。手も足も出さない。ただティファの攻撃をかわし、さばくだけだ」

「先生」父親が言った。「防具を使ってください。先生にもしものことがあったら大変だ」

するとザンガンは大きな声で笑った。文字どおり、腹を抱えて。そしてひとしきり笑うと軽くジャンプして後ろに下がり、挑発するようにティファを手招きした。これまでのザンガンとは別人のようだ。顎を上げて、傲慢な顔で見下している。

「田舎育ちの、なんにも知らないお嬢さん。ほら、相手をしてやるよ」

師の言葉とは思えない。感情が激しく泡立った。

「ティファ、落ち着いて――」

父親の言葉が終わらないうちにティファは師に向かって駆けだした。その勢いのまま右のパンチを繰り出した。走りながら殴りかかる技など秘伝にはなかった。

パシンと音がして、パンチはザンガンの大きな手の中に収まった。

「かゆいな」

嘲笑すると、ティファの拳を握った手をグイと押し、放した。ティファはよろよろと後退してついには尻もちをつく。

「後退の足さばきも忘れたかな？　五の巻、第三段の三」

ティファは歯を食いしばり立ち上がる。今度は両手の拳で顔面をガードしながらジリジリと間合いを詰める。自分の間合いを取る。五の巻、第三段の二で学んだフットワークでザンガンの周囲を回る。時計回りだ。

「ほう、さまになっているじゃないか。さあ、そこからどうする」

ザンガンはティファに正対するようにその場でジリジリ回転する。両腕でガードを固めている。まったく隙が見えない。

「あ――っ！」

ティファは勝算のないまま、ザンガンに突入して拳を振り回した。しかし結局、ティファのパンチは一発もザンガンに当たることはなかった。

荒い呼吸で立ち尽くすティファにザンガンが一礼した。しかし、ティファは返せなかった。たくさんのなぜが頭の中で渦巻いていた。

父親がザンガンを食事に招待した。ザンガンは喜んで招待に応じ、父親の料理やティファのマフィンを平らげた。父親が用意した謝礼も恐縮しながら受けとった。

「しかし謝礼に関しては今後も一切不要。他の弟子からも受けとっていないのでね。このお気持ちは縁あって協力している組織に寄付してもよろしいかな?」

「もちろんお好きなように。しかし、興味深い。どんな組織ですか?」

「子供たちの未来のために日々活動する、まあボランティアですな。我々は単に連絡会とかネットワークと呼んでいる。活動があまりにも多岐に亙る(わた)ので、しっくり来る名称が決まらなくてね」

「先生、パパ」

ふたりの大人がティファを見つめる。

「先生は明日の朝には発ってしまうんですよね。時間がありません。連絡会も大切だと思うけど、それよりも、私のパンチが当たらない理由を教えてください。先生は私が次に何をするか知っているように見えました。あれはどうしてですか?」

ザンガンは面白そうにティファを見ている。

「教えてもいいが、答えは単純にして明白だから少し考えればわかるはずだ。聞いてしまうと、悔しいぞ」

「いいんです。教えてください」

「ちょっと待った！」父親が口を挟む。「あの挑発も戦略ですよね？　田舎育ちとかなんとか」

「ははは、そのとおり。ティファは怒りで頭に血が上り、学んだことの半分は忘れたはずだ」

「尊敬する先生にあんなことを言われて、まず驚いて、傷ついて、悲しくなりました。怒ったのはそれからです」

補足するとザンガンは気まずそうな顔をした。

「うむ。品性に欠ける戦略だった。真似するんじゃないぞ」

「絶対にやりません」

「それにしても不思議です。あんなに当たらないなんて」

ザンガンは咳払いとともに居住まいを正した。

「視線だよ。君の視線で次がわかる」

「あ――」

唖然（あぜん）とするティファの横で父親がなるほどと唸った。

「また弟子を甘やかしてしまった」

ザンガンが笑った。安易に正解を求めてしまったことが悔しかった。ザンガンの言った通りになったことも悔しかった。

「ティファ・ロックハートよ。誕生日の記念に良いものをあげよう」

上半身を捻って後ろを向き、椅子の後ろにあった旅の荷物——革のバックパック——から一本の紐を取り出した。バックパックと同じ色の革の紐に見える。

「これは旅には欠かせない何かと便利な紐だ。用途は想像力次第。使いようによっては武器にもなるだろうな。さあ、手を出しなさい。左がいいだろう」

ティファは師の顔を見る。精悍な顔がうなずいた。おずおずと左手を出すと師の太い指が器用に動いて手首に紐を巻き付ける。そして弛めに二重に巻いてから結んで輪にした。素朴な革のブレスレットができあがった。

「私が挑発した時、君の拳を受け止めた時、君の攻撃をすべてかわした時。君は感情に呑み込まれてしまった。その結果学びの成果を忘れ、礼儀さえも忘れた。腹を立てるのは構わない。怒りは時にとってもない力を発揮する。しかし、支配されてはいけない。ティファ。覚えているだろうか。君の宿敵は誰だったかな?」

「……私自身です」

「手強いだろう?」

「はい」

「負けそうになった時は手首を見なさい。紐に触れなさい。そして今日の戒めを思い出すんだ」

ティファは手首の革紐を見つめてこくりとうなずいた。

「少々無粋だが、我慢することだ。訓練を積めばやがてその紐は不要になる。手首から外して、心の中に移せるようになるぞ」


翌朝、旅立つザンガンをティファと父親は村の出口まで見送った。

「ティファよ。昨日の目線の話を覚えているか？」

「もちろんです」

「君のスピードは一級品だ。その癖を直せば、私も全ては捌けないかもしれない」

「本当ですか⁉」

「まあ、君次第だ。よし、君に目標を与えよう」

ザンガンは空を見た。

「半年後。試験を行う。君の拳が私に当たれば免許皆伝としようではないか」

「免許皆伝――？」

何やら喜ばしい響きだが意味がわからない。親子は顔を見合わせた。

「ザンガン流の全てを教えよう。そして、君の格闘スタイルを共に考えようではないか」

「すごい……」

「すごいが、簡単ではないぞ。精進しなさい」

はい——返事が父親の声と重なった。少年のような気持ちの良い返事だった。我が事のように喜んだ父親が照れて頭を掻いた。その様子が可笑しくてザンガンとティファは笑った。やがて父も笑った。

半年後の試験を目指してトレーニングに励んでいたが、夏を境にロックハート親子がともに過ごす時間は大きく減ってしまった。ニブル山にモンスターが出没する回数が増えたことで調査隊が組織されたのだ。村の相談役に名を連ねるティファの父親は率先して調査隊に参加した。それにより、ティファの模擬バトルの時間は激減してしまった。

山の異変はすでに神羅カンパニーに報告済みだったが、引き続きモンスターの種類などをレポートせよという指示があっただけだった。不安が高まる中、それでも村は指示に従った。やがてこれまでニブルヘイムでは存在が確認されていなかったドラゴン型モンスターが目撃されるに至り、村人の危機感は深刻なまでに高まった。

村長と三人の相談役からなるニブルヘイム評議会は調査隊とは別に自警団を組織することを決めた。山門近くに陣取り、山から下りて来るモンスターを迎え撃つ布陣だ。無論、モンスターが山門を通るとは限らない。特に古くから存在を知られている——しかし遭遇例は非常に少ない——昆虫型モンスターであるインセクトキマラは空から来る可能性もあった。村のそこかしこに武装した自警団メンバーが立ち、空を見上げていた。村の風景がすっかり変わってしまった。

昼夜絶えることのない警戒活動に村人——特に自警団のメンバーは疲れ切っていた。九月十八日。自警団が志願制から当番制に変わった。二十歳以上の健康な男女は特別な理由がない限り参加しなくてはならない。

翌十九日、第一班が村はずれで人型のモンスターと遭遇した。報告された二足歩行の、自分たちとよく似たシルエットのモンスターは人々の想像力を刺激した。いったい山で何が起こっているのか。神羅の施設が原因なのは間違いない。ゾンダー村長の執拗な要請にもかかわらず動きがないことから、神羅は状況をある程度把握済みであることが想像できた。それなのに村に情報は下りてこない。不誠実な神羅カンパニーへの不満が爆発寸前だった。


ティファは炊き出し班に参加していた。給水塔の下に設置された調理場を使って自警団のために弁当を作るのが班の仕事だ。村の女たちが持ち回りで参加している。中断している体操サークルで親しくなった老人たちの顔もあった。

午前の作業が終わって帰宅すると父は留守だった。村役場へ行くという置き手紙があった。夜通し山にいて、帰宅したのは朝食の頃だった。ほとんど眠っていないようだ。最近、かなり痩せたように見える。こんな日々がいつまで続くのだろう。村を捨てて移住する計画を立てている家族もいるらしい。

しばらく自分の部屋でマルを抱いてぼんやりとしていた。無為に過ごす時間が増えていた。やがてマルが左手首の革紐をかじり始めた。

「マル、だーめ」

マルを床に下ろし、革紐を確認する。大丈夫。ほつれてはいない。しかし――

「私もだめだよね」

立ち上がり深呼吸をした。

「秘伝の書第一巻。一の一の一」

宣言し、気合いを入れて秘伝の書をさらい始めた。

第四の巻の途中で父親が帰宅した。階段を上がってくる足音に続いてノックの音がした。

「いるんだろ？　ちょっと開けて」

応じると、大きな紙箱を抱えた父親がいた。その箱をティファに押しつける。

「マルゴばあさん、知ってるだろう？　あの人の娘のヤスミンが若い頃に着ていた服だってさ」

「私にくれたの？」

「ああ。サイズがピッタリだろうってね。ヤスミンはパパの幼なじみなんだ。箱の中を見たら、懐かしくてくらくらしたよ。元気な子でね。彼女がいると、パッと周囲が明るくなったものさ」

「へえ。じゃあ、見ておくね」

「ああ。気に入ったのがあれば着て、マルゴに見せてあげるといい。あの人、この状況ですっかり弱気になっていてね」

「うん。そうする。ねえパパ、ちゃんと寝てる？」

「あとひとつ、ティファにニュースを伝えたら寝るよ」

「なに？」

「明後日、二十二日に神羅の調査隊が来る。最新の人型モンスター情報が効いたらしい。きっとソルジャーが来るぞ」

ソルジャーと聞いた瞬間、クラウド・ストライフとの数少ない思い出がすべて蘇った。二年前に別れたきり、なんの連絡もない。募る思いを持て余して封印したつもりの記憶だった。顔が赤くなるのがわかった。慌ててドアを閉めた。

「ティファ⁉」

「あ、ごめんなさい」


眠れない夜を過ごしていた。改めて数えてみるとクラウドとの思い出は驚くほど少なかった。隣同士で育った幼なじみとは思えない。しかしそのおかげでひとつひとつの記憶は鮮明だ。眺めては、形が変わらないように、そっと元に戻す。それを何度も繰り返していた。コレクションの中にはひとつだけ不鮮明で中身の見えないものがある。八歳で体験した遭難事件だ。

ニブル山の向こうには死者の国がある。村に昔からある言い伝えだ。母の死で動揺するティファはその言葉にすがって山に入った。母親に会いに行こうとしたのだ。心配したエミリオたちが同行するが天候が荒れ、危険を感じて途中で下山した。もちろんティファも連れ帰ろうとした。ところが途中で現れたクラウド・ストライフがティファをそそのかし、ふたりはさらに山の奥へと行ってしまった。その結果ふたりは山道から滑落した。クラウドは膝を擦りむいた程度だったが、ティファは頭を強打。その後一週間意識を取り戻さなかった。

先に下山したエミリオたちの報告が村に広がり、クラウドはその内容を認めた。ただ、動機がはっきりしなかった。「なんとなく」と答えただけだったと言う。

ティファは何も覚えていなかった。ただ、原因を作ったという自覚はあったので謝罪した。母親を亡くした直後だからと同情され、クラウドだけが責められることになった。ティファは目覚めてみればほぼ無傷だったことは忘れられ、意識不明のままジリジリと過ぎた一週間だけが大人たちの記憶に刻まれていた。人々は事故ではなく事件だったと考えるようになり、クラウドはもちろん、クラウディア・ストライフも肩身の狭い思いをすることになる。状況は今でもあまり変わっていない。

ティファには違和感があった。四人組にクラウドが近づくことなどそれまで一度もなかったからだ。あれからこの件を彼と話したことはない。クラウドが全てを認めているならエミリオたちの言うとおりなのかもしれない。一方で、クラウドが自分を庇っているとも感じていた。クラウドのおかげでティファ自身は責められることはなかった。しかし、彼にそんなことをする理由はなさそうだ。「なんとなく」では納得できない。そろそろ訊いてみてもよいのではないだろうか。次に会えたら、訊いてみよう。その機会はすぐに来るかもしれない。

翌朝、日頃テーブルの上に放置してある携帯電話を見て父親が言った。声が高揚している。

「神羅がもう来てるぞ」

ニブルヘイムや山に神羅カンパニーの関係者が来ると電波が強くなるのだ。村人たちもそのおこぼれで通信が可能になる。

「直接山に入ったのかな」

「いや、明日到着して、村から山に入るはずだ。ゾンダーが歓迎パーティーを開くと張り切っていたからね。ひょっとすると前乗り部隊みたいのがいるのかもなあ」

食事が終わるとティファは朝の炊き出しに参加した。神羅の本格的な調査部隊が来ることはすでに多くの村人が知っていた。張り詰めていた緊張の糸が切れて、空気がゆるんでいた。三時間ほどで朝と昼用のサンドイッチ弁当を用意すると午前の仕事は終わりだった。次は午後三時から夕食と夜食用の弁当を作ることになる。それまで時間が空くので家で過ごすことにした。

作業で汗をかいたのでシャワーを浴びた。部屋に戻って久しぶりに携帯電話に触れた。しかし話したいと思う相手の連絡先は知らなかった。ふと床に置きっぱなしの箱が気になった。昨日父親が持ってきた箱だ。中を見ると、色とりどりの、着ると元気が出そうな服が何着も入っていた。

「ふーん」

楽しそうだと思った。中でも焦げ茶のベストとミニスカートが気に入った。牧場で働く活発な女の子が着そうな服だと思った。手持ちのツバの広い帽子やブーツを合わせると我ながらなかなか可愛い。

「これで行こう！」

気持ちが明るく、軽くなった。

午後の炊き出し班にはマルゴがいた。服の持ち主、ヤスミンの母親だ。

「まあああまあ……」

マルゴが感極まった声を出しながら近づいてきた。そして――

「ハグさせておくれ」

「え――」

いきなり強く抱きしめられて、頬を押しつけられる。

「ヤスミンが現れたのかと思ったよ。まあまあああ――」

言葉が出てこないようだ。こんなに喜んでくれるなんて。悪い気はしなかった。

「あの子ったらもう何年も顔を見せないいんだから。親不孝な娘だよまったく」

マルゴはティファを解放するとヤスミンの他の服もあげると約束した。同じような服がたくさんあるらしい。

簡単な打合せで夜のメニューは肉団子のスープに決まった。ティファは野菜班になった。色とりどりの野菜を刻み始めると隣から声がした。

「あら、かわいい」

見ると、クラウディア・ストライフがいた。

「マルゴさんからもらったんです。ヤスミンのです」

「やっぱりそうだ。見たことあるもの。ヤスミン、元気かな」

「クラウドは元気なんですか？」

訊いてから、自分でも驚いた。ドキドキした。しかしクラウディアの顔を見た瞬間から頭に浮かんだ質問でもあった。

「うん。元気だと思うよ」

「クラウドはもう山にいるんですか？」

「えっ？」

「神羅から派遣されてくるのはソルジャーだって聞きました。もう電波が強くなっているから山に来ているんじゃないでしょうか。その中にクラウドもいるのかと思って」

クラウディアはキョトンとしてティファを見ている。やがて——

「私は何も聞いてないなあ。でも来るとしても、あの子は何も言わないだろうね。驚かしてやろうとか、そんなんじゃなくて、ただ気が利かないの」クラウディアは笑った。「連絡なんて、出て行ってすぐに、正式に入隊したってハガキが来たきり」

「そうなんですか⁉　それじゃあ今、ソルジャーかどうかもわかりませんよね」

「うん。でも、どうしてソルジャーなの？」

ティファは、会話が噛み合わない原因に気づいた。

「クラウドがソルジャーになるって言ってたから……ちがうんですか？」

「へえ。ティファにはそんなこと言ってたんだ」

クラウディアは何度も〝へえ〟と繰り返しながら野菜を刻んだ。そのあともふたりは並んで料理をした。時々クラウディア・ストライフが何か言いかけて口をつぐむ、その気配をティファは感じていた。遭難事件のことを話したいのだと思った。しかしティファから話せることなど何もない。だからマーク・バナーに呼ばれた時はホッとした。

「おーい、ティファァ」

マークは体操サークルの最年少。しかしティファの父親よりはずっと年上の力自慢だ。

「首に赤い布を巻いたシロネコはティファんちのじゃないか？」

「はい、マルです。赤い布を巻いています」

「山門のあたりにいたぞ」マーク・バナーが額の汗を拭く。「でも山に入っちまったらあきらめろ。今はマズい」

そう言うとマーク・バナーは立ち去った。ティファはクラウディアに断って作業を離れた。

「山はダメよ」

クラウディアの声を背中で聞きながら走った。振り返らずに、はいと応えた。

※

「私はマルを探して、結局山門を越えた。山の中に入ったの。モンスターのことは気になったけど、対処方法はわかっているつもりだった。もし襲われても、虫型ならやっつけてやる……そんな気持ちもあったかな」

「すごいね」

エアリスが感心する。

「ううん。ただの自信過剰。それから、甘く見ていた。そして迎えた大ピンチ。山にいた虫型は私の知ってるのじゃなくて、大きく変異したモンスターだった」

「ヤバイだろ。どうなったんだ!?」

「神羅の女の人が助けてくれた。黒いスーツを来た女の人」

「黒いスーツ。タークス?」

エアリスが驚く。

「うん。今にして思えばそうだね。結局、彼女は名乗りもしなかったけど」

「ソルジャーじゃなくて、タークスが来たってことか？　カームで聞いた話と違うじゃねえか」

「彼女の本当の目的は今でも知らないの。でも、あの時はニブル山のガイドを探しているって言ってた。だから私、立候補したの。それが村長に伝わって私がセフィロスたちのガイドに決まった。たぶん、あの出会いがなければ、そうはなっていなかったはず」

「神羅カンパニーはまだ子供に近い歳の子を有効に活用する。覚えておくといい」

レッドⅩⅢが言った。

「どうして？」

「世間知らずで、神羅の色に染めやすい」

「それ、あの日の私に教えてあげたい。指名されて鼻高々だった私に」

「知ってたら、どうしたかな？」

エアリスが静かに訊いた。ティファは自問自答する。それでも引き受けただろう。クラウドに少しでも近づくために。

しかし何も答えずに歩く。しばらく歩いてから不意に思い出してエアリスを見る。バレットとレッドⅩⅢの視線を感じる。

「そのあとのことはカームでクラウドが話した通り。ニブルヘイムの話はこれでおしまい」

三人は静かにうなずいた。エアリスの視線が自分から外れた。振り返るとクラウドがいた。

「なんの話だ」

「エミリオたちとの、お茶会の話」

クラウドは一瞬、遠い目をした。そして、顔をしかめた。

※

目が覚めて最初に見えたのは白塗りの天井だった。

ティファはまず目だけ動かして、次に首を回して室内を見まわした。右の壁には時計がかかっている。三時十五分。午前だろうか、午後だろうか。左は白い布の間仕切りで視界を塞がれている。もう一度右を見る。頭の真横には低い動作音を出している金属製の装置がある。小さなライトが幾つも明滅している。デジタル表示の数字が72を示している。装置から出る細いケーブルは一度天井に向かってからスタンドのフックを経由して下り、毛布の中に消えている。右手を動かしてみる。うまく力が入らない。手の甲を顔の前にかざす。細いチューブが一緒に上がってくる。チューブはティファの前腕にテープで固定され、先端は手の甲の、血の滲んだ絆創膏の下に消えている。疼痛があった。液体が自分の身体に送り込まれているらしい。両肘で支えて上半身を起こそうとした。胸に激痛が走る。

「ぐ」

悲鳴のはずが、そうは聞こえなかった。獣の呻き声のようだ。喉が痛む。声が消えたのだろうか。ティファは痛みとともに状況を把握した。

私は生きている。

そう。死んで当然の体験をしたのだ。英雄と呼ばれた男の歪んだ顔を覚えていた。

間仕切りの向こうでドアの開く音がした。

「入りますね」

柔らかい女の声とともに衝立(ついたて)が動く。白衣の大柄な女が立っていた。褐色の肌をしている。

「こんにちは。はじめまして。私はダミーニ・オレンジ。ここは私の診療所。色々と質問はあるでしょうけど、まず診察からね」

ダミーニは言い終わらないうちに枕元の装置に寄って操作をした。

「名前と歳を教えてくれる？」

「ティファ――」かろうじて声が出た「ロックハート。十五歳です」

「正解。どこか痛いところは？」

「胸……いいえ、あちこち痛いです」

「了解。胸の痛みは外、中？　どんな感じ？」

「外です。わかりません。中も……」

「そう。でも、痛み止めはこれ以上増やせないの。今以上に酷くなるようなら対策を考えるわね」

ダミーニは父親と同じ世代に見えた。ああ、パパ。目尻に涙がたまるのがわかる。ダミーニは申し訳なさそうに首を横に振っている。ちがう。薬が欲しいわけではない。

「とにかく、目が覚めて良かったわ。データも問題ありませんよ。さて、あなたの状況を説明しましょうか」

　ティファは小さくうなずいた。

「あなたは鋭い刃物で斬られました。おそらく刀ですね。胸のこのあたりから――」いいながらダミーニは自分の左の鎖骨の下を指さし、その指を右の乳房の下まで動かした。「このあたりまでかなり深い傷がありました。その傷が出来た時に胸骨が一部砕けたようです。でも肺及び他の内臓も無事。不幸中の幸い。胸骨は圧迫骨折が一般的なのであなたの場合は珍しい症例です。欠損は人工骨で補って、今は金属のワイヤーで補強した状態。このワイヤーは一生取れないと思います。今の医療技術ではね。ああ日常生活に支障は出ないはずです。それから胸部はまだ固定が必要なのでコルセットを使っています。これは段階的に締め付けを減らしていきます。しばらくは痛むと思いますよ」

　ダミーニは同情してうなずく。

「はい。ここまではコレルという村のシロン先生の仕事ね。会ったことはないけど見事な腕前です。私はここで手術後の全身管理と皮膚の移植を行いました。切り傷だけではなくて手術痕が大きく残りそうだったので私が判断しました。若い女の子ですものね。傷が治りきらないうちに施術する必要があったので急がせてもらいました。感染症が心配だったけど問題なさそうです。ああ、移植に使った皮膚は最新の医療製品。元の皮膚に同化するまでに三年から四年かかるでしょうけどあなたは若い。もっと短いと予想しています。胸の外の痛みはこの移植が原因。火傷のようなものだから。でもじきに消えるから安心してください。色も周囲になじむはずです。何か質問は？」

一気に情報が入ってきたので把握しきれなかった。

「すぐには無理よね。あと半月はここにいてもらうことになるから急ぐ必要はありませんよ。でも、これだけは知っておいてね。あなたは生きのびた。これからも生きるでしょう。過去は過去。なるべく未来のことを考えるようにして」

「先生……」

かろうじて声が出た。

「ずいぶん眠っていた気がします。今は、いつですか？　ここは？」

「ここはミッドガルの八番街スラム。今は――」

日付を聞いて言葉を失う。ダミーニは濡れたガーゼでティファの顔を拭った。それから足もとに回るとティファのくるぶしを軽く叩いた。

「一緒にがんばりましょう」

ひとりになり、ティファは燃える故郷を思い返した。黒煙がしみて痛む目でニブルヘイムを見つめてからひと月が過ぎていたのだ。

「一ヶ月──」

一ヶ月前、父親に急かされ、炎に煽られて滝壺まで逃げた。父親は自分が抱えていたマルをティファに押しつけると──

「ここにいなさい。燃えるものがないから火は来ないだろう。でも風向きが変わると煙がくる。その時は身体を低くしてやり過ごすんだ」

「パパはどうするの？」

「ゾンダーが殺された。相談役も生き残りはパパだけだ。責任を果たさなくちゃ」

「いや！」

「そんな顔をしないで。負傷者を保護しないと」

ティファの懇願を振り切って駆けだした父親はその言葉通りに燃える村から次々と負傷者を連れてきた。しかしティファの目には、彼らはすでに息絶えているように見えた。見知った顔かどうかもわからないほど煤で汚れていた。髪や衣類が焼け落ちて正視できなかった。そこにザンガンが現れる。両肩に人を担いでいる。ふたりを地面に下ろすとティファを見てうなずき、また飛び出して行った。父親がそのふたりの横にしゃがみ込む。真っ黒な人影が悲痛な声で叫び、何かを摑もうと手を伸ばした。しかしその手は操り人形の糸が切れたように地面に落ちてしまった。

「くそ！　くそっ！」

父親の悪態を聞くのは初めてだった。煤と汗で汚れた顔はギラギラと炎を照り返している。血走った目がティファを見た。

「セフィロスが山に向かったらしい。話してくる」

力強くうなずき、山の方へ駆けだした。行ってどうなるのだろう。話してどうなるのだろう。どうかしている。

「パパ！」

ティファはマルを抱えたまま走って滝壺を出た。父親が山へ向かう背中が見えた。

「パパ、待って！」

追いかけるがマルを抱えたままでは走れない。父親はどんどん遠ざかる。山門まで来た時、マルが腕から飛び出した。猫は咎めるように啼いた。これ以上行くなと訴えているようだ。

「マル、ごめんね」

山門を越えて山に入った。どれだけ行っても父親の姿は見えない。山道に転がるモンスターの死骸を見た。一太刀で切り裂かれていた。セフィロスの長刀を思った。村の人たちを斬った、あの刀。

「パパ！」

声を限りに叫んだ。しかし返事はない。ついに魔晄炉まで来てしまった。魔晄炉の入口が解放されていた。

「パパ⁉」

目の前にモンスターが現れた。インセクトキマラだ。飛びかかってきた巨大な虫をかわす。躊躇無く腹に拳を叩き込む。柔らかい腹が割けて拳がめり込む。モンスターはバランスを崩して地面に落ちた。ティファはジャンプして、膝を胸に引き付ける。そして勢いよく足を伸ばして着地する。ブーツの踵で虫の腹が潰れる。すべて咄嗟の行動だった。秘伝の書で学んだ型が次々と連鎖した。しかし修行では学べないこともあった。モンスターの体液で全身が濡れる。髪の毛にもついている。耐え難い悪臭だ。

「嫌っ！」

パニックだった。

「ティファ――――！」

誰かが呼んでいる。男の声だ。聞き覚えがある。しかし思い出せない。父親ではない。

「パパ！」

「パパ！」

「ティファ？」

「誰⁉」

今度は女の声だ。誰かが頬を突いた。

振り返ると人のかたちをしたモンスターがいた。

「いや――――！」

地面がガクガクと揺れる。

「ティファ、起きなさい！　落ち着いて。それは夢。帰っておいで」

ポッカリとあいた魔晄炉の入口が消えた。眩しい。ティファは目を閉じ、開いた。実際にしたことなのか、想像の中の出来事かはわからない。

「おはよう。ここは安全ですよ」

悪夢は終わっていた。ダミーニの顔があった。眩しい光を背負っている。右の壁に窓があるのだ。カーテンの向こうが明るい。

「朝ですか？」

「朝七時。光源はスラムの太陽だけど」

「え？」

「スラムを照らす大きなライトがあるの。外に出られるようになったら見てごらんなさい。さて、問診ですよ。名前と歳を教えてくれますか？　今日は、出身地も」

「ティファ・ロックハート。十五歳。ニブルヘイム」

「私の名前を覚えていますか？」

「ダミーニ・オレンジ先生」

「正解。どこか痛いところは？」

「ええと……胸がズキズキします。あと手首と足首がチクチク」

「申し訳ないけど、両方とも我慢してね。鎮痛剤を減らしていきたいの」

ダミーニが顔を覗き込む。

「教えてほしいことがあります。ここへ来ることになった経緯は覚えていますか？」

「私を斬った人のことならよく覚えています。一生忘れません」

「そう……」

「セフィロスです。ソルジャーのセフィロス。ニブルヘイムの魔晄炉で私はあの人に斬りつけられました」

ダミーニは曖昧にうなずいた。

「その話は、今を限りに、ここではしないでもらえるかしら？」

「どういうことですか？」

「事件に巻きこまれたくありません」

ダミーニはすまなそうに俯く。その様子に胸がカッと熱くなった。

「巻きこまれるというのは――」

「あなたがここにいることを神羅カンパニーは知りません。あなたの治療をしたし、看護もした。でも、それがギリギリ。あなたのことは何も知らないし、事件のことも知りたくありません。神羅に敵対していると思われるようなことはできないの。スラムで最新の医療を提供するには神羅カンパニーとの協力関係はとても重要ですから。わかってくれますね？」

「……わかりました」

身体中にチューブが繋がった状態で、他に答えようがあるだろうか。

「先生。私はいつ退院できますか?」

訊くとダミーニは決まり悪そうに俯いた。まだ何か問題があるのだろうか。

「退院の条件は三つあります。一、皮膚癒合の進行がレベル3以上に進む。二、最低限の日常生活が可能な筋力を取り戻す。三、治療費。入院費。これを払ってもらう必要があります。全部でだいたい……」

ダミーニは途方もない金額を告げた。背筋が冷たくなるのを感じた。

「お金……ありません」

「でしょうね」ダミーニは窓の外を見やって黙る。「住むところもないのよね」

なんということだろう。意識を失っている間に人生が大きく変わってしまった。しかも想像さえしたことのない、良くない方へ。

「とりあえず、一と二だけでもなんとかしましょう。皮膚と筋力。皮膚は栄養をつけること。筋力はリハビリテーションで戻ります。息子のラケスが手伝いますよ」

ラケスと初めて顔を合わせたのはその三日後だった。ラケスは母親から髪と肌の色を受け継いでいた。形の整った鼻と心地の良い声を持っていた。

「やあ、ティファ。僕はラケス・オレンジ。君のリハビリテーションを手伝う。ママから聞いてるよね。これはお近づきの印に、僕からのプレゼント」

ラケスはティファの手首を摑むと手の中に柔らかいゴムボールを押し込んだ。

「ひまがあればニギニギして。握力を取り戻すんだ。でも痛くなったら止めること。はい、もう一個。両手でニギニギ」

ラケスが両手を顔の横まであげて、ニギニギと実演してみせた。思わず笑ってしまう。

「その笑顔、いいね。一日も早く退院できるよう頑張ろう」

はい、と応えたが表情が曇ったのだろう。ラケスは見逃さなかった。

「お金だよね。ママから聞いてるよ。たぶん力になれると思う。ママは上から落ちてきた人だけど、僕は生まれも育ちもスラムだからね。スラムの流儀で生きている。つまり、顔が広いんだ」

ラケスは得意気だ。しかし話の半分も理解できなかったので不安は消えなかった。

「とにかく、信じて」

そうするしかなかった。コルセットが少しだけ柔らかいタイプに変わったがまだ骨が完全に元に戻ったわけではなかった。それでもラケスはリハビリテーションを開始した。胸に負担のかからない方法で筋力を回復させることが狙いだ。握力。そして脚力。ストレッチ。

「筋肉そのものの減少は仕方がない。あとでじっくり取り戻すしかないよ。今は、長いブランクで失われた能力を取り戻さなくちゃね。長く休んだから神経が命令の仕方を忘れてる。一方で筋肉は動き方を忘れている。それをもう一度教えてあげるんだ」

ラケスはティファの足首やふくらはぎを持ち上げて強ばりをほぐしていく。


「暑いな」

リハビリテーションを始めてから半月ほどが過ぎていた。ラケスが額に浮かんだ汗を拭い、上着を脱いだ。半袖のシャツを着ている。袖から突き出す腕のしなやかな筋肉が美しい。やがてラケスの手首に目がとまる。ブレスレットのように見えるものは革の紐だ。自分の手首を見る。記憶より少し黒ずんだザンガンの革紐があった。ラケスの手首にあるものと同じに見えた。

「ラケスはザンガン先生の知り合いなの？」

ラケスはキョトンとしてティファを見た。やがて納得したらしく何度もうなずく。

「そうか。ここへ来た経緯は何も聞いていないんだね」

そしてラケスは、ティファの脚を上げ下げしながら話を始めた。

「僕もザンガン先生の弟子なんだ。ねえ、ケガをしてからのことは覚えていないの？」

「うん。ほとんど。というか、全然」

ティファが覚えているのはザンガンの「生きろ」という叱咤。難しい顔をしたシロン先生。世話になった看護師たちが忙しく立ち働く姿。夢だと言われたら信じてしまいそうなほどの断片的な記憶だけだった。

「最初の病院で胸骨の処置が終わったけど君の容態は安定しなかったんだ。コレルの先生はミッドガルかジュノンへ移すことを勧めたらしい。設備の整った病院があるからね。神羅本社の科学部門が受けいれをオーケーしたんだけどザンガン先生が反対して、すったもんだの末、君はここにいるんだ。弟子のひとり――つまり僕の親がスラムで診療所をやっていることを思い出した。縁だよねえ」

「すったもんだって？」

「だって神羅本社で働く医者は超一流だよ。そこで診てもらえるのに断るなんて、普通じゃ考えられないからね」

「でも神羅は……」

「うん。わかるよ。事の次第を考えるとティファが喜ばないだろうとザンガン先生も言ってた。まあ、うちの方がとは言わないけど、うちで良かったんじゃない？　そう言ってもらえないと僕らの立場がないよね」

ラケスが得意気な顔をした。冗談を言ったらしい。

「そうですね」

「ひとつ、アドバイス。神羅がどれほど嫌いでもミッドガルでは誰にも言わない方がいい。良いことは何ひとつないから。スラムの心得だよ」

「覚えておきます。他には何かありますか？」

「たくさんありすぎて。僕から聞くより自分で体験しよう。そのためには早く外に出られるように、さあ、頑張ろう」

ラケスは話し好きだった。一緒に過ごすうちにティファは診療所の内情に詳しくなった。ラケスの父親は神羅カンパニーで働く研究者兼医師で、その父親から理学療法を学んだ。父親の専門は生物の筋組織全般で、しかも人間ではなく、モンスターだった。

「骨と筋肉がある生き物は基本的な仕組みは全部同じだって言うんだよね。信じられないよねえ。でもね、モンスター図鑑の監修にも参加したことがあるんだ。ま、研究中にモンスターにやられて死んだんだけどね」

そう言うとラケスは笑った。人の生き死にを冗談にすることには抵抗があった。しかし、老人ばかりの体操サークルでは定番の冗談だったので耐性はあった。

週に一度、胸部透視写真の撮影があった。モニターに映し出された画像を見て良し悪しの判断を下すのだが比較画像を見てもティファには違いがわからない。ダミーニがうなずくのか首を横に振るのか。毎度祈るような気持ちで判定を待った。

「うん、いいですね。順調よ」

十一月の最後の日、ついにコルセットが外れた。

「痛くなるギリギリまで息を吸ってみて。ゆっくり。ゆっくり」

ザンガンの声を思い出した。ゆっくり。ゆっくり。

どこまで吸っても痛みはなかった。

「いいわね。では、腕を天井に向けて伸ばしてみて。ゆっくり。ゆっくり」

おそるおそる腕をあげる。しかし、痛みは来ない。

「大丈夫です。痛くありません！」

「おめでとう、ティファ」

ダミーニはまるで子供にするように頭を撫でた。反射的に首がすくんだ。

「ああ、髪を洗いたいでしょうね」

心を読まれたようだ。定期的にダミーニかラケスが拭いてくれてはいたが、それだけでは足りていなかった。ノックの音がした。ラケスだ。ティファは慌てて寝巻きの前を閉めた。

「おはいり」

「どう⁉」

ラケスが飛びこんでくるなり訊いた。

「大丈夫です！」

「やったね！」ラケスが親指を突き上げる。

ティファは長い時間をかけてシャワー室を占拠して気の済むまで髪と、全身を洗った。しかし思ったほど気分は晴れなかった。退院に必要な金とこれからのことは何も決まっていなかった。

身体を拭いてダミーニが用意してくれた新しい下着と衣類を身につける。服はこれといって特徴のない、サイズが大きめのブラウスと中途半端な長さのスカートだった。靴はリハビリの時に履いていたバレエシューズをそのまま履く。ただそれだけのことなのにぐったりと疲れていた。腕が、脚が重かった。ベッドに腰掛ける。座っているのさえつらい。そのまま横に倒れ込む。

「無くなっちゃったんだ」

気に入っていた服。ブーツ。帽子。ママの写真。パパ。きっとマルも。宝物。秘伝の書。駆け上がった階段。慌てて閉じたドア。ピアノ。窓からの風景。思い出の給水塔。そして全身を覆っていたはずの筋肉。

「何もかも、もう無いんだ」

ティファは声を出して泣いた。


翌朝、一週間以内に部屋をあけて欲しいとダミーニから通達があった。

「支払いを免除してあげたいけど、うちも余裕がないの。毎月分割で払ってくれればいいわ」

「ありがとうございます」

応えたものの毎月1ギルでも払うあてがない。途方に暮れているとラケタが仕事のあてがあると励ました。しかも住み込みなので部屋も格安で確保できるという。

うれしい。しかし不安が勝った。

「どんな仕事ですか？」

「料理はできる？」

「少しなら。でも、務まらないかも。筋肉、なくなっちゃったみたいだから」

「これを貸してあげるよ」

ラケスがベッドの上にポンと冊子を放った。

「ザンガン流格闘術秘伝の書一の巻」

ラケスがゆっくりと最初の型を決めて見せる。

「これはとても理にかなっている。筋肉、つくよ。知ってると思うけど」

ふたりのやりとりを見ていたダミーニがホッとした顔で立ち上がる。そしてティファの肩に手を置く。

「よく言うでしょう？　あなたが学んだことだけは誰にも奪えない。その通りだと思いますよ」

そして励ますように、肩を叩いた。


十二月四日。ラケスが手配したIDカードを持ってティファは診療所を出た。

「これは仮のカードだからね。住めるのはこの八番街スラム限定だしプレートで働くことはできない。そのうち本カードに変えるといい。身元保証人は僕で、あと、出生地はコレルにしておいたよ。ニブルヘイムの関係者だとわかれば神羅にマークされるかもしれないと思ったんだ」

「ありがとう」

至れり尽くせりだった。

外を歩くのは父親を追ってニブル山を駆けあがった、あの時以来だ。リハビリとは勝手が違う。しかも初めてのスラム。疲労と不安、そして興奮で心が乱れた。様子を観察していたラケスが心配して何度も立ち止まり深呼吸をさせた。

「恥ずかしいな」

「大丈夫。少々のことじゃ誰も気にしない。それがスラムさ。ほい、もう一回」

深々と息を吸い込んで上を見る。この街には天井がある。整然と組み合わされた鉄骨。支える巨大な柱。太陽の光が遮られて足りない分は巨大なライトで補っている。天井の上にはさらに街がある。そして巨大な、複数の魔晄炉。ここの魔晄炉と比較するとニブル山の魔晄炉などミニチュアの模型のようなものだ。もちろんミッドガルの知識はあった。映像や写真で見たこともある。それでもやはり圧倒される。何よりも人の数。人、人、人。この中にエミリオはいるのだろうか。レスター、タイラーは？　もしかしたらクラウドも。しかし誰がいたとしても偶然再会する可能性などなさそうだ。

「ザンガン先生は来る度に臭い臭いって言うんだ。いくら師匠でも失礼だよね。こんなに大勢が暮らしているのに」

確かに色々な臭いがする。ほこり。汗。鉄。スパイス。しかし、臭いというほどではない。

「私は大丈夫みたい」

「出歩くのは初めてでも、もう二ヶ月くらい住んでるわけだから鼻が慣れたんだろうね」

「ザンガン先生はよく?」

「そうでもない。三、四ヶ月に一度かな。スラムにも弟子が大勢いるから、毎回僕に顔を見せてくれるってわけでもないんだ」

ラケスは――無意識だろう――手首の紐に触れた。

「それはどんな意味があるの?」

「ああ、これ?」自分が紐に触れていたことに驚いたらしい。「これは、なんと呼べばいいのかな。お守り? 僕を誘惑から守ってくれる。あんまり効かないんだけどね。スラムは色んな種類の誘惑に満ちているから。ほら――」

ラケスは突然立ち止まって、通りの途中を指差した。路地の入口だ。

「あそこを曲がるんだ。まわりの風景、覚えてね」

見まわすと軒先に野菜を並べて売っている小さな店があった。よく見ると肉や缶詰、飲み物も置いている。よろず屋だ。エミリオの家のようだ。

「奥まで行くよ」

そう言うとラケスは細い路地に入り込んだ。腐った水の臭いがした。

「路地はたいてい臭う。生活排水が出るからね。でもすぐに慣れる。鼻が慣れるってのは実に優れたシステムだよね。ほら、猫がいる。スラムは猫が多いんだ。猫は好き?」

「うん」

マルを思い出す。よく家出する子だった。生きていてほしい。

「そうそう、セフィロスのことだけど」

ラケスが立ち止まる。振り返ってティファを見つめた。

「一週間前に公式発表があったよ。ウータイで戦死したって。行方不明ってことだったから遺体が発見されたのかな」

あんなことをしたのだから死は当然の報いだと思った。しかし納得と同時に戸惑いがあった。憎悪。怒り。どこに向ければよいのだろう。

「ザンガン先生から大筋は聞いているよ。だから気持ちはわかる。でも、これを切っ掛けに気持ち、切り替えられないかな」

ティファは曖昧にうなずいた。ラケスはそれでも満足したらしく、また歩き出した。

狭い路地に小さな椅子を置いて男が座っていた。若くはないが老人でもないという印象だ。長く屋外にいたような、日に焼けた顔をしている。額に刻まれた皺が深い。マントのようなもので身体全体を包んでいる。

「ティファ、この人が〝門番〟だ。顔、覚えてもらってね」

「門番さん、この子はティファ・ロックハート。よろしく」

「よろしくお願いします」

ティファはわけもわからず挨拶をする。門番と呼ばれた男はギロリと睨む。戸惑うティファを促してラケスは先へ進む。

「このあたりはマンソンが仕切ってる。あ、君はマンソン・グループで働くことになるよ」

「マンソンって誰？」

「いわゆる地元のボス。僕が間に入るからティファは会う必要はない」

「怖い人？」

〝門番〟の風貌を思い出してティファは訊いた。

「まあ、時には。でもスラムにはボスと呼ばれる人が何人もいて、それぞれの縄張りを仕切っている。一般的にそういう場所の方が治安は悪くない。これは覚えておいた方がいいよ」

怖がるなと言う方が無理だろう。

「はい、到着」

立ち止まったのは木製の大きな箱がたくさん並んでいる広場だった。箱の上下には金属の枠があり、その枠を柱と梁にして木の板で面を作っている。木は古くて傷だらけだった。鉄の部分は赤い塗装が浮いて剝げ落ち、剝き出しの部分が錆びていた。同じような箱が二十個ほど雑然と置かれていた。

「全部、元はトラックに運ばれていたコンテナなんだ。だからここはコンテナ横町と呼ばれている。ミッドガルの建造に使われた歴史的なコンテナだよ」ラケスは笑いを誘う顔をしたが、すぐに真顔に戻る。「中は外観ほど悪くない」

路地に面した壁には小さなドアがついていた。ドアには掛金がついていて、ノックのついた古い錠前がぶら下がっている。ラケスはポケットから出した小さな鍵を錠前の底に差し込んで捻る。カチリと音がしてフックが外れると錠前ごと掛金から外してティファに渡した。

「不安だったらあとひとつふたつ取り付けるのもいいね。出入りが面倒になるけど」

言いながらドアを開いて中に入る。ティファでさえ頭を下げないと出入りできないドアだった。先に入ったラケスが天井からぶらさがった紐を引くと内部が明るく照らされた。裸電球が眩しい。

「家賃は電気代込み。魔晄炉のおかげで電気は安いよ」

ティファは上の空で聞いている。ラケスはドアを閉じて掛金のリングを捻る。

「不安ならその錠前をここにつけるといいよ。ただし、鍵をなくしたら閉じ込められるから気をつけて」

中に入ってしまうと壁も床も住居らしく整えられていた。ドアの反対側の壁には換気口と小さな窓がある。武骨なパイプベッドには薄いマットレスと毛布、枕代わりだろうか、クッションもあった。そして椅子が一脚しかない小さなテーブルセット。正面右手の壁際には古いカップボードがあり、中には食器が見える。

「家具の類は備え付け。前に誰が使ったとか住んでたとか気にしないのが楽しく生きるコツ。あと、料理をする時はドアと窓を開いてね。空気の流れを作ること。中毒の危険があるからあまりお勧めじゃない。食事は仕事先ですればいい」

ティファはラケスを見る。

「仕事の話はあとにして、ええと――ベッドの下にはタオルやら何やら、とりあえず必要そうなものを置いといたよ。さて、部屋のことで質問は?」

「水……トイレとシャワーは?」

「一番奥に共同の水道がある。トイレやシャワーも全部そこ。水はちゃんとした水道の水だよ。ろ過もされている。そこで水を、ほら――」壁際にポリタンクがあった。「それに入れて持ち帰って使う。入れすぎると重いよ」

「あの、ええと」

「家賃?」

「はい」

「一日15ギル」

「え」

「破格だよ。それに君はこれから毎日大金を稼ぐようになる。もちろん頑張り次第だけど」

ラケスの話しぶりからティファは人買いを連想した。子供を騙して過酷な仕事場に送り込むのだ。小さな頃から漠然と怖れていた存在――モンスターやオバケの類と同じ――だった。ザンガンを最初は人買いだと誤解したことを思い出す。そのザンガンがティファをラケスに引き合わせたのだ。不意に疑念がわく。誤解でもなんでもない可能性はないのだろうか。自分は本当に売られたのだということはないのだろうか。

「あ。今、変な誤解したよね。言い方がマズかったたな。あとで紹介するけど、仕事は真っ当な仕事だから安心して」

ラケスは言いながらコンテナを出るとティファに戸締まりを促し、広場を奥へ進んだ。共同水道、トイレ、シャワーを確認する。シャワーのあるコンテナは壁が取り外されていて中が見えた。近くにパイプ椅子があり、背中を丸めた女が座っている。歳は初老という感じだろうか。女の前には台が置かれ、上にはブリキの缶があった。缶の中にはコインが入っている。

「この人が〝水番〟さんだ」

「シャワーは一回3ギル。男も普通に出入りするから気をつけな」

〝水番〟が言った。どうやって気をつければ良いのだろう。

「服を着たままとか、下着のままとか、あれば水着とか、いっそ気にしないとか」

「はあ……」

からかわれているのだろうか。しかし、五本あるシャワーは、隣同士を仕切る板はあっても、ドアはなかった。深刻な問題になりそうだ。もうニブルヘイムの頃のような清潔な生活は望めないのかもしれない。

路地を戻って元の通りに戻る。目印のよろず屋が客で賑わっている。店員はエプロン姿の若い男で親しそうに客と話している。いったい自分はどんな仕事をさせられるのだろう。嫌な仕事だったらうまく断れるだろうか。ラケスをがっかりさせるだろうか。マンソンは怒るのだろうか。上手に断らなくては。ティファはしたくない仕事をあれこれ思い浮かべながらラケスの背中を追った。スラムの常識も善悪も自分にはまだわからない。その背中に付いていくしかないのだ。こんなに心細いと思ったことはなかった。

※

「何を考えている」

ティファのとなりに寝そべっているレッドⅩⅢが訊いた。

「スラムに住み始めた頃のこと思い出してた」

「ほう。興味深い」

「いいよ、気を遣ってくれなくても。ほら、一緒に行ったら？　楽しそうだよ」

その視線の先ではクラウドとエアリスがチョコボと対峙している。

「ひとりになりたいのなら行こう。そうでなければいさせてくれ」

「じゃあ、いて」

草原を歩きながら友人たちに話せたのはティファの人生にセフィロスが登場する直前までだった。それ以上は、つらい。まだ話せないこともあった。

しかし——

「何もかも無くしてしまったと思っていたけど、運だけは良かったんだ。出会いに恵まれて、縁が繋がって、今は懐かしくさえ思う」

※

八番街スラム駅近くの空き地に着いた頃には夕方になっていた。本物の太陽の光に合わせて照明——スラムの太陽——も調節されているらしい。言われなければわからない、本物の夕方の風景が広がっていた。

「ここにあるのは第二の人生を送る鉄道の車輛」ラケスが腕を広げて紹介する。「全部マンソン・グループの持ち物さ。君に関係するのはあれ。あの青い車輛」

全体を青く塗られた貨物用の車輛があった。コンテナ横町のコンテナが二台はすっぽり入りそうな大きさだ。ラケスが近づき、扉を横に滑らせて開いた。中に入って手招きしている。小走りで追いつき、続いて中に入った。

外よりずっと高い温度と湿度にたじろぐ。一気に汗が出る。空気に満ちる甘い匂いが食欲を刺激する。内部は全体が大きな台所になっていて三人の女が忙しそうに働いている。ひとりはコンロの上の鍋に取りかかり、ひとりは中央の調理台で野菜を刻んでいる。ひとりは壁際の台に向かって力強く粉を練っている。誰もこちらを見ようとはしない。

「鍋のところにいるのが〝トロリンさん〟で粉の担当が〝ネリコさん〟、野菜の担当が〝キリコさん〟だよ」

「はあ」

「本名は僕も知らないんだ」そして声を潜めて「本人が言いださない限り名前は訊かないこと。コンテナ横町の人たちもね」

「うん。あの、私もここで働くの？」

これなら悪くないと思った。

「ううん。ここで下ごしらえした素材を屋台で完成させて売るんだ。さあ、出るよ」

結局〝トロリンさん〟たちは一度もこちらを見なかった。

外に出るとラケスはとなりの車輛の扉を開く。

「こっちは事務所兼倉庫。朝と夜に屋台を出し入れする。今日は休みだから、ほら、屋台があるよ」

中を覗くと、薄暗い貨車の中に屋台があった。車輪付きの小さな屋台だった。上部には看板があり『八番饅頭(まんじゅう)』の文字が躍っている。

「八番饅頭……」

「うん。ふかふかのおまんじゅうに野菜を挟んで甘辛い肉のそぼろ煮をかける。おいしいよ。控え目に言って大人気だね」

「私、やれるかな……」

「ダメならダメで、別のことを考えよう。でも今は、やれるって考えた方がいいんじゃないかな」

「うん」

「具体的な仕事は明日〝おっちゃん〟に指導してもらってね。四十年くらい饅頭を売ってるんだ」

「四十年も！」

「伝統の味だね。僕は会計を任されてる。だから給料の話とかしておくね」

「うん」

「一日の売上の二割が君の取り分だよ。そして〝おっちゃん〟が二割、台所の人たちが三割。残りの三割はマンソン・グループがもらう。材料費もここから出る。饅頭が一個3ギルだから一日100個出たら売上は300ギル。君の取り分は60ギルってことになるね」

「60ギル……」

多いのか少ないのかわからない。

「売り子の取り分は調理担当の二倍だよ。売上への影響が大きいし、それだけ大変ということなんだけどね」

ラケスに送られてコンテナ横町に戻るとティファは早速金の計算を始めた。

「ここの家賃が一日15ギル。シャワーが1回3ギル。食事は屋台でもらうとしてとりあえずゼロ。一日働くと42ギルの自由なお金が手に入る。その中から少しずつダミーニ先生に返済すればーー」

ティファは頭の中に数字を並べて計算する。けして得意なわけではないので何度も計算しなおした。

「全部返すのに66年⁉」

そんなはずはないと思い直してもう一度計算するがやはり同じ数字だった。薄暗いコンテナで暮らして饅頭だけを食べ、66年も返済を続けるなんて耐えられない！

不安と緊張でよく眠れないままに夜が明けた。思い立って部屋を出た。ラケスが貸してくれた当座の生活費から3ギルを払ってシャワーを使うつもりだった。

〝水番〟がいた。

「シャワー、お願いします」

「準備はしてきたのかい？」

準備よりも、必要なのは覚悟だった。

「タオルを巻いて入ります」

「この時間はまず誰も来ない。もし来ても私が追い払ってあげよう。さっさと浴びな」

「ありがとうございます」

「見張り賃2ギル。合計5ギルだ」

唖然としたが、仕方がない。

「こんなスラムの底に流れてくるなんてよっぽどの訳ありなんだろう？　せめてシャワーくらい楽しむといいよ」

金を受け取りながら〝水番〟が言った。ありがたかった。しかし、ここの生活がスラムの底とは。意外にも熱いシャワーを浴びながらティファは落ち込んだ。


迷いながら駅の近くの倉庫まで行くとパートナーが待っていた。色白の小柄な老人だ。上下で色を揃えた服が目立つ。真っ赤だった。短く刈り込んだごま塩の頭を掻きながらティファを見ている。ジロジロと観察しているようだ。

「よし、合格だ。来い」

老人は背を向けて歩き出す。昨夜の事務所兼倉庫の車輛に向かっている。

「俺のことは〝おっちゃん〟と呼んでくれ。おまえはティファだったな。どうする。そのまま行くか？　なんなら俺がビジネスネームをつけてやるぞ」

〝おっちゃん〟が振り返る。そしてまたあの目線だ。

「そうだな。おまえに相応しい名前は――」目が胸元でとまる。嫌な予感がした。

「いいです。ティファでいいです」

「そうか?　残念」

〝おっちゃん〟は肩を落として歩き出し、そのまま倉庫に入った。

「屋台出すぞ」

出すぞと言いながら手伝おうとはしなかった。しかし屋台は思いのほか軽く、苦労なく引き出すことができた。

「次は饅頭と具を積み込む。調理場に準備してあるからな」

この作業もひとりでやるらしい。青い車輛へ行って入口近くにまとめてある野菜などの具材と鍋一杯のそぼろ煮を積み込んだ。鍋は熱く、重かった。調理場の中の女たちは挨拶にも答えなかった。

「すぐに慣れるさ」

〝おっちゃん〟は何も手伝おうとはしない。

「引っ張ってみ?」

屋台の前にはコの字型の大きな取っ手がついている。その中に入って、手と腹で支えながら前に牽(ひ)くのだ。村にあったリヤカーと同じだ。子供の頃に荷台に乗って遊んだことがある。牽いてくれたのはタイラーだったかレスターだったか。

荷物を全て載せた屋台は重かった。身体を前に倒して腹に力を入れると胸に鈍い痛みが広がった。

「大丈夫か？」

〝おっちゃん〟が心配そうに覗き込む。実は優しい人かもしれない。

「真っ青だぞ。寝たのか？」

「あまり眠れませんでした」

「なんだよ。頼むぜ。今日の目標は５００個だぞ？」

「……１００個じゃないんですか？」

「１００個しか売れないなら商売変えるぜ。前の奴とは普通に１０００個売ってたぞ」

「一日で⁉」

「そりゃそうだ。でも今日はおまえの初日だから目標５００に下げておく」

「１０００個ですか……」

もし可能なら想像の十倍稼げるということだ。そうなれば66年ではなく7年かからずに返せることになる。長い時間にはちがいないが想像できないほど先でもない。

「やります。がんばります！」

ティファは顔を上げて屋台を牽いた。急に軽くなったように感じた。

※

「今にして思えば、よくそれで頑張る気になったよね」

ティファは傍らのレッドⅩⅢを見やった。赤い獣は草の上に伏せって、顔を背けている。よく見ると全身が小刻みに震えている。

「あ、笑ってる⁉」

「いや」しかしその声も震えていた。「それで、1000個売れたのか？」

「教えません」

※

八番饅頭の定位置は駅前のスペースの、いちばん駅から離れた場所だった。屋台を重石で固定するとさっそく準備が始まった。〝おっちゃん〟の教え方はすべてが実践だった。

まず蒸し鍋用のお湯を沸かす。沸くまでに、具材を皿に盛り付ける。その皿を客から見やすいように並べる。そぼろ煮の鍋を火にかける。弱火を絶やさず、常に熱々にしておく。お湯が沸いたら蒸し鍋で饅頭を蒸し始める。さらに包み紙の用意。

「時間を逆算して、開店までに蒸し上がるようにテキパキとな。ほら、そこに立つんだ」

指示され、ティファは屋台を挟んで客と向き合う位置に立つ。

「引き出しに入ってる手袋を両手につけろ。饅頭は熱いぞ」

手袋を見つけて両手にはめる。

「んで、左手に薄茶の紙を乗せてその上に饅頭を置く。熱くても我慢。親指で饅頭を押さえる。右手にナイフを持って具を挟む切れ目を入れる。饅頭の皿と蓋をつくる。皿と蓋がサヨナラしないように蝶番部分を残して切る。わかるか？　パカパカだ。手、切るなよ」

〝おっちゃん〟の説明が速い。ティファはあたふたしながら実際にやってみる。

「よし、パカパカになったな。で、開いた饅頭にレタスの葉を敷く。その上にレードルでそぼろ煮を載せる。汁は少なめだ。次に客の好みの具を三種類載せろ。紙ごと饅頭を閉じて客に渡す。客によっては2個、3個と買うが作るのは1個ずつ。渡すのも1個ずつ。箱や袋を用意するのは客の方だ。売り子は何も気にする必要はない。注文を聞き、作り、渡す。ああ、それじゃあ汁が多い。バランスが悪いと味が濃いだけのニセモノみたいになるから気をつけろ」

汁気の多い饅頭が完成した。

「喰ってみ」

一口、二口と食べる。口の中に甘辛い味が広がる。野菜の食感が心地良い。知っている味だという気がした。

「美味しいです」

「故郷の味がすんだろ？」

「はい。初めての味ですけど……そんな気がします」

「俺のお袋が考えたレシピだ。どこの生まれでも懐かしいと思う。一種の魔法だな」

〝おっちゃん〟が笑う。初対面の印象とはずいぶん変わっていた。

準備が整う頃には客が大勢集まっていた。ティファはたじろぐ。スラムは一部の地域を除けば水道が整備されていない。自炊の習慣のない住民が多かった。外食はごく普通のことだった。特に朝は誰もが忙しいこともあり『八番饅頭』のような食べやすい料理は人気が高かった。

「よし、はじめるぞ。ティファ、先攻だ」

「え？」

最初の客がボウルにコインを3枚落とす。緊張の初日が始まった。

「ほら、紙。まず饅頭にさわれ。手を湿らせれば紙がくっついてくる」

〝おっちゃん〟に言われてティファは慌てて饅頭に触れる。紙を取る。客が具を指差す。ピーマンとナッツとセロリ。ティファは最初にピーマンを取りそうになる。まず饅頭だった。慌てて蒸し鍋に積まれた饅頭を掴む。

「あっ！」

手袋をしていても饅頭は熱い。落としてしまった。

「ごめんなさい」

客は表情を変えずにグツグツ煮える鍋を見ている。

「紙、饅頭、ナイフ、開く、葉っぱ、そぼろ、具、閉じる、渡す」〝おっちゃん〟が背後から囁く。「でも、その前に深呼吸」

ティファははっとする。そう。呼吸は大切だ。ティファは深呼吸をした。ゆっくり息を吸って、ゆっくり吐き出す。客は興味を引かれた様子でティファを見ている。

「失礼しました！」

「がんばれよ、新入りさん」

客が微笑む。ティファは黙礼して饅頭を掴み、手早く紙の上に置いた。戦いが始まったのだ。

営業時間は午前六時半から夜の八時まで。休憩は客足を見て適時取るが朝の二時間、昼を挟んだ三時間、夜、閉店までの三時間は売上のピークなので休憩などもってのほか。初日の最初の二時間は失敗が多かったが昼食時のピークにはティファはこつを掴んでいた。リズム。呼吸。それが全て。まるでザンガン流格闘術。足、腰、そして背中で流れを作って手を動かす。体調も悪くはなかった。痛みもなかった。朝88個、昼に120個売った。充実感があった。ピーク時間以外はティファが饅頭番に回って〝おっちゃん〟が売り子を担当した。折り畳みの椅子に座ることができるが休むわけにはいかない。客足を見て蒸かす饅頭の数を見極める必要がある。ティファにはまだ無理なので指示を待った。午後二時に〝おっちゃん〟が具の入った饅頭を差し出した。

「昼飯だ。2個までならタダ。3個からは金を払う」

空腹だったティファは熱さと格闘しながらも、あっという間に饅頭を平らげた。

戸惑うことも多かったがうまくやっていると思っていた。身体も痛まない。気にしていた胸も大丈夫だ。それなのにティファは夕方のピークを完走できなかった。足全体が疲れて石のようだった。腕も重い。まるで秘伝の書を何冊も終えた時のようだ。注文を受けてから客に手渡すまで、自分でも歯がゆいほどの時間がかかる。落としたり、こぼしたりの失敗が増えた。見かねた〝おっちゃん〟が売り子の交代を告げる。

「大丈夫です。やれます」

「大丈夫じゃない。やれてない」

その通りだった。悔しさと情けなさで俯いたまま場所をあけた。

「筋はいいのになあ。やっぱり体力がねえなあ。客寄せには最高だと思ったんだが」

〝おっちゃん〟の辛辣（しんらつ）な言葉がティファに刺さる。

「とにかく今日は帰れ。明日、来られるようなら来い。来なけりゃそれっきりだ。じっくり育てるとか、そんな余裕はねえからな」

コンテナに戻るとほどなくラケスが訪ねて来た。ティファの応援のつもりで屋台へ行き、事情を知ったのだ。誰にも会いたくはなかったし、すぐにでもベッドに潜り込みたかった。

しかし相手はラケス。邪険にはできない。

「体調は？　ママに診てもらおうか」

「傷が痛いんじゃないから大丈夫。一晩眠れば治ると思います」

「そうか。続けられそうかな？　〝おっちゃん〟が気にしてたんだ」

「大丈夫。続けないと」

「ティファ、ごめんよ。治療費免除にできなくて。ママも苦しいんだ」

「そんなこと、望んでない」

「うん。そうだね。そう言ってもらえるとうれしいよ。これ、持ってきた。あげるよ」

ザンガン格闘術秘伝の書、第二の巻だった。

「僕はもう覚えてるから」

そう言い残してラケスは帰った。

「私だって、覚えてる」

書を開かずに型をなぞってみる。二の一の一。次の型。二の一の二。二の一の三。身体が勝手に動く。大丈夫。学んだことは誰も奪えない。

落ち込んでいた気持ちが前を向き始める。すると、夕方に動けなくなった原因が見えてきた。半ば眠っていたようなところに突然強い負荷がかかったので身体が抗議したのだろう。朝から昼までは緊張が身体の異変を覆いかくしていた。夕方になってその緊張がほぐれ、異変が表面化した。そうにちがいない。

落ち着くと自分の匂いが気になった。ほのかに香る煮汁の匂いは自分が原因らしい。シャワーを浴びたい。服も洗った方がいいかもしれない。洗濯はどうしよう。着替えも必要だ。しかし実際は何もできずに眠ってしまった。

翌朝、たっぷり眠った感覚とともに目が覚めた。まだ夜明け前だ。おそるおそる伸びをする。筋が伸びて気持ちがいい。ベッドから下りて軽く膝の屈伸をする。問題なさそうだ。ふと思いついて片足立ちのポーズ。ザンガンが村の広場で最初に披露した体操だった。

「死ぬまで生きますよ」

ティファは声に出して言ってみた。

「そりゃそうだ」

気持ちが軽くなった。今日こそは完走してみせる。

シャワーの周辺は〝水番〟以外誰もいなかった。3ギル払ってコンテナに入ると中の様子が昨日とは変わっていることに気がついた。五本のシャワーの一番奥が青いカーテンで目隠しされていたのだ。カーテンには黄色い文字のペイントがあった。

〝LADIES〟

驚いてコンテナの外を見ると〝水番〟がニヤリと笑った。

「専用のシャワーは一回4ギルだよ」

「え～っ⁉」

「朝と夜に使うなら5ギル。朝のうちにまとめて払うこと」

魅力的な提案だった。仕組みも理解した。使用料は〝水番〟の言い値なのだ。

「わかりました。じゃあ戻ってお金取ってきます」

「夜が明けるよ。今日はサービス。さっぱりしておいで」

二日目は夜まで戦い続けて４００個近くを売り上げた。しかしティファが来るまでは１０００個売っていた屋台だ。〝おっちゃん〟は完走を労ってくれたが売上には満足していなかった。

「売上は朝昼晩のピークが勝負。合計４８０分。これは２８８００秒だ。出せたのは４００個とすると一個売るのに72秒かかってる。1分以上だ。１０００個売るにはどうしたらいい」

〝おっちゃん〟に問われてティファは懸命に計算した。

「28・８秒」

「だな。ピーク以外にも売れるから、まあ、1個30秒で売れればいける」

「30秒……」

二分の一以下に縮めるのだ。可能だろうか。

「おまえのテンポは田舎のテンポなんだ。都会のスピードまで上げてくれ。やるしかないぞ。おまえなら１５００は行けると思ってる」

1個20秒。そんなペースで動き続けることができるだろうか。疑問を口にすると〝おっちゃん〟は目を細めた。

「ピーク以外の客が増えるはずだ。いいか。屋台の客はその日のメシをどう決めるのか。ここには七台の屋台が集まっているだろ？　甘辛で懐かしい八番饅頭、薄味が魅力の伍番饅頭、元気の出る六番焼き。小洒落たスラムサンド、身体に優しいベジスープ、がっつり油雑炊、新参の唐辛子麺。客はな、そりゃ好みはあるだろうが、基本的になんでもいいんだ。ここに来ればどれを食べようと外しはしない。だから選ぶ基準はモノじゃない。列が速く流れる店が選ばれる。列がない店はダメだ。列があるけどさばくのが速い店が勝つ」

〝おっちゃん〟はこそこそと重大な秘密を明かすようにしゃべる。思わず引きこまれてしまう。

「ところがそんなことは全部の店が知ってるからぬかりはない。じゃあ、何で決まるか。売り子だよ。売り子の魅力で客を集めるんだ。おまえ、自分の魅力は知ってるか？」

「私の魅力……」

「謙遜はいらん。そのかわいらしい顔じゃねえか。あと、大人だか子供だかわかんねえその——」

〝おっちゃん〟はティファの足下から顔までをサッと見た。

「うれしい、気持ち悪い、どう思ったか知らないが、男でも女でも売り子の見た目は重要だ。その証拠に、おまえがどんだけモタモタしてたって、次から次へと客は集まる。だからひとりにかける時間を削りに削れば１５００も夢じゃない」

※

「結局、その気になっちゃった。そんなの嫌だな——そう思うことは色々あったけど、お饅頭をたくさん売るのは楽しかった。工夫して、1秒、2秒を削るの。お皿の並べ方を工夫したり、ナイフの使い方を練習したり。体操や格闘術もそうだけど、私、そういうのに向いてるんだと思う。すぐに熱中しちゃう。それに、〝おっちゃん〟は言葉を選ばないのが玉に瑕だけど、悪い印象はなかった。仕事の腕だけで人を判断しているのもわかりやすくて、良かったな」

「食べてみたいものだな、その饅頭」

レッドⅩⅢの喉が鳴る。

「おいしいよぉ。でも、あのそぼろ煮、今でもなんのお肉だか知らないの」

ティファは肩をすくめた。

「やはり遠慮しておこう。それで、売上は増えたのか？」

「うん。はじめて四ヶ月くらい？　十六の誕生日の少し前。1000と3個。達成感、あったなあ」

「だろうな」

「そして誕生日。誰にもおめでとうって言われない、初めての誕生日だった。少し、落ち込んだ。でも、その代わりに、また縁が繋がったの」

※

誕生日の翌週だった。水曜日——屋台の定休日——にダミーニの診療所を訪ねた。月に一回の経過観察だった。まずは診察だ。簡単な問診。そして皮膚の移植箇所の触診。最後に胸の周辺の写真を撮られる。新しい治療法なのでデータが必要なのだという。多くの医者と関係者が見ることになる。顔は写っていないとはいえ、つらい。

「今は青黒くなっている部分も次第に元の皮膚に同化するはずです。術後と比べるともうかなり同化していますね。自分でもわかるでしょう?」

確かに、その通りだ。

「でも」ダミーニが暗い顔をする。「ここの——」ティファのみぞおちを指でなぞる。「このあたりの皮膚はもう一度移植が必要かもしれませんね。下の骨を補強する金属の影響かしらね……」

「そうですか」

「追々、検討しましょうね」

「嫌なこった!」

壁越しに大きな声が聞こえた。ティファは慌てて服を着る。病室の入院患者が騒いでいるらしい。ダミーニは診断の終了を告げると出て行った。身支度をして診療所を出ようとするとラケスに声をかけられた。

「ねえティファ。力を貸して欲しいんだ」

「なに?」

「君と同じ皮膚の手術を嫌がっている患者さんがいてね。何も問題はないということを経験者の君の口から伝えて欲しいんだ」

「そんなこと、できるかな」

「大丈夫。ああでも。その傷を負った経緯は話さないで。顔の広い人だからすぐに伝わってしまうと思う。あと君の仕事のこともね」

「どうして？」

「うーん、七番街の人だから、あまり交わってほしくない。さあ、行こう」

よくわからないままに病室に連れて行かれた。半年前には自分がいたベッドに、今は老婆がいる。背中が開く寝巻きを着て、うつ伏せになっている。ガーゼが貼られて、そのガーゼには血が滲んでいた。ベッドの脇にいるダミーニが途方に暮れた顔でティファを見ていた。

「この患者さんはマーレさん。運悪くモンスターに襲われてしまってね」ラケスが穏やかな声で紹介する。「背中に大怪我を負ったんだ。皮膚移植手術を勧めているんだけど……」

「縫ってくれりゃあそれでいいんだよ。わけのわかんないものをくっつけないでくれ」

刺すような視線だった。

「五年もすれば、あなたの一部になりますよ」とダミーニ。「このお嬢さんは半年ほど前にその手術を受けましてね、ほら、これがその回復経過の写真です」

ティファは息を飲んだ。ダミーニはプリントした写真をマーレに見せている。胸が写っている写真を。

「そんなもんは見たくないよ。さっさと引っ込めな」

ダミーニは曖昧な笑顔で写真をしまった。

「ねえ、ティファ」ラケスが声をかける。「痛みは最初だけだったよね？」

「はい。最初だけです」

「痒(かゆ)みや、不快感もないんだろう？」

「はい。ありません」

手首の革紐を握りしめて、感情を抑えた。

「白々しい宣伝はもういいよ」マーレが言った。「ティファとふたりきりにしておくれ」

ラケスとダミーニが顔を見合わせる。やがてダミーニがうなずいた。

「いいですよ。でも、患者さん同士の個人情報の交換はご遠慮くださいね」

ふたりが出て行って、病室には初対面のふたりが残された。

「あいつら、女の胸をなんだと思ってるんだ」吐き捨てるように言った。「悪かったね。あたしがごねたばかりに、恥ずかしい思いをさせてさ」

「いいえ」しかし、わかってくれる人がいてうれしかった。「びっくりしましたけど」

「そもそもなんで怪我をしたんだい？」

「ええと、個人情報かも、です」

「じゃあ、小さな声で教えなよ」

マーレがニヤリと笑った。

「悪い奴に斬られました。その仲間に知られると恐いので、詳しい話はできません」

我ながらうまい説明だと思った。

「なんとまあ。逃げてるのかい。そりゃ大変だ。じゃあ、スラムの外から来たのかい？」

「はい。田舎です」

「家族は？」

「いません」

「心細いだろうねえ。何歳だい？」

「十六です」

「何してるんだい？　ウォール・マーケットかい？」

六番街スラムのその場所の良くない評判はなんとなく知っていた。

「いいえ！」

「その言い方だと、わかってるんだね。いいかい。あそこへ行けばあんたみたいな美人は好きなだけ稼げるだろうよ。でもね、あんたを使う店はその何十倍も儲けてる。搾取されて捨てられるのがオチだよ。覚悟があるなら、行くがいい。でも、流されて行くところじゃないよ」

「行くつもりはありません」

「流されちゃいそうだよ、あんたは」

「そんなことありません」

「押しに弱いだろう？　回りの雰囲気に合わせたりしがちだろう？」

図星だ。

「あたしはこういう性格だからね。わかっちゃうんだよ。良かったよ、あたしが善人で——いてててて！」マーレが突然苦痛を訴えた。

「大丈夫ですか⁉」

「嘘ついた罰かねえ」

ノックの音がして、応える間もなくラケスが入って来た。

「痛みますか？」

「ああ、さっさと手術しておくれ。ティファと同じ新しい皮膚をおくれよ」

「いいんですか？」

「気が変わらないうちに早く。それからティファ。また来ておくれ。ここまで見舞いに来る友だちがいなくてね」

それから三ケ月。休みの日には診療所のマーレを見舞った。マーレはもうティファの素性を探ろうとはしなかった。その代わり、スラムで生きる心得のようなものを幾つも教えてくれた。

マーレ自身は七番街でアパートを経営していたが神羅カンパニーの強引な区画整理で移転を余儀なくされている。新しい物件を探している時に外周壁に近づきすぎた。そこでモンスターに襲われたのだ。

「物事の外周にいちゃあダメだ。真ん中にいろっていう教訓だろうね、これは」

そんな調子の話が多かった。十五の頃の冒険譚。ウォール・マーケットで働いた話。自警団の運営に一役かっている話。

故郷を離れて逃げ回る孤独な女の子を慰めようという気持ちがうれしかった。マーレの話はラケスかダミーニが注意するまで尽きなかった。

「友だちはできたのかい？」

帰り際に、マーレはいつも訊いた。

「はい、できました」

いつもそう答えていた。

しかしそれも、マーレの退院とともに唐突に終わった。

「退院が早まってね。ティファによろしくって言ってたよ」

ラケスにそう言われて、それっきりだった。マーレの経過観察の時に会えるかもしれないと期待したが、それも叶わなかった。

また、仕事だけの日々が始まった。一日の営業を終えて屋台を片づけると八時半になる。途中で夕食になるものを買ってコンテナに帰る。食事が終わると秘伝の書のうち、ひとりでできる型を一通り復習する。シャワーを浴びてしまうと、あとはすることがなかった。身体を動かした心地の良い疲れはあるのになかなか眠りが訪れない。様々な、断片的な思いが頭の中で主張を始める。故郷を思う時はまだ良かった。寂しくはなるが、あの風景、過ごした日々、人々の笑顔を、そして理不尽への怒りを忘れないでいることは自分の務めだと考えていた。一方、未来を思うと憂鬱になる。借金の返済はあと何年も続くのだ。

※

「マーレさんがいなくなってからはなんにもなかった。毎日お饅頭と笑顔を売って、休みの日の夜は憂鬱になって、給料日にお金を返す。うん。返済は順調だった。一日1000個売れれば毎月1400ギルくらい返せた。たいていもう少し売れたし、生活費もそんなにかからなかったから貯金もしてたんだ」

衣装箱の中に隠した鞄（かばん）の中にたまるお金を数えたりもした。

「でも、やっぱり時々苦しくなった。弱音を漏らしたら、〝おっちゃん〟がね、俺たちはミッドガルの部品だって笑ったの。でも私は全然笑えなくて」

レッドⅩⅢが唸った。同情してくれたのだろう。

「でも、聞いて。十七歳は賑やかになったんだ」

※

昼のピークが過ぎてからティファは〝おっちゃん〟と持ち場を交代した。蒸し鍋に饅頭の生地を並べていると屋台の前に客が立つ気配がした。

「八番饅頭22個欲しいッス。中身はお薦めでお願いするッス」

「22？」

珍しく〝おっちゃん〟が声をあげる。見ると、顔も体つきも丸い、若い男がいた。同じくらいの歳だろう。

「22個ッス。向こうで待ってるのが――」

客が指差した先、線路脇のフェンスに寄り掛かって何か話している男女がいた。ふたりともハッキリした――ティファがミッドガルらしいと感じる――顔立ちだった。少し年上に見えた。

「それぞれ一個ずつ食べて、オレが20個ッス」

客はなぜか得意気だった。ティファはくすりと笑った。目が合うと客は親指を立てた拳をグイと突き出した。ティファは黙礼して〝おっちゃん〟の横に立つ。手伝うつもりだった。

「できたのはコレに入れて欲しいッス」

客は大きな籐篭をプラプラと見せると胸の前で――突き出した腹に乗せるように――抱えた。

「八番饅頭がとろける美味しさだと聞いて試しに来たッスよ」

「そりゃどーも」

〝おっちゃん〟が無愛想に礼を言う。

「売り子の女の子がかわいいってのも評判だけど、それは本当ッスね」

「ありがとうございます」

ティファは習い性で微笑もうとした。しかし、客はそぼろ煮の匂いを嗅ごうと必死になっている。ティファはまた笑った。

「なんのお肉かな……」

「肉かい？　それは――」

「あっ！」答えようとする〝おっちゃん〟を客は慌てた様子で制した。「オレが当てるから言わないで！」

「お好きにどうぞ」

〝おっちゃん〟もさすがに笑みがこぼれる。ティファは笑いをこらえて饅頭を作り、客の籐篭に入れる。客はすぐ匂いを嗅ぎ始める。気に入ったらしい。うっとりとした表情だ。この期待にはぜひとも応えたい。「おまかせ」や「お薦め」の注文には余り気味の具材を入れるように指導されているが、ティファは叱られるのを覚悟で本当にお薦めの具材を入れた。見ると〝おっちゃん〟も同じように選んでいる。皿の具材をつまむ手が軽やかに動く。皿から皿へ渡る手が弾むようだ。〝おっちゃん〟の手が踊っている。客はその様子を、感嘆の表情で見つめている。ティファは〝おっちゃん〟が仕上げに入るタイミングで皿の具を取る。〝おっちゃん〟の動きを真似てみる。リズムに合わせて動くと、ダンスというよりはザンガン流の型のようになってしまう。それが可笑しくて笑いが漏れる。ふと見ると客も首でリズムを取って動いている。

こんなに楽しく饅頭を作ったのは初めてだった。5分ほどで22個の饅頭を籐篭に入れる。客は籐篭の中の匂いを嗅ぎながら仲間たちの方へ去って行った。しかし待ちきれないのか立ち止まり、篭から饅頭を取り出してかぶりついた。しっかりと噛んでいるらしい。丸い顎が止まっては動く。もぐもぐと噛みながらティファたちを見て、また立てた親指を突き出した。ティファは思わず、同じポーズで応える。驚いたことに〝おっちゃん〟も同じようにしていた。

「ああいう客は大切にしなくちゃな」

「宣伝してくれそうですね」

「それもあるけどよ、ほら、なんというか、この商売の楽しさとか、喜びみたいなもんを思い出させてくれるだろ」

フェンス際で三人は美味しそうに饅頭を食べている。食べ終えた年かさの男が籐篭からもうひとつ饅頭を取ろうとする。察した持ち主が慌てて阻止する。その隙に女が篭に手を突っこんでまんまと1個手に入れ、ふたりに背を向けて頬張った。

〝おっちゃん〟の言うとおりだ。胸のうちに幾つもの温かい感情が芽生える。久しくなかったことだ。

「ほら、饅頭蒸さないと」

今の22個で一気に減った饅頭を補充しなくてはならない。

「はーい」

ティファは蒸し鍋に戻って饅頭の生地を並べ始める。

「あれ？」目尻から涙が流れ落ちた。

「あれっ？」

涙を拭う。瞬きを繰り返す。

「変だな……」

胸の中に潜む別の感情に気づかないふりはできなかった。あの三人が羨ましかった。自分の孤独を思い知らされた。


仕事が終わり、コンテナ横町を目指して歩いていた。仕事の日は毎日のことだが、夜のスラムはまだ怖い。警戒して、つねに身体に力が入ってしまう。

「ねえねえ！」

背後から声がかかる。首をすくめて振り返ると若い女がいた。細面の、鼻筋の通った美人だ。

「あ、やっぱり！　八番饅頭のおねえさん！」

あの親しげな三人組のひとりだった。彼女たちは最初の22個の日から何度も買いに来ていた。

三人一緒の時もあるし、それぞれがバラバラに来る時もあった。

「お客さん」

「私はね、ジェシー。ジェシー・ラズベリー」

腰に手を当て、気取ったポーズで名乗った。

「ティファです。ティファ・ロックハート」

「おお！　名前もかわいい。十七歳くらい？」

「十六です」

「今日は仕事じゃないんだね」

「はい」

「えっと、緊張してる？」

「いえ、そんな。ああ、そうかもしれません」

本当は話したかった。憧れてさえいた。しかし、それをどう伝えれば良いかわからない。

「そうか。ごめんごめん。じゃあ、また駅前でね」

ティファはごめんなさいと呟いて背を向けた。すぐに歩き出す。少ししてから振り返るとジェシーはまだこちらを見ている。小さく手を振っている。ティファは軽く頭を下げるとまた歩き出した。

もうすぐ曲がるべき路地というあたりだった。向こうから歩いてくるのは明らかにチンピラだ。

派手な柄のシャツを着て、肩をそびやかしている。マーレからけしてチンピラと関わってはいけないと助言されていた。ラケスが真似して見せてくれたチンピラの歩き方がそっくりだったことがわかった。〝おっちゃん〟——昔、チンピラだったことがあるそうだ——からは、もし何か言われたら「マンソンの世話になっている」と言えば大丈夫だと教えられていた。その呪文が効かない時は一目散に逃げろとも言われている。

チンピラは明らかにティファを見ている。ティファは目を逸らして道の端に寄る。しかしチンピラも寄ってくる。

「ねえねえ街のビューティさん。一攫千金のチャンスだよ？　応募資格はそのルックス！　あなたが持つ美貌で稼いでみませんか〜」

「興味ありません」

ティファは逃げようとするが、チンピラのフットワークは意外に軽く速い。回り込まれてしまう。

「ねえねえ、顔あげてよぉ。見せてよぉ？」

男の手が顎に伸びてくる。ティファは軽く身体を引いた。男の手が目の前で空振りする。

日々、ザンガン流の復習は欠かしていない。おそらく、このスキだらけのチンピラには勝てる。

しかし〝おっちゃん〟の言葉を思い出す。チンピラはしつこいから勝つまで何度でもくるぞ。最初から関わらないこと。呪文を忘れるな。

「こらっ、何する！」

女の声だ。振り返るとジェシーが猛然と駆けてくるのが見えた。そしてその勢いのまま跳び上がり、チンピラの頬につま先蹴りを入れた。チンピラはぶへと奇妙な声を出して地面に倒れ込んだ。

「行くよ」

ジェシーに手を掴まれて、引かれるままに走った。手近な路地に入り、角を何度も曲がる。

「家、どこ？」

ティファは通りからの、だいたいの場所を説明する。しかし、今いる路地からどう行けば良いのかわからない。

「コンテナ横町のこと？」

「はい、そうです」

「意外。でもわかるから送ってくね」

ティファの返事を待たずにジェシーは歩き出す。道中ジェシーは蹴り倒したチンピラのことを教えてくれる。六番街のウォール・マーケットを仕切るドン・コルネオの下の下の下くらいの男であること。コルネオの店で働く女の子を探していること。腕っぷしは全然だがしつこいことを教えてくれた。

「それで、これが肝心なんだけど、ウォール・マーケットには近づかない方がいいし、コルネオの名が出たら絶対関わっちゃダメ。いい？」

「はい」

「って先輩づらして語っちゃったけど、そんなこと知ってるよね」

「ほんの少しです。とにかく、六番街には行くなと言われてます」

「それ、正解」

「ジェシー。格闘術やってるんですか？」

「え？　ああ、あの蹴り？　良かったでしょ。アクションの練習メニューにあったんだよね。本気で当てたの初めてだけど。私、女優なの」

「え⁉」

「今は休業中だけどね」

「納得です」

「それ、私があんまり美人だから女優って聞いて納得ってこと？」

「はい」

「かーっ！　うれしいこと言ってくれるじゃないの！」

ジェシーは屈託なく笑った。ティファもつられる。

「ね、そろそろじゃない？　コンテナ横町」

どこをどう通ったのかいつもの路地に戻ってきていた。ティファはジェシーを追い抜いて言った。

「ここまで来れば大丈夫です。助けてくれてありがとうございます」

「どういたしまして。でも、家まで送るよ。もうすぐでしょ」

「はい……」

家を見られたくなかった。二年も暮らせば自分の生活が底辺に近いという認識があった。引越を考えたこともあったが、借金を返済するまではと先延ばしにしていたのだ。

「さあ、行こう」

ジェシーが歩き出す。ほどなくいつもの、道端に座り込んでいる〝門番〟の場所へ来た。〝門番〟はティファに気づくと、おかえりと呟いて道をあけた。

「へえ。セキュリティ、ばっちりじゃない」

ほどなくティファのコンテナの前に到着した。

「ここです」

ティファは錠前を外して掛金のフックを外す。

「クラシック」

ジェシーが感想をもらす。悪気はないのだろうがティファは恥じ入った。

「ねえ、中も見せてくれる？　図々しいかな。でも興味シンシンなんだよね」

「どうぞ」

ジェシーは喜んで中に入る。ティファが灯りをつける。越してきた時とほとんど何も変わっていない。衣類が少し増えただけだった。

「ここ、本当に住んでるの？」

「はい。二年くらい。いつか出るつもりで、それまではこれでいいかなと思って」

「ひとり？　親は？」

「はい、ひとりです。親はもういません」

「そっか……」

ジェシーは今一度部屋をぐるりと見まわす。

「シャワーもトイレも外なんだ。そりゃそうか。コンテナだもんね。ね、ここ幾ら？」

「一日15ギルです。シャワーが好きなので5ギルで、月に６００ギル。日にちが多い月でも６００でいいって」

ジェシーの眉間に皺が寄る。

「ティファって、訳ありなの？」

この人になら話しても大丈夫かもしれないとティファは思った。助けてほしいわけではない。ただ、聞いて、大変だねと労ってくれたらどれほど日々が報われるだろうと思った。

「お金、返さなくちゃならなくて」

「へえ……」しきりにうなずく。「まだ、たくさん？」

「あと四年……かな」

「うへ」

ジェシーはベッドに座ると、自分のとなりをポンポンと叩いた。

「事情、お姉さんが聞こうか」

ティファもベッドに腰を下ろす。

少し考えてから、頭が変になったソルジャーが村に火を放ったところから今日に至るまでを感情の赴くままに話した。話しているうちに、後悔の念が湧いてきた。もっとあの事件の真相に近づくべきではないのか。それなのに自分はお金の返済に逃げているような気さえする。最後は、泣いていた。

「頑張ってるね。うん、ティファ・ロックハートはスラムの誰よりも頑張ってる」

ジェシーに励まされ、ティファは鼻を啜(すす)る。

「それに逃げてるなんてことはない。私、神羅が起こす事件には詳しいつもりだけどニブルヘイムのことは知らない。ってことは、神羅は公にしてないどころか隠してるんだよ。慎重に近づかないと、こっちがやられちゃう。ひとりじゃ無理。ね、無茶はしないで」

「……はい」

「お父さんの無念はきっと晴らそう。協力する。すぐには無理だけどね」

そこまで考えていたわけではなかった。しかし、ジェシーと話しているとその気にさせられてしまう。手首の革紐を握った。

「どうしてそんなに良くしてくれるんですか？」

「うーん、なんでだろ。お節介体質？　困っちゃうよね。あ、でもお金はないからそこは期待しないで」

ジェシーはティファの背中から手を回して、肩を抱き寄せた。話したことで力が抜けたティファは身をまかせた。

「私たちはなんでもできる。ひとりじゃ無理でも力を合わせればね」

以来ティファは週に一度か二度はジェシーと過ごすようになった。ウェッジやビッグスが一緒の時もあった。あの日の食いしん坊がウェッジで、もうひとりがビッグスだ。ジェシーたちを通じて知り合いが増えた。夜中でも安全に食事できる店を教えてもらった。ジェシーの見立てで服も揃えた。舞台仕込みの正しい姿勢と歩き方を仕込んでくれたのもジェシーだった。それまでのティファは、ビッグス曰く、警戒中の小動物のようだったらしい。

十七歳の誕生日だった。仕事を終えて屋台を倉庫に戻し、売上をラケスに渡す。毎夜の手順を終えると〝おっちゃん〟はいつもと変わりなく帰っていった。

「ねえ、ティファ」

ラケスがいつになく居心地が悪そうにしている。何を言いだすつもりだろう。ティファは軽く身構えた。

「君がこのところ仲良くしている人たちのことだけど、あまり良くないグループと関係しているみたいなんだ。だから――」

「自警団のことですか？」

ティファは言った。自分で思ったよりも声が鋭かった。

「彼らはアバランチだよ」

「アバランチ――」

知らないわけではなかった。アバランチはミッドガルの秩序を乱す反神羅組織だ。あちらこちらで暴力的な事件を起こしている。リーダーはエルフェ。

「たとえそうだとしても、悪い人たちじゃありません」

「君がどう思うかじゃなくて、問題は神羅がどう思うかだよ。距離を置いた方がいい。アバランチ狩りに君が巻きこまれるんじゃないかと思うと不安でね」

コンテナ横町への路地を歩いていると〝門番〟が、客だと教えてくれた。誰だろう。不安の方が大きかった。用心しながら向かうとコンテナの前でジェシー、ビッグス、ウェッジが待っていた。

「お帰りッス」

「誕生日、おめでとう」

ジェシーがティファを抱きしめる。

「なあティファ。明日も仕事なのは知ってるけど、今から二時間くらい、どうだ？」

ビッグスが探るように誘う。

「ご馳走はないけど、お菓子ならいっぱいあるッスよ」

「ティファに見せたいものがあるんだ」

ジェシーがティファを解放して言った。

「なんだろう」

「なんでしょう」

示し合わせたように三人が声を揃えた。行き先の想像はつかないがこの三人に誘われて断る理由は思いつかなかった。

30分近く歩いて着いたのはミッドガルの外壁近くに建つ朽ちかけた家だった。スクラップ置き場の中にあった。室内は外観の印象よりは広かった。すでに八人の先客がいたが、まだまだ入れそうだ。見覚えのある顔もいた。屋台の客だろうか。ビッグスかジェシーの知り合いとして紹介されたのかもしれない。

「みんな、こんにちは」ジェシーが手を挙げて注目を集める。そしてティファを部屋の中央に連れ出して「彼女は私の友だちのティファ・ロックハート。今日が十七歳の誕生日なの。みんな祝福を」

　ビッグスが拍手を始めると居あわせた人々が続いた。祝福の言葉が飛び交う。ウェッジが指笛を鳴らす。誰かが注意する。大きな音を出してはいけないらしい。

「ありがとうございます」

　ティファは身体ごと向きを変えながら何度も礼を言った。

「では、はじめようか」

　年かさの男が言った。静かになった部屋の中、人々は奥の壁に向かって座る。壁は白い。壁から少し離れたところに小さな机が置かれ、その上には映写機が置かれている。ニブルヘイムにもあった古いタイプだ。何かの上映が始まるのだろう。

　予想通り、部屋の灯りが落とされるとほどなく映像が映し出された。白黒の風景。荒涼とした荒野だ。その荒野にひとりの若い男が立っている。

「私は星命学のメンター、ユーリ・ロマーナ。星と私たちの関係。星の命の話をしたいと思う。この映像をご覧の皆さんはすでにご存知のことばかりだろうが、しばしご辛抱頂きたい。命の理（ことわり）を自分の言葉で語り、伝えること。それがこの弾圧の下、星命学を後世に伝える唯一の方法であると私は信じている」

　映像のユーリ・ロマーナは30分ほどかけて星の命と人間の命の交流について語った。人は死ぬと肉体は朽ちて土に還る。しかしその精神は星に吸収され、今度は星の命となる。星の命は星の内部を巡り、星を豊かにする。やがて新たな生命となって、地表に戻る。命はその姿を変えて、そこに、かしこに、すべてに宿っている。命は永遠であり、星は我々の永遠の乗り物である。

上映が終わると観衆はあっという間にいなくなった。

ジェシーに促されてティファも帰路についた。途中でビッグスとウェッジが別れ、最後はジェシーとふたりきりで歩いた。

「どう思った?」

ジェシーが聞いた。

「人は死ぬと消えて無くなる。何もなくなる。そんなふうに思ってたから、星命学の話はなんだか不思議でした」

「人は死ぬと何もなくなる。それを言いだしたのは神羅カンパニーなんだよ。科学的にそれがわかったって。その前の共和国は、人は死ぬと神様にさばかれて天国か地獄へ行くって教えてた。その前はずっとずっと、星命学の考え方が当たり前だったの」

「そうなんですか」

ジェシーが信じていることなら自分も信じたかった。しかし、まだしっくり来ない。

「つまりね、私が伝えたいのは、ティファのパパは消えてしまったわけじゃない。パパの命は星とともにある。そして、私たちの心は星と繋がっていて、星を思う気持ちがあれば、いつでもパパと繋がることができる。そう考えたらどうかなって思ってね」

コンテナ横町の静かな闇の中にふたりは立っていた。

「ニブルヘイムはティファァとともにある。パパさんはティファァとともにある」

ジェシーがティファァの両頬を手で挟む。温かい手だった。

「君は孤独じゃない」

ティファァはジェシーの手を自分の手で挟む。

「ジェシーが初めてここに来てくれた日から、私、孤独じゃないですよ」

ティファァが言うと、ジェシーは目を丸くした。そして慌てて離れる。

「うれしいこと言ってくれるじゃないの～。このぉ～！」

自分の頬を両手で挟んでしきりに照れている。

「じゃあ、またね」

頬を挟んだままジェシーは帰って行った。アバランチのメンバーなのかどうかをジェシーに確認するのを忘れていたことに気がついた。しかし、どうでもよいという気持ちが強かった。

※

「そのあとも何度か上映会に行ったの。メンターが話す映画。神羅カンパニーにいやがらせをされるから毎回場所が違うの。そのうちね、星命学の考え方が私をプレッシャーから解放してくれる――そう思うようになったんだ」

「……どういう意味だ」

レッドXIIIが唸り混じりの声で訊いた。

「パパはもちろん、ニブルヘイムの人たちのこと、ニブルヘイムの事件の真相を、そんなのを全部私が背負っていかなくちゃならない。忘れちゃいけない。日々の生活に追われて忘れてしまった時、大きな声で笑ってしまった時なんかにふと浮かぶ罪悪感って、それが原因だったから。でも、すべては星の中にある。そう思ったら……ひとりで抱えなくていいんだと思ったら楽になった」

「星命学の解釈は色々だ。私のとはちがう」

「うん。その時の私はそう考えたの。そう考えることで楽になれたから」

※

そぼろ煮の鍋から灰汁(あく)を取っていると〝おっちゃん〟が言った。

「コレルで魔晄炉が爆発したのは知ってるか？」

「ええと……ずいぶん前ですよね」

「ああ。最近になってあれはアバランチの仕業だって話が出回ってな。それで神羅の治安維持部隊がスラムのアバランチ狩りを始めてるって話だ。まあ、理由はなんだっていい。神羅はいつも理由を見つける。なけりゃあ作る」

気の無い様子を装ってはいたが、灰汁をうまくすくえない。

「巻きこまれるなよ」顔をあげると〝おっちゃん〟の真剣な目があった。


ひと月近くジェシーたちとは会っていなかった。親しくなってからこんなに間隔が空いたのは初めてのことだった。ティファからは連絡を取ることができない。彼女たちがどこに住んでいるのかすら知らないのだ。思えば、いつも誤魔化されていたような気がする。

ノックと、ドアの外のただ事ではない気配で目が覚めた。予感があった。飛び起きてドアを開くと思ったとおりジェシーがいた。額を、血が流れている。

「ごめん、ほんとごめん」ジェシーの息が切れている。「頼るつもりはなかったのに」

「頼ってください」

ティファはジェシーを部屋に引き入れる。ずっと走り詰めだったらしい。中に入るとベッドを背もたれにして床にへたり込んだ。ティファはジェシーの荒い息が落ち着くのを待って、訊いた。

「アバランチなんですか?」

「うん」

「ビッグスも、ウェッジも?」

「うん」

「だから家も教えてくれなかった」

ティファは怒っていた。

「だってほら、神羅のやつら、突然来るから。今日みたいに」

「コレル魔晄炉のことですか?」

「なんだ。色々知ってるんだね」

「子供扱いしないでください」

「いててて」

ジェシーは脇腹を押さえて顔を歪めた。

「撃たれたりしたんですか?」

「いや、屋根から飛び降りて強打。ドスン。折れちゃいないと思うけど……」

ティファが医者を呼ぶために出かけようとするとジェシーが引き止めた。ケガをしたアバランチを捕まえようと診療所や病院は神羅兵にマークされている可能性が高いというのだ。そういうものかとティファは思う。手持ちの鎮痛薬を使おうとするジェシーのために水を汲みに外に出る。横町は今夜も静かだった。この横町に暮らす人たちはみんな何かのトラブルを抱えていることには薄々気づいていた。たとえ騒動に気がついてもドアを開けたりはしないだろう。神羅兵がいないかと緊張しながら水を汲んで部屋に戻る。座っていたはずのジェシーが床に倒れていた。驚いて息を確認する。

「大丈夫。生きてる」

翌朝、ジェシーは、痛みはあるものの普通に話すことができたのでティファはそのまま仕事にでかけた。屋台で朝のピークをこなしてから芝居を打つ。腹痛を訴えて休ませてくれるように〝おっちゃん〟に頼んだのだ。初めてのことだったので〝おっちゃん〟は驚き、苦渋の決断という顔でティファの戦線離脱を認めた。屋台を離れるとダミーニの診療所へ行き、ここでも芝居をした。かなり待たされたあとに診察室に呼ばれたティファは、転んで胸の下を広い範囲で強打したこと、とても痛むことなどを訴えた。昨夜よりも今朝の方が痛みが幾分やわらいでいることからダミーニは骨折ではないと判断した。

「鎮痛剤を出しておきましょう。強い薬だから我慢できない時だけにしてね。今日明日は様子を見て、痛みが強くなるようなら、それか内出血が酷くなるようなら本人を連れていらっしゃい」

「え？」

「あなたの身体には打撲の痕が全然ないもの。私は医者ですよ」

ティファは恥じ入って俯いてしまう。おそるおそる顔を上げるとダミーニは心配そうにティファを見ている。

「世の中がザワついているわ。おかしなことに巻きこまれないようにね」

ティファはしどろもどろになり、逃げるように診療所を離れた。急いでコンテナ横町に戻ると掛金がかかっているだけで錠前がなかった。嫌な予感がした。ベッドの枕元に置き手紙があった。

「少し姿を消します。ありがとう。鍵、開きっぱなしで行くけど、ごめんなさい」

全身から力が抜けた。

「巻きこむならちゃんと巻きこんでよ！」

ティファは誰もいないコンテナの中で叫び、蹴りとパンチを闇雲に繰り出した。

「もう！」

夕方のピーク前に屋台に戻ると疲れ切った〝おっちゃん〟が満面の笑顔で歓迎してくれた。必要とされている喜びを感じながら、ティファは屋台の片づけまで猛然と働いた。

もうすぐ十八歳になろうかという頃だった。夜、仕事から帰るとコンテナ横町へと続く路地の入口に人だかりがあった。物見高い野次馬という印象だ。近づくと誰かの声が聞こえる。アバランチを匿（かくま）っている奴がいる——そう聞こえた。ティファは人混みをかき分けて路地に入っていく。女の声が聞こえてくる。

「わたしゃ知らないよ！　十年は会ってない」

すぐにわかった。〝水番〟だ。ティファは通りを占拠する野次馬たちに強引に割り込んだ。罵声を浴びながら、ついに先頭に出る。三人の神羅兵がいて、壁際にうずくまっている〝水番〟に銃を突きつけている。その手前には〝門番〟が倒れていた。駆け寄って様子を見ると、アイシャを頼むと荒い息で言う。一瞬困惑する。アイシャ？　すぐに〝水番〟の名だろうと気がつく。

ティファが立ち上がると神羅兵のひとりが気づき、銃口を向けた。

「止まれ！　手をあげろ」

神羅兵の銃が常夜灯でギラリと光っている。黒く、小さな銃口。あそこから弾が飛び出したら自分は死ぬのだろう。うなじのあたりがヒリヒリする。なんということだろう。膝がガクガク震えているではないか。

「知り合いか？」

「その子は関係ないよ！　ここにいる誰だって関係ないよ！」

〝水番〟が叫ぶ。兵士が銃を構え直す。それを見ているティファの指先が震える。兵士の口元が、いやらしくニヤリと笑った。

「こっちだ！」背後から声が聞こえた。「大通りだ！」

その声に反応して〝水番〟の前にいた兵士が彼女を銃把で殴る。〝水番〟は呻いて、地面に転がった。もうひとりの兵士と一緒にティファの脇をすり抜けて路地を戻る。最後に残った兵が銃口でティファの胸のふくらみをグイと押した。屈辱と怒りがティファを動かした。つま先が兵士の顎を捉える。兵士の首がぐらりと後ろに揺れ、ヘルメットが落ちた。素顔がさらされる。兵士はまだ少年だった。年下かもしれない。ひるんだティファの腕を誰かが強く引いた。バランスを崩してティファは尻もちをつく。その上を飛び越えた人影があった。人影は〝門番〟だった。兵士——もはやただの少年だ——の前に立つと少年ののど元で、手を素早く水平に動かした。

少年の喉から勢いよく血が噴き出した。〝門番〟の手にはナイフが光っていた。野次馬たちの悲鳴が聞こえる。そしてティファは気を失った。

ティファはラケスに見守られて目を覚ました。自分のコンテナのベッドにいた。慌てて起き上がる。

「あの神羅の子は⁉」

「門番がどこかへ運んでいったよ。彼の責任で処理すると思う」

訊かなければ良かったと思った。

「〝水番〟さんは？」

「ママのところ。大きな怪我はないと思う」

「良かった。息子さんは逃げられたのかな」

「本当にアバランチらしいね。でも、今夜はそもそも、ここへは来ていないんじゃないかな」

「通りへ逃げたって誰かの声がしたの」

「あれは僕の声。君を助けるために機転を利かせたつもりだった。案外うまく行って喜んでいたらあんなことになって……ショックだよ」

「私も」ティファはふと思う。「気持ち、抑えられなかった。ううん、身体が勝手に動いちゃった」

「強いっていうのは、そういうことなんだろうね」

ラケスは感銘を受けているようだった。

「ザンガン先生は、認めないと思う」

「あの人は肝心な時にはいてくれない。ねえティファ。シャワーを浴びたらどうだい？」

言い争いはしたくなかった。ベッドを下りる。まだ膝が震えていた。銃口にさらされた時とは違う。事の重大さに動揺する心を足が支えきれないのだ。ラケスに見られたくない。ベッドに戻り、毛布で脚を覆った。

「外は、どうなってるのかな」

「もう誰もいない。野次馬は消えたし、兵士ももう来ないだろう。マンソンと神羅カンパニーが話し合って事を収めるだろうね」そして吐き捨てるように言った。「まったくアバランチめ。とんだとばっちりだ。ねえ？」

ティファは手首の革紐を摑んで感情を呑み込んだ。

「ねえ、ラケス」

「なんだい？　なんでも言って」

「ひとりになりたいな」

ラケスは露骨に不満そうな顔をした。なぜだろう。いや、どうでもいい。何も考えたくなかった。

「格闘術を習うこと、戦うこと、それが人の死に繋がる場合があること。自分が誰かの命を奪う可能性があること。当たり前のことなのに、ちゃんと考えてなかった」

「ティファが殺したわけじゃない」

「うん。私もそう考えて、納得しようとしてた。でも、違うんだよ。戦う時はちゃんと死の可能性を見つめて、戦う。相手の死。自分の死。それができないうちは戦っちゃダメだったんだよね。相手の命を奪ってでもほしいもの。守りたいもの。それがないなら、勝っても後悔しか残らない。ささやかな満足の代償としては、大きすぎるもの」

「ふん。人間は面倒くさい」

「そうだよ。面倒くさいよ。私は特にね」

※

仕事は休まなかった。仕事だけが、しっかりした手応えのある現実だ。ちゃんとした生活を維持しないと、どこまでも心の闇に潜ってしまいそうだ。しかし、兵士――少年が死んだ場所を毎日通るたびに思い出し、考えずにはいられない。ここから出なくてはならない。これまでの漠然とした希望とは違う、強い気持ちが生まれた。

「ねえ、ラケス」

　給料を受けとる時に相談を持ちかけてみた。

「ずっとコンテナで暮らさないとダメなの？」

「いや、お金を全部返せば、どこへでも行けるよ」

「ダミーニ先生がそう言ってるの？」

「いや、マンソン。マンソン・ルールさ」

「マンソンがどう関係するの？　働かせてもらって感謝はしているけど、どうしてそこまでするの？」

「こういうことだよ。君が治療費を払えなかったせいで、ママは自分の借金を返せなくなった。それをマンソンに借りて支払った。その時にできた借金を君と僕が彼の屋台で働き、返済しているんだ。マンソン・ルールに従えば、君は返済が終わるまでコンテナ横町を出られないし、仕事を選ぶ自由がない。このルールはかなり厳しい。守らないと血が流れる」

　ティファは愕然とした。

「私があなたに渡していたお金は先生ではなくてマンソンに渡っていたの？」

「うん。結果的にはね」

「教えてほしかったな……」

「金額に違いはないし、君はそういうことに興味がなさそうだったし」

「興味がないんじゃない。あなたを信頼していたから――」

ティファは革紐を握りしめた。

「そう言ってもらえるとうれしいよ。これからも信頼してほしい。きっとうまく行くよ。今のペースを維持できればあと三年もかからないで君は自由の身だ」

そしてラケスは周囲を見まわして声を潜める。

「ウォール・マーケットで働けばもっと早く返せるだろうけど、それはほら、無理強いできないからね。でももし本気で考えるなら、声をかけてね」

ラケスへの信頼はもう、なかった。


衣装箱から衣類で隠した鞄を取り出す。ずしりと重い。働き始めてから貯めた全財産だった。ドアの掛金がしっかりかかっていることを確認してから金を数える。紙とペンを用意して計算してみると、あと二年で返済が終わる可能性が見えてきた。

借金の返済先を知らずにいたこと、不条理なルール、遡ればそもそもの治療費の明細を確認しなかったことを今さら問題にしても仕方がない。自分のしたこと、しなかったことを受け止めて、受け入れて、この生活から抜け出してみせる。あと二年で自分の人生を取り戻す。その計画がティファの力になった。

「決意したら、私は強いの。お饅頭をしっかり売って、稼いで、貯めて、返済して。休みの日はトレーニングと格闘術のおさらい。毎日同じことの繰り返しも苦ではなくなった」

「思うに……」レッドⅩⅢが言った。「性格に合っている」

「そのとおり。賑やかでキラキラした生活への憧れはあるけど、好きなのは、静かで、安定して、楽しいことはそんなにない代わりに悪いことも起こらない、みたいな。シャワーを浴びたらおつかれさまっ」

「しかし、また状況が変わる」

「どうしてわかるの？」

「パターンが、見えてきた」

※

数日おきに昼食を買いにくる青年がいた。毎回、1分ほどの付き合いだ。いつも穏やかに微笑んでティファの仕事を見守っている。ティファにも彼は常連だという認識があった。

「十八歳おめでとう」

青年が言った。

「え？」思わず手が止まる。「どうして……」

「十七歳を祝ったからね」

　思い当たることがあった。ジェシーたちと行った星命学の上映会だ。あの時にいたひとりにちがいない。心拍数があがった。

「ティファ、どうした？」

〝おっちゃん〟の鋭い声がした。時折現れる、ティファを長時間独占して話をしようとする客だと誤解したらしい。ティファは問題ないと告げてから青年に小声で話しかけた。

「ジェシーを知りませんか？　ビッグスでも、ウェッジでも。あの日、私と一緒にいた人たちです」

　青年の顔が曇る。

「ああ。あの人たちはアバランチだって噂があってね。だから、付きあわないようにしている。星命学を学ぶ者がみんな支持してるわけじゃないからね」

「ですよねえ」

　ティファは調子を合わせた。

「探しているの？」

「貸しがあるんです」

　それくらいのウソは許されるだろう。

　その青年は翌日も現れて饅頭を注文した。

「昨日の話だけどね。知りあいに訊いてみたよ。七番街に天望荘っていうアパートがあって、そこの大家が知ってるかもしれないって。顔の広い人らしいよ」

「わざわざ聞いてくれたんですか？　ありがとうございます」

「その代わり頼みがあるんだけど……」青年が声をひそめた。「一緒に写真撮ってくれないかな？」

「もちろん！」

青年は用意していたカメラを後ろの客に渡すと、ポーズを取った。ティファは写真に収まるように屋台から上半身を乗り出す。自然と笑みがこぼれた。

「もう一枚！」青年が言い終えないうちに背後から〝おっちゃん〟の怒鳴り声が飛んだ。「金取るぞこら！」


水曜日がやってきた。八番街スラムと比べると七番街スラムはずいぶん雑然としているように見えた。全体が路地のようだ。舗装されていない道路が多いせいか土ぼこりが気になる。道沿いには雑然と店が並んでいた。時々視線を上げて七番街プレートを支える柱を見る。方角を確認するのだ。何度か人に訪ねて、あまり迷うことなく天望荘に到着した。二階建ての古いアパートだ。共同の外廊下にドアが並んでいる。エアコンの室外機がある。部屋に備え付けなのだろうか。家賃は相当高いにちがいないとティファは思った。二階へ続く外階段に痩せた老婆が立っていた。

こちらを見て、口をポカンと開いている。

「ティファじゃないか！」

何年ぶりの再会だろうか。マーレだった。ダミーニの診療所に入院していた患者だ。

「なんだいなんだい。どうしてもっと早くに会いに来てくれないんだよ」

「どこに住んでいるのか知らなくて」

「住所は教えただろ？　ほらあの医者の息子に伝えてくれって頼んだよ」

ラケスからは何も聞いていない。言われたのに忘れるということもないだろう。とすれば、意図的に知らせなかったのだろうか。

「胸の傷はどう？」

「かなり良くなりました。でも、色がまだ」

「あたしの背中もまだまだかかりそうだよ。数々の男を魅了した自慢の背中なのにね。で、どこ行くんだい？　このあたりじゃあたしはちょっとした顔だ。なんでも聞いておくれ」

「ここ、天望荘ですよね。ここの大家さんに会いに来たんです。とても顔が広いと聞いて」

「そりゃあたしだよ！」

「そうなんですか⁉　私、人を探しているんです」

「誰を探してるんだい？　言ってみな？」

「ジェシー、ビッグス、ウェッジ」

マーレは目を細める。

「ビッグスとウェッジは自警団のメンバーだ。ジェシーは連中とよくいる若い女だね」

当たりだ。

「友だちなんです。去年はよく遊んでもらったのに今はどこにいるかも知らなくて」

マーレは完全に目を閉じてしまっている。何か考えているようだ。

「連中のことはどの程度知ってるんだい?」

「……アバランチのことですか」

声を潜めて言った。

「なるほど。で？　連中はあんたの居場所を知ってるのかい?」

「はい。何度か来ました」

「その上で会おうとしない彼らの気持ちを考えたかい?」

「はい。だから会えなくても、元気かどうかだけわかれば。それも諦めかけていたけど、突然繋がる糸が見えたから摑んでみました。本当に諦める前に、もう一度だけ、動いてみようって」

「うーん。ちょっと当たってみるよ。時間はあるのかい?」

「はい。夕方くらいまでなら」

「じゃあ、こっちにおいで――」

マーレはティファを招き寄せると知りあいがやっているというバーへの道順を説明した。そこで待てと言うのだ。

「そこで、また縁が繋がったの。お店の名前はセブンスヘブン」

※

※

セブンスヘブンは想像よりもずっと大きな店だった。地面から一段高く作られたテラスだけでも屋台が四台は営業できそうだ。店内には軽く八台。それぞれが饅頭を１０００個売れば一日３６０００ギル。借金は数日で返せてしまう――そんなことを思いながらティファは苦笑する。改めて店内を見渡す。想像の屋台を消すと、店は閑散としていた。

ティファの目の前にはアイスティーがあった。白っぽく濁っている。グラスの傷も気になる。見たところ、店員はカウンターの中の老人ひとり。真っ白な髪の毛。真っ白な口髭。きちんと灰色のスーツを着て、ネクタイを締めている。立派な紳士に見えた。しかし顔色が悪い。土色だった。注文の時、飲み物の受け渡しの時を思い出す。声も小さく、動作もゆっくり。これ以上客が来たら対応しきれないだろう。空いている理由は明白の、なんとももったいない店だった。

「待たせたね」マーレが向かいの席に座った。注文する気はなさそうだ。「人捜しの件だけどね。あんたが探していることが伝わるように手配した。確実に伝わるはずだ。保証するよ。でもね、そのあとのことは連中次第。無理強いはできないからね」

「はい」期待通りに事が進んだわけではない。しかし一歩前進にはちがいない。「ありがとうございます」

「今はタイミングが悪いんだよ」マーレが声を潜める。「アバランチの上の方がガタガタしてるらしくてね。それを神羅も察知して、アバランチ狩りが続いているんだ。会合も次々と潰されて、連携も取れない。小さなアバランチが幾つもあるような状態らしい。それが神羅にプップツ潰されてるってわけさ」

「そうですか」

額から血を流して逃げてきたジェシーを思い出す。あの敗走がまだ続いているのだろうか。

「ああ」マーレが思い出したように言った。「伝言が伝わるのは、連中がまだ生きている場合だけだからね。当たり前だけどさ」


帰りはマーレが駅まで送ってくれた。道中、客のいないセブンスヘブンのことが話題になった。カウンターにいたモンティ老人が店のオーナー兼店長。ずっと屋台でカクテルを売っていたのが夢叶ってついにあの店を建てた。オープン以来の人気店だったが最近になって夜の営業をやめてしまった。

「愛嬌のあるバーテンが酒を出していたんだけど、辞めちゃったんだ。神羅の社員に見初められてプレートの上へお引っ越しだとさ。代わりを募集してるんだけど、これがなかなか見つからないらしくてね。おまけにモンティは身体を壊してすっかり元気をなくしちまった。あれでもまだ若いんだよ。あたしと同い年のはずだからね」

マーレは溜息をついた。

「カクテルはその辞めたバーテンさんしか作れないんですか？」

「モンティだって一流のバーテンさ。でも肘も肩もボロボロなんだと。このままじゃあの店は人手に渡っちまうね。店を建てた大工への支払いがかなり残っているらしい」

「残念ですね。いいお店なのに」

「だろう？」

あと少しで駅というところでマーレが止まり、ティファの腕を摑む。

「あんた、お金は好きかい？」

秘密めいた声色だった。

「好きというか、必要です」

「いい答えだ」マーレは満足そうだ。「ねえティファ。次の休みはいつだい？　また来られるかい？」

「休みは毎週水曜ですけど……何かあるんですか？」

「セブンスヘブンをあたしたちで手伝うのさ。あんたは毎週水曜に来てくれればいい」

「え？」

「モンティとは話をつけておくよ。面白そうだとは思わないかい？」

確かに面白そうだ。それに――久しぶりにこの感覚を思い出した――楽しそうだ。

「せっかくの休みだ。静かに身体を休めるつもりならそうしたらいい。ただ、これは伝えておかなくちゃ」マーレはさらに声を低くする。「前のバーテンの報酬は、売上の六割だったらしいよ」

「大丈夫です。来ます」

即答は失敗だったかもしれないと思った。


何か楽しみなことがあると仕事も充実するらしい。売上も好調で〝おっちゃん〟も機嫌が良かった。生活のパターンも組み替える必要があった。水曜日を朝から晩まで空けるため、水曜にまとめていた秘伝の書の復習を他の日にも振り分ける。トレーニングの目的から〝時間をつぶす〟がなくなり、負い目がひとつ消えた気がした。

そしてまた水曜日。朝早くにマーレを訪ね、ふたりでセブンスヘブンへ行った。モンティはティファが恐縮するほど喜び、活躍に期待してくれた。屋台で過ごした二年以上の経験を買われたらしい。店は午前十一時開店で十四時までがランチタイム。日替わりのプレート料理を出す。メニューはその一品だけ。料理はモンティの仕事だ。十四時から十七時まではティータイム。飲み物はコーヒーと紅茶。熱いのと冷たいの。ジュースが二種類。ケーキやクッキーもある。コーヒー、紅茶以外はよその店から仕入れたものだった。十七時から深夜までがバータイム。酒と簡単なおつまみを出す。開店以来カクテルが自慢だったがバーテンが辞めたせいで出せなくなっていた。

「肘を痛めてね、シェークできないんだ」

「シェークしないカクテルだってたくさんあるだろう？」

「マーレ。そういう問題じゃない。シェークできないバーテンダーはカクテルを出すべきじゃない。俺の生き方の問題だ」

「店がなくなるかどうかって時に、馬鹿じゃないのかい」

「あの……」おずおずと口を挟む。「シェークって、なんですか？」

モンティとマーレが唖然としてティファを見た。

その日は二十時までの約束でティファは接客担当として店内とテラスを歩き回った。

「テラスのテーブルは土ぼこりがたまりやすい。何度も確認して拭くんだよ」

マーレの指示に従ってテラスに出ると店の前の道——ちょっとした広場のようだ——を行き交う通行人たちの視線を感じた。通行人だけではない。周囲の店や家々の人々も見ている。

「ティファ。顔が強ばってるよ」

「なんだか緊張しちゃって。私、見られてますよね」

「そりゃ見るだろう。そりゃそうだ」

なるほど、と理解した。自分は客寄せに使われているのだ。〝おっちゃん〟のやり方と同じだ。それならそれでもいい。しかし、それだけでは嫌だった。マーレとモンティに一目置かれる存在になりたい。ただ使われるだけではもう楽しめない。

「あの――」思いきって切りだした。「ランチのプレート、全然美味しくなさそうです。ごめんなさい。今日来たばかりなのに」

「いや、わかってるよ。俺も自覚はあるんだ。なんとかしたいと思ってる」

「できますよ、きっと。マーレさんも知恵を出してくれると思います」

「これ以上あいつに借りは作りたくないが、仕方がない。来週、その話をしよう」

先週の閑散とした店がうそのような盛況だった。バータイムに入ると、マーレに説得され、押し切られたモンティがカウンターでカクテルを作った。陽気な酔っぱらいたちの間をティファは忙しく動き回った。

約束の二十時。モンティが1000ギルをくれた。

「こんなに!?」

「これまでの売上のザックリ五割だ。二十四時までいてくれたら、この倍近くは渡せるけどな。酒は儲かるんだ」

「すごいですね。でも、今日はもう帰ります。明日も仕事なので」

「そうだよなあ。じゃあ、来週も待ってるよ」

約束をして店を出ようとするとマーレが店内に響く声で言った。

「さあ、ティファが帰るよ！」

店内が抗議の声と嘆きでいっぱいになる。マーレがこちらを見ていたずらっぽく笑った。

「また来週きます！　セブンスヘブン、よろしくお願いします！」

ティファは頭を下げて店を出た。屋台で饅頭の売上記録を達成した時とは別の種類の高揚感があった。しかも報酬は１０００。２０００の可能性も秘めているのだ。

※

傍らのレッドXIIIの身体が震えている。

「笑ってるでしょ。完全に笑っているでしょ」

「そんなことはない」

その声も震えている。

「お金を返さないと身動きできないんだから仕方ないよ。でも確かにお金のことで頭がいっぱいだったかも」

「ギルは人を変えると聞いたことがある」

「そうだね。でも私はそれを、成長したって言いたいな」

※

次の水曜日。早朝、シャワーを浴びてコンテナに戻るとラケスが来ていた。

「おはようティファ。今日も一日お出かけかい？」

「ええと、友だちと会う約束があって」

「ああ、友だちができたんだ」

ティファは返事に詰まる。その予定が本当だったとして、ラケスに言う必要はあるのだろうか。

「ああ、ごめんごめん。そんなの君の自由だ。休みだからね」

「なんの用？」

「マンソンが心配しているんだ。君がよそで働いているんじゃないかって。そんな情報が入ったらしいよ」

「そんなことしてない」

強く言いすぎたかもしれない。嘘は力が入る。

「それならいいんだけど、一応メッセージを伝えておくね」

「うん」

「おまえは俺のものだ」ラケスが辛そうだった。「僕が言ってるんじゃないからね。ただ君の監督を任されてるんだ。僕には僕の責任がある」

「わかってる」

いつからかラケス・オレンジは憂鬱な存在でしかなかった。彼の後ろにいるマンソンも。しかし、相手がどんな人間でも借りは返すつもりでいた。意地や誇りの問題だ。幸い饅頭売りが辛いわけではない。〝おっちゃん〟とは息も合っている。それにセブンスヘブンの仕事が順調に収入になれば予定よりも早く返済が終わるだろう。


ところがセブンスヘブンにも事件が起こっていた。

「モンティが先週末に倒れたんだ。心臓だよ」

「えっ」

ティファの心臓も締め付けられたような気がした。

「命は取り止めたけどこの商売を続けるのは難しいらしいよ。張り切っていたのにね」

「そうですか……」

ランチの話をしようと言った時のモンティを思い出す。楽しそうだった。まるで孫の話をするお爺さんのような目だった。体操サークルで何度も見たことがある。モンティにとっての孫はセブンスヘブンだろうか。それとも——

「この三日、あたしだけで頑張ったけど出せるのは焼き菓子とコーヒー、紅茶くらいだね。今日もそれで行くよ。食事も無しだ。営業時間は十一時から十七時」

「十七時は早くないですか?」

「それをすぎると酒目当ての客が増える。あたしは酔っ払いの相手はごめんだよ。あんただって素人だろ?」

計画が音を立てて崩れていく。朝から冴えない。それでもマーレとふたりで開店準備を整え、店を開けた。

「ああ、また来た」カウンターの中のマーレが外を見るように促した。「先週から毎日来てテラスに居座るんだ。コーヒーとジュース一杯で粘る粘る」

窓越しに見ると、黒い肌の大男がどさりと椅子に座るところだった。その向かいには——ティファは微笑まずにはいられなかった——小さな女の子がいた。けんめいに椅子によじ登ろうとしている。危なっかしい。男——父親だろうか——が気づいて抱き上げ、無事に椅子に座らせた。

「親子だ。バレット・ウォーレスとマリン・ウォーレス。マリンは二ちゃいだとさ」

「聞いたんですか?」

「お節介ばあさんとしちゃあ黙っちゃいられないよ。ちなみに、ふたりは宿無しだ。ほら、オーダー取っといで」

オーダーは案の定コーヒーとジュースだった。用意して持っていくとマリンが可愛らしい声でありがとうございますと礼を言った。ペコリと頭を下げた。一方バレットはサングラスをずり下げてひと睨みしただけだった。

それから一時間が過ぎた。

「お客さん、来ませんね」

コーヒーを飲んでさっさと帰った客が二組いただけだった。先週の盛況が嘘のようだ。

「あたしの見たところ、入口の階段を上りかけて帰っちまったのが五人はいたね。みんなあんた目当てだろうけどさ」

さらに時間が過ぎた。あと一時間で閉店だ。

「マーレさん。私、腹が立って仕方がありません」

「バレットだろ？　あいつが道の方を見て睨みをきかせてるから客が来ないんだよ」

「それもそうなんですけど、女の子――マリンが可哀想です。あの子の服、近くで見るとすごく汚れてるんです。可哀想だと思いませんか？」

「そりゃあね」

「助けてあげられないかな……」

「ティファ。あたしはお節介のベテランだ。他人の人生に関わったせいで痛い目にあったことも数知れず。そのあたしからの忠告だよ。お節介を焼くときは、最初に限度を決めておくこと。スラムには人の優しさにつけ込む奴があんたの思う百倍はいるよ」

「限度ですか……」

「あの女の子に飲み物を持っていきな。店からだってね。あのふたりに関してはあたしの限度はそれくらいだ。どうも厄介事のにおいがする」

　モヤモヤとしたものを胸に抱えてジュースの準備を始める。限度。自分はどこまでしてあげられるのだろう。中途半端なら、最初からしない方がマシだろうか。グラスにストローを差し込んでテラスに出る。

「もうすぐ閉店だって伝えるんだよ」

　マリンは——可哀想に——そして可愛らしく——並べた椅子の上に丸くなって眠っていた。なんと小さいのだろう。そしてバレット・ウォーレスはテーブルから身を乗り出して道路を睨んでいる。

　この時、バレットに右手がないことに気がついた。手首のあたりで腕が終わっていて、そこには汚れた布があてがわれている。その布を革の紐でグルグル巻きにして固定しているようだ。ティファは恐怖を感じる。事故。戦争。暴力。飛び散る血。

　バレットが気づいてこちらを見る。サングラスをずらす。大きな日だ。意外とまつげが長い。全身から放つ雰囲気とは裏腹に、目は愛嬌がある。目だけを見て話そう。

「これはマリンちゃんに。お店からのサービスです」マリンを起こさないようにジュースを置いた。「それから、申し訳ありませんけど今日は十七時閉店とさせて頂きますのでよろしくお願いしますね」

「マジか」

バレットは驚き、心底困惑したような表情でティファを見る。

「マジです。実は都合によりお酒を出せなくて。夜の営業をお休みするんです」

「マジか……」

「マジです。申し訳ありません」

「わーったよ」

男はあっさりと引き下がった。しかし言い方が投げやりだ。気に入らない。何か言いたくなる。その思いを抑え込んでテーブルを離れた。店内に入ろうとしてドアを押した時、手首の革紐が目に入った。ニブルヘイムで過ごした最後の誕生日にザンガンがくれたものだ。感情はコントロールすべきもの。感情に呑み込まれそうになった時に見ること。

さっきは感情を上手に抑えたのだろうか。ただ、何もしない言い訳を見つけただけではないのか。宿敵は理性を忘れさせてしまう強い怒りだけではない。面倒を避けるその場しのぎや物分かりの良いふりも敵ではないのか。子供の頃から流されがちで、不本意な時を過ごすことが多かったのはそのせいではなかったか。

「負けない」

呟くと、ティファはもう一度バレットのテーブルに戻った。

「なんだ？　あと一時間いいんだろ？」

「あと一時間したら、どこへ行くんですか？　マリンをどこへ連れて行くんですか？」

「……」

「毎日どこで寝かせてるんですか?」

「いろいろだ」

「そうですか。着替えはあるんですか?　靴下履いてませんけど、ないんですか?　靴も穴が空いてます」

「スラムじゃ珍しくないだろ」

「ここまでは珍しいですよ」

「別に死にはしねえよ」

ティファは思い切りテーブルを叩いた。さすがのバレットも驚く。

「死ななければいいんですか?　ちゃんとしてあげてください。髪も身体もちゃんと洗って、古くてもいいから清潔な服を着せてあげてください」

「父ちゃん……」

マリンを起こしてしまったようだ。

「父ちゃん、怒られてる?」

「いや、ああ、おう……いや」

「父ちゃんを怒らないでえ」

マリンが悲しそうな顔で見上げる。

「ごめんね。起こしちゃったね」

ティファはマリンに向かって微笑む。マリンは首を横に振る。

「怒らないでぇ」

「うん、怒らないよ」

「ありがとう」

ペコリと下げた頭にフケが散っていた。しばらく洗っていない臭いが漂ってきて、もうダメだ、と思った。バレットを睨んだ。

「店が終わったら私と一緒に来て。八番街スラムへ」

「ああ？」

マリンが怯えて見ている。ティファはバレットに向かって小声で言う。

「あなたがいると、他のお客さんが来ないの。みんな怖がって」

バレットはまた唖然とする。

「そりゃ悪かったな。いや、ホント悪かった」

「父ちゃんを怒らないでぇ」

またマリンが言った。このふたりはいったいどんな人生を歩んできたのだろう。

マーレに事情を話すと、心底呆れたという顔をして——

「あたしは忠告したよ」

「はい。しっかり聞きました」

「まったく。あんたはあたし以上かもしれないね。ちょっと待ってな。閉店までには戻るよ」

店番をして待っていると一時間もしないうちにマーレが戻って来た。テラスに現れ、バレットに声をかけている。話を聞きながら大男はサングラスを外し、しきりに恐縮している。何事だろう。やがてマーレはバレットとマリンを引き連れて店内に入ってきた。

「この地下にはモンティの部屋がある。一通り生活できるよ。バレットたちにはそこを使ってもらおう。モンティの許可は得てきたよ」

「そのモンティってのは？」

バレットが訊いた。

「先週までカウンターにいただろ？　白髪頭の」

「あのじじいか」

「失礼だね。ここのオーナーだよ」マーレが言うとバレットが首をすくめる。動きがいちいち大きくて面白い。がさつで無神経なところはあっても悪人ではなさそうだ。「あんたらが初めてここに来た時からマリンを気にしてたんだ」

「挨拶しとかねえとな」

マーレは壁際に寄って足下を確かめると、軽く飛び上がった。どん。すると四角く切り取られた床が沈んでいく。エレベーターだ。

「わあ」

マリンが駆け寄った。バレットがあぶないと叫びながら慌てて抱きかかえる。

「あんたらもおいで」

下からマーレのよく通る声が呼ぶ。床が戻って来た。バレットがティファを見る。ティファはうなずいて上下する床の上に立った。マリンを抱えたバレットが並ぶ。

「父ちゃん、ドンってする？」

「おう」バレットが飛び上がって床を踏みならした。ズンと一度床が下がったあと三人は降りていく。元の床の断面が目の前を通り過ぎると地下の様子が目に入る。快適そうな部屋があった。ふかふかのベッド、高級そうなソファ。テーブルに椅子が二脚。テレビもある。ふたりくらいで暮らすには丁度良さそうだ。

「モンティは秘密基地が欲しかったのさ。子供のまんま。こういう仕掛けやら何やらに金をかけすぎなんだよ。上にピンボールを置きたいなんて言ってるけどね。どうなることやら。さて、あとは好きに過ごすといい」

「モンティはどこだ？　やっぱり筋は通しておかねえと」

「あんたの筋なんか知らないよ。そんなのは明日にしな。ほら、ふたりともさっさとシャワーだよ。臭くてたまんないよ。それからほら、マリンの着替えだ。上から下まで一式ある。見たところもうオムツじゃないようだね」

「うん！」

マリンが得意気に答える。抱きしめたくなる。ティファは自分の中に生じた新しい感情に戸惑っていた。これが母性というものなのだろうか。

「じゃあティファ。あとはあたしに任せて、あんたはもう――ああ、忘れてた。ちょっと上へ行こうか」

ふたりはエレベーターの上に立つ。

「どんってするんだよ」

マリンが言った。マーレが目を細め、そして床を踏み鳴らす。こんな仕掛けを作ったモンティを思う。白髪の静かなお爺さんはどんな人生を背負ってきたのだろう。

「私もモンティさんにご挨拶したいです。あとお見舞いも」

「今は良くない。もう少し落ち着いてからにしようか」

「そうですか……」

「なーに、大丈夫。あたしが面倒見てるんだ。ったく腐れ縁さ。それよりさ、バレットのあの強面は用心棒にぴったりだと思わないかい？　店には力仕事だってたくさんあるしね」

ティファは吹き出す。底なしの親切ではないか。バレットたちを八番街のコンテナ横町につれて行くつもりだと報告した時、反対したのではなかったか。

指摘するとマーレはしれっとして言った。

「あたしは負けず嫌いなのさ。お節介だって、あんたみたいな小娘に負けるわけにはいかないよ」

ふたりでテラスまで来ると、マーレが周囲を気にしながら言った。

「ジェシーからの伝言が届いたよ。『再来週の休み。会いに行く。連絡を待て』だとさ」

再来週！　期待以上の朗報だった。

「どんなもんだい！」

「ありがとうございます」

「それはそれとして、また来週、あてにしていいんだろ？」

もちろんですと答えてセブンスヘブンを後にした。何度か振り返って、店を見る。閉店だと知ってがっかりする客の姿が見えた。自分を目当てに来てくれたのだろうか。笑顔で迎えられないことが悔しい。ふと、自分がカクテルを覚えれば良いのではないかというアイディアが頭に浮かんだ。そうすればモンティの復帰を待たずに夜の営業を再開できるかもしれない。とても魅力的な案に思えた。それよりもランチメニューの開発の方が先かもしれない。アイディアが、夢が次々と浮かんだ。

「おかえり」

路地の途中にラケスがいた。ずっと〝門番〟がいた場所だ。

「ただいま」

「どこへ行って――」ラケスは言いかけて、慌てて首を横に振る。「ごめんごめん。ほら、なんとなく流れで聞いちゃうんだ」

「ここで何をしているの？」

「新しい門番が見つかるまで僕がやることになった」

「そうなんだ。大変だね」

「まあね。でも、仕方がないよ」

「そうだね。じゃあ、お休みなさい」

僕たちはマンソンから逃れられない。またそんな話が始まるのだろうと思い、ティファはラケスから離れた。自分のコンテナの鍵を開けて中に入る。灯りをつける。なんと惨めな暮らしなのだろう。今日は良いことが幾つもあった。それなのにここへ帰ってくると、全てが帳消しになるような気がする。

衣装箱の底から鞄を引っ張り出して中身を数える。数えるまでもなく金額はわかっている。倹約に努めた結果、返済を一年早めるくらいの額がある。つまりあと二年。あと二年で自分はマンソン・ルールから解放される。俄然力がわいてくる。立ち上がり、型の復習を始める。もうザンガンとは何年も会っていない。今どこにいるのだろう。型の流れはすっかり〝ティファア〟流になっている。これで良いのだろうか。指導が欲しい。ミッドガルには来ていないのだろうか。探してはくれないのだろうか。この場所のことはダミーニの診療所で聞けばわかるだろう。ラケスに案内させれば良い。

「あっ！」

忘れていた。マーレは退院の時、自分の居場所はラケスに伝えたと言ったのではなかったか。それを彼はどうしたのか。コンテナを出ると路地を大通りへ戻る。

「ラケス」

「ん？」

「マーレさんの住所を教えてくれなかったよね」

「マーレさん？」とぼけるつもりだろうか。「ああ、何年か前に入院していたおばあさんだよね。覚えてるよ。でも、住所？　知らないなあ。お年寄りだから、何か勘違いしたんじゃないかな。本当はしていないのに、いつの間にかしたことになってる事はよくあるよね。言ったでしょ。言ってないよ、みたいなことが――」

饒舌(じょうぜつ)だった。よほど後ろめたいのだろう。

「ザンガン先生とは会った？」

「いや、会ってないよ」

「どれくらい？」

「ええと……うーん……」

こんなにも嘘の下手な人だったのか。それを見破れなかった自分に腹が立ってきた。左手の革紐を上から握って絞る。改めて見ると、紐はすっかり黒くなっている。

「もうずいぶん会ってないよ」

「ザンガン先生に会ったら、私のことを必ず教えて。ここのこと。屋台のこと。会えるようにして。ダミーニ先生にも伝えて」

「ああ、もちろん」

笑顔が戻った。厄介な話が終わると思ったのだろう。


次の水曜日。マリンに会えることを楽しみにしていたティファを悲しい知らせが待っていた。モンティが死んだのだ。日曜日の夜に容態が急変して月曜の朝早くには息を引き取ったとのことだった。バレットとマリンは日曜日のうちに話ができて、地下室を貸してもらっている感謝を伝えることができたそうだ。

「先週のうちにあんたにも会わせるべきだった。本当に申し訳ないことをしたよ」

マーレはティファの手を握って謝った。そして——

「さあ、モンティとの約束だ。元気に働いて店を盛り上げるよ!」

マーレとバレット、そしてマリンは前を向いて動き出していた。開店準備の役割分担がすっかり決まっている。バレットは猛然と床にモップをかけている。小さなマリンは雑巾を手に、椅子を拭いて回っている。腰に大きな飾りリボンのついたワンピースがかわいい。髪の毛は艶々で綺麗にブラシがかかっていた。

「今日も営業は夕方五時まで。酒は無し。そのあとはあんたたちに重要な相談がある。モンティからの相談だ」

その日の客の入りは悪くはなかった。開店と同時にバレットが出かけて行ったのが良かったのだとマーレは笑う。地下で暮らすようになってからの日課らしい。マリンをマーレに預けてバレットは外出。マリンはカウンターの中に置いた子供用の椅子で店番だ。

「バレットたちがミッドガルに来たのは一年前。マリンはまだ赤ん坊さ――」マリンに聞こえないように気を遣ってマーレが言った。「あちこち彷徨（さまよ）って、星命学の勉強をしていたらしい。集会や上映会があると聞いては顔を出していた。それで、この店のテラスに陣取って探していたのは、その上映会で知り合った女なんだとさ。その名前がね――」マーレはさらに声を潜める。

「あんたもよく知るジェシーだと。ジェシー・ラズベリー」

ティファは静かにうなずいた。

「あとはあんたの判断だ。尊重するよ。意見は言わせてもらうけどね」

そう言うとマーレは接客のためにカウンターを離れた。ふと気になってカウンターの内側を覗くと、マリンと目が合った。ティファは頬を膨らませて目玉をぐるりと回して見せた。母親が得意だった変な顔だ。今まで一度も、やろうと思ったことはなかった。いったいどうしたことだろう。マリンが声をあげて笑った。

閉店後の後片付けをしているとバレットが帰ってきた。探している相手——ジェシー——は今日も見つからないらしい。

「さあ、マリン」マーレが呼びかけた「下でテレビを見るかい？　忠犬スタンプが始まるよ」

「スタンプ？」

マリンはバレットを見た。

「いいぞ。見てこーい」

はーいと機嫌の良い返事をしてマリンは床の可動部分へ行く。そして、どん！　と声を出してその場で飛び上がった。着地と同時に床が下がる。マリンは手を振りながら降りていった。

「さて、まずティファからだね。こっちの話は簡単だ。これはモンティの形見だよ」

言って、マーレは小判のノートをカウンターの上に置いた。

「モンティの人生が詰まっている。カクテルのレシピ集だ。これはあんたにだとさ」

心臓がドクンと大きく脈打った。運命を感じた。言い過ぎではない。そのノートはザンガンの秘伝の書と同じサイズで表紙の色もそっくりだった。

「私がもらってもいいんですか？」

「重たくなけりゃね」

「しっかり持ちます」

ティファはノートを手に取ると中を見た。モンティの几帳面な字と図でページが埋まっている。

「すげえじゃねえか。それを覚えて夜も営業すりゃあ、店は大繁盛だ。俺が用心棒やってやるぜ。面倒くせえ酔っ払いは襟首摑んで放り出してやる」

「それは楽しそうかも」

本当にそれができたら、どんなにいいだろう。

「だろ？」

バレットは得意気だ。しかしマーレは目を伏せる。

「どうしたんですか？」

「今月末までに20万ギル用意できないと店は人手に渡る。この店を建てた大工——セブンスヘブンの命名者でもある親方にまだ支払いができてないんだと。親方も猶予をくれたんだけど、もう限界らしくてね」

「この店が20万？　安すぎじゃねえか？」

「とりあえずの金だよ。残りは毎月払うのさ」

「ああ、納得だ。いや、つっても金はねえけどな。10ギルだって怪しいぜ」

「モンティが４万遺してた。だからあと16万。用意できなけりゃあ店は売りに出される。ここは場所がいいからね。買い手は幾らでもいるだろうよ」

「ちっ。マリンが悲しむだろうな」

バレットが呑気に言った。

「また野宿する気かい!?」

「寝袋は高級だぜ」

「信じられない」

ティファが非難するとバレットは面倒くさそうに鼻を鳴らした。

「俺だってマリンに良い思いさせてやりてえ。毎日かわいい服着せて、髪を結んで、シャワーも浴びて、夜はふかふかのベッドで寝かせてやりてえ。でも、金がねえってのはそういうことだ。仕方ねえだろ。その代わり、俺は自由よ。借金でもあってみろ。金に縛られて身動きできやしねえ。親が泣くぜ！」

バレットの話はただの喩(たと)え話だろう。しかし、ショックだった。自分の生活は——そこにどんなに希望があろうと——他人から見れば親を泣かすような暮らしぶりなのだ。

「親はもういないから」

反論できるのはそこだけだ。

「あん？　当たっちまったのか？　おまえ、その歳で借金まみれかよ？　そりゃ悪かったな。でもよ、たとえ死んでたって親はいるぜ？　星の中にいるさ。おまえは星と繋がっている。星を通じて、親と繋がっている。親が生きていようと、死んでいようと」

「死んだらゼロ」マーレが割り込む。「あとくされなし。誰かの胸の中で生き続ける。それでいいじゃないか。星命学の講義なんてよそでやってくれ」

「ふん」

「じゃあ、結論は出たね。残念だけど、この店は今月末で終わりだ」

「よし。それまでは精一杯やろうぜ」

この割り切りの早さはなんだろう。ティファはもどかしい。こんな大切な話を、こんなにあっさり決めてしまって良いのだろうか。

「おうちなくなるの？」

マリンの声がした。いつの間にか上に来ていたらしい。

「お店、なくなるの？」

今にも泣き出しそうだ。

「テレビはどうした？」

バレットが訊いた。マリンは首を横に振る。

「おうち、なくなるの？　また、お外で寝る？」

「大丈夫。なんとかする。また別の家を探すさ」

「マリン、ここがいい」

バレットが近づき、抱き上げようとする。マリンはその手をすり抜けて、ティファの背後に隠れる。

「マリン、ここがいい！」

そして、わーんと悲痛な声を上げて泣き出した。

「私、お金持ってます。16万、あります」

思わず、言った。マーレとバレットが驚いて見ている。いいのだろうか。これで良かったのだろうか。


帰りはバレットがスラムの境界まで送ると申し出た。必要無いと断ると、話があると言いだした。マリンをマーレに任せて、ふたりはセブンスヘブンを出た。

「金は返す。いつか必ず。親が泣いてもよ」

「ううん。私があの店で働きたいの。モンティさんのレシピでカクテルを作って、お客さんにたくさん来てもらって。楽しいだろうなって思った。マリンに同情したのは確かだけど、それは決心のきっかけ。本当は自分のため。だからお金はいい。もしどうしても返したいなら、お店にピンボール台を買って」

「そうか」

話しているうちにスッキリしてきた。そう。そういうことなのだ。私の将来のため。私がここで生きて行くための、あの店は、秘密の基地なのだ。

「ところでよ、ジェシー・ラズベリーを知ってるらしいな」

驚いてバレットを見る。

「マーレさんから聞いたの？」

「いや、マリンだ。俺がジェシーを探してることはよく知ってるからな」

ああ、あの時か。バレットの目的をマーレから聞いた時、確かにマリンは一緒にいた。

「会わせてくれねえか？」

「どうして会いたいの？　星命学の勉強会なら別の知りあいを紹介できると思う。お客さんにいるの」

「星命学は表向きだ。俺の本当の目的はアバランチに入ること。星命学の勉強会にはアバランチが紛れ込んでいることが多いらしい。勉強会の噂を聞きつけちゃあ俺は参加した。その中で、確実にアバランチだとわかったのはジェシーだけなんだ。もちろん他にも探したぜ？　アバランチをよ。でも最近は神羅の締め付けが厳しくてな。みんな隠れちまってる」

「コレルの魔晄炉の事件から、続いてるみたい」

「俺とマリンはコレルから来たんだ」

驚いてバレットを見る。

「俺たちは家族を、故郷を奪われたんだ。アバランチがやったとか言われてるが、俺に言わせりゃ全部神羅のせいだ。神羅をぶっ壊してやりてえ。それによ、魔晄炉な」

バレットが歩きながら魔晄炉を指差す。

「あれを止めないと星が死ぬ。魔晄炉が吸い上げているのは星の命だ。星命学を知るまでは気にしたこともなかったけどよ。でもな、神羅相手の戦いなんて、どう考えてもひとりじゃできねえんだ。仲間が必要だ。俺たちはなんでもできる。ひとりじゃ無理でも力を合わせれば。そうは思わねえか？」

コンテナの中でジェシーも同じことを言っていた。頬がゆるむ。

「なあティファ。頼むよ。これはマーレがよく言う〝縁〟ってやつだと思うぜ」

「そうかもね。でも、私には決められない。まずジェシーに訊かなくちゃ」

「うお！　恩にきるぜ！」

来週会う時にバレットのことを話してみる。そう請け合って別れた。

何事もなく一週間が過ぎる。そう思っていた。八番饅頭の売上も好調な、火曜日の夜のことだった。営業を終えて拠点まで屋台を牽いている時に〝おっちゃん〟が言いだした。

「なあティファ。おまえはまだアバランチと付きあってるのか？」

「え？」

そんなことを話しただろうか。警告をされたことはある。でも――

「今はもう。どこかに行っちゃいました」

珍しく、思わせぶりだ。何かあるのだろうか。

「それならいい」

「どうしたんですか、急に」

「明日の夜十時、アバランチの集会があるらしい。そこを神羅が襲うって話だ。上じゃあヘリだの特殊部隊だのを準備しているとか」

「そうなんですか」

「おまえは俺の、最高のパートナーだ。沈んだ顔は見たくねえ。友だちがいるなら教えてやればいいと思ってな」

「ありがとうございます。でも、大丈夫です」

「おう。んじゃ、また休み明けにな。１５００にチャレンジしようぜ」

このところずっと〝おっちゃん〟を裏切っているという罪悪感があった。

「あの、私」ティファは立ち止まる。「マンソンさんにお金を返したら、辞めます」

〝おっちゃん〟は、ほうと唸った。

「返せそうなのか？」

「まだかかりますけど。今のうちに、お伝えした方がいいと思って」

「じゃあ、２０００目指そうか。そしたら、早く返せるだろ？」

コンテナ横町への路地にはラケスがいた。

「おかえり」

「ただいま」

なるべく目を合わせずに通り過ぎようとした。

「ねえ、ティファ。明日は休みだろう？　久しぶりに診療所に顔を出さないか？」

「ごめんなさい。明日は予定があるの」

じゃあ、いいんだ。また今度とラケスは引き下がった。ティファはコンテナに向かって少し歩いてから思い直して振り返る。

「お金を返し終わるまでは、ちゃんとここにいるし、働くから。どうぞご心配なく」

貯金は全部セブンスヘブンのために使う。だから借金の返済のためにはしっかり働き続けなくてはならない。これでいい。きっと、これでいい。

「さて——」

コンテナに戻って、ティファは悩んだ。明日のアバランチの集会が神羅に襲われることをどうやってジェシーに知らせよう。もう知っている可能性や、そもそも集会には参加しない可能性もある。それでも、このまま放っておくわけにはいかない。何か伝える方法があるはずだ。

「あっ！」

閃きがあった。やってみる価値はある。ティファはコンテナを出ると〝水番〟のところへ走った。

「こんばんは」

「やあティファ。シャワーかい？」

「その前に聞いてください」ティファは声を潜めた。「明日の夜十時にアバランチの集会があるんですけど、神羅カンパニーに筒抜けです。この情報をアバランチに伝えたいんです」

「それをどうして私に言うんだい？　私の息子がアバランチだなんて言ってるのは神羅だけだよ。まあ、もし本当でも十年会ってないからね。私には知りようがないよ」

「そうですね……」

「それにしてもそんな危なっかしい情報、どこで仕入れたんだい」

「一緒に仕事をしている人です。〝おっちゃん〟って呼ばれてます」

話しても良かったのだろうか。〝水番〟も〝おっちゃん〟を知っているのだろうか。

「ふーん。まあ、知らないこともないけどね。でも、私にはどうしようもないよ」

それっきり〝水番〟は何も言わなくなった。

「変な話をしてごめんなさい」

手応えは何もなかった。またマーレに伝言を頼めないだろうか。前回のように伝わるまでに時間がかかるとしても、そうした方が良かったのではないか。今から七番街へ行くのはどうだろう。夜も深いが、どうせ明日は店へ行く。そのまま泊まってしまえばいい。

準備をしていると誰かがノックをした。

「開けなくていいよ」〝水番〟の声だ。「あんたと話していたら息子の連絡先を思い出してね。試しに連絡したら、話せたよ。あんたの、例の情報を伝えておいた。礼を言ってたよ。友だち全員に伝えるとさ」

「ありがとうございます」

「それからもうひとつ。向こうからの伝言。明日水曜夜九時誕生日の映画館で——だとさ」

「え？」

〝水番〟が立ち去る気配がした。伝言の意味がわからなかった。しかし、すぐに思い至る。ジェシーだ。誕生日の映画館は、あの十七歳を祝ってもらった空き家のことだろう。

翌日の早朝、シャワーの時に顔を合わせても〝水番〟は何事もなかったかのように振る舞った。それが彼女の流儀なのだろう。聞きたいことは色々あった。連絡の速さ。息子はともかくジェシーとも繋がっているのだろうか。彼女は息子の連絡先を思い出したと言っていた。しかし、スラムの通信の状況はニブルへイムよりひどいはずだ。自分が知らない方法があるのだろうか。

七番街へ行くためにコンテナを出たティファは、横町を出る直前に振り返って、並ぶコンテナ群を見た。気にしないようにしてきたが、この横町にはどんな人が住んでいるのだろうか。コンテナのどれかにジェシーがこっそり住んでいる様子を想像すると、可笑しかった。ありえなくもなさそうだ。

セブンスヘブンの店内はまだ開店準備中だというのに活気に満ちていた。マリンが椅子の拭き掃除に走り回っている。

「この三、四日でマリンが人気でよ。商売大繁盛だ。酒無しでも十分やっていけるぜ」

「何言ってんだい。まだまだだよ。ねえ、ティファ。親方への支払いだけどね。来週の水曜。夜の七時。ここで受け渡すので大丈夫かい？　親方に来てもらうよ」

「はい、わかりました」

「でも、全額、どうやって運ぶ？　内訳は？」

「ああ……」考えたことがなかった。「紙幣が多いけど、コインもかなり」

「俺が手伝うぜ。店を休みにして昼間のうちに運べばいいだろ」

「あんたがいなくたって営業はできるよ。店はマリンとあたしに任せて、ふたりで運びな」

「了解」

バレットが快活に答えた。

「じゃあ、今日も元気に働こうかね」

店は盛況だった。バレットが自慢したとおり、マリンの存在は大きかった。家族連れの客が増えていた。子連れでも楽しめる店として認識されたようだ。

夕方になり、最後の客が引けると、マーレが近づいてきた。

「今夜、ジェシーと会うんだろう？」

「はい」

「アバランチだってことを忘れるんじゃないよ。ジェシーが善人でも、仲間まで善人とは限らない。いや、善人なんだろうけどね、正義を語る連中は怖いよ。正義の旗を振っていれば何をしてもいいと思ってる連中が多いのさ」

「はい」

「じゃあ、とっとと行ってくれ。顔見てると、クドクド説教しちまうよ」

「心配かけて、ごめんなさい」

「ああ、本当だよ！」

まだ何か言いたそうなマーレに来週の支払いの約束をして、ティファはセブンスヘブンを後にした。ジェシーとの待ち合わせ場所は八番街スラムと七番街スラムの境界の、八番街側。外壁と接した空き地に建つ家だ。ジェシーとの交流が途絶えた頃、仕事帰りにひとりで行ってみたことが何度かあった。空き地はスクラップ置き場になっている。危険な目に遭ったことは一度もなかった。しかしやはり緊張する。スラムの夜は人工的な夜だが、周辺部は本物の夜が近いような気がしていた。恐ろしさの種類が、人工の夜とは違う。外周部に近づくにつれて、空気の匂いが変わる。本物の夜の匂いだ。

「ティファ」

突然呼ばれて、飛び上がりそうになる。しかし振り返ると、会いたかった顔があった。

「ジェシー！」

フード付きのスウェットシャツを着て、軽快なパンツ姿のジェシーがいた。積まれたスクラップの間を、軽やかな足音とともに駆け寄ってくる。

「ティファ。ここはマズい。離れよ──⁉」

一瞬、何が起こったのかわからなかった。バリバリという音、そして周囲で散る火花。

「撃たれてる。ジグザグに逃げよう。スラムに戻るよ」

手を引かれて走った。また同じ音がした。銃声だ。頬にピシリと何かが当たった。

「痛い」

「あそこ！」

触れると指先に血が付いていた。血の気が引く音が聞こえるようだ。

ジェシーが言ったが『あそこ』を見る余裕がない。

「連れていって」

「了解」

銃声がまた鳴り出した。弾丸が地面にめり込む。スクラップに当たって火花を放ち、跳ね返る。無秩序な音。飛び交う凶器。怖い。吐きそうだ。

「うかつ」

「え?」

「目を開けて、状況を見て」

自分が目を閉じていることにも気づいていなかった。ジェシーと一緒に正体不明の大きな機械――工事用の車輛だろうか――の残骸の影に隠れ、息を潜める。

「マシンガンで撃ってくる奴がたぶん三人いる。どこかに隠れてさ。ここは安全そうだけど、脱出するには、一度身体を晒(さら)さないと」

銃声が止んでいる。こちらの居場所がわからないのだろうか。

「あー、やだやだ。こっちが動くの待ってるね」

「誰が撃ってるの?　どうして?」

「今日、アバランチの合同集会が予定されてたのね。場所は六番街の外壁近く。昨日の夜になって、集会場所が神羅にバレてるって情報が流れて、集会は中止になったの。そしたら驚き。神羅が持っていた情報は〝スラムの外周部分でアバランチの集会がある〟っていうゆるゆるな内容で、奴ら、今、外壁近くの怪しい場所を片っ端から襲ってるわけ。ほら、耳澄まして」

遠くから銃声と爆発音が聞こえている。ヘリコプターも飛んでいるようだ。

「私、ティファをここに呼び出しちゃって——ほぼ外壁でしょ?——慌てて来たら危機一髪。乗り越えたら絶対絶命！　なにこれ！　だよね。お芝居だとヒロインは助かるけど、現実はどうかな。ティファ、武器持ってる?」

「ううん。でも格闘術をやってるの」

「うお！　でも遠くから撃ってくる奴とじゃ戦えないでしょ」

「うん。たぶん。ううん。どうかな。やってみないと」

「やったことないんでしょ?　ダメだよ。腕に自信あると無茶しがちの典型！」

銃声だ。近くの金属に当たっている。カンカンと跳ね返る。これまでと違い弾丸が途切れることなく発射されている。音が断続音から連続音に変わった。音自体に人を殺す力が宿ったようだ。

「威嚇(いかく)しながら近づいてくるパターン?　死にたくないよ。死ねないよ。こうなったら投降するしかないよね。そして逃げるチャンスを探そう。ええと、ハンカチ。白いの、なんかない?」

ティファが困惑していると、ひときわ大きな射撃音がした。雷鳴のようだった。そして静寂。いや、まだ銃声は聞こえているが、それは離れた場所の音のようだ。それとも騒々しい銃撃音で耳が壊れてしまったのだろうか。

「おい、ティファ、大丈夫か?」

知っている声がした。

「え?　何事?　ヒロインのピンチにヒーローが来ちゃった感じ?」

「ティファ！　生きてっか？」

バレットの声だった。

「うん、生きてる」

いつもとは違う、弱々しい声が出た。

「おっし。もう誰もいねえ。さっさと離れようぜ」

まずジェシーが、続いてティファが錆びた車輛の影から出た。

「よう、ジェシー、ひさしぶり」

10メートルほど先にバレットが立っていた。

「どういうこと？　なんでバレットがいるの？」

「おまえに会いたくてよ。探し回ったぜ」

「こわっ！」

ふたりのやりとりを聞きながら、ティファはバレットの右腕から目が離せずにいた。そこには腕よりも太い銃——というよりは兵器——がついている。幾つもの銃口が見える。まだ熱を持っているのだろうか。ほんのりと赤く見えた。

「バレット、その手——」

「これか。普段は外してるけどな、言ってみりゃあ俺の本気の証だ」

バレットのまわりに三人の神羅兵が倒れていた。さっきまで弾丸を吐き出していたに違いない大きな——重そうな——銃も落ちている。

「こいつら、調子に乗っておまえたちを撃っててよ。どんどん近づくもんだから、後ろががら空きだった。なあティファ」

「え？」

「やんなきゃ、おまえらが死んでた」

「うん」

「マリンには言うなよ」

「うん。わかってる」

遠くではまだ銃声が鳴っている。ヘリコプターも高く、低く飛んでいる。

「おふたりさん」ジェシーが言った。「そろそろ逃げない？」

「おお、そうだな。ティファ、おまえんち行くぞ」

「どうして？」

「ちゃんと家まで送れって、マーレがよ。ジェシーも来てくれ。話がある」

コンテナ横町への道中、バレットがあの空き地へ至る成り行きを話してくれた。

「マーレはよ、本当に嫌な予感がしてたらしい。んで、俺は命令されて、追い出されるみたいに店を出てティファを尾行したってわけだ。スクラップの迷路ン中で一度見失ったけど、神羅の馬鹿どもが派手に撃ちまくるからすぐに居場所がわかった」

「得意気に話してるけど――」ジェシーが睨む。「かなりギリギリだったよね」

「結果オーライだろ？　あん？」


やがていつもの路地に入る。〝門番〟代理のラケスが驚いて三人を見た。

「お友だちなの」

「うん、わかった」

ラケスはバレットに圧倒されたようだ。わかりやすく、二歩下がった。その様子が可笑しくて、空き地から続いていた緊張が、やっと解けた気がした。

路地を抜けてコンテナの前で止まる。

「ようこそ我が家へ。送ってくれてありがとう。もしかして、中に入りたい？」

「狭っちいんだろ？　どうしても入りたいってわけじゃねえが、ジェシーと話したい。ちょっとばかり物騒な話も出るから、部屋を貸してくれるとありがてえ」

「今日は私とジェシーの日なのにな」

「すぐに帰るって」

鍵を外してドアを開くと、まずバレットを押し込んでから、ジェシー、そして最後に自分が入った。

「うわ、三人はさすがに狭いね」

居心地の悪そうなバレットを見て、ティファは笑うしかなかった。

「引っ越せよ。いくらなんでもこりゃないぜ」

「色々事情があるの」

「ねえバレット。話ってなに？」

「おお、それな」

バレットは床にどさりと座ってあぐらをかいた。

「単純な話でよ。俺をアバランチに入れてくれ。あんたが頼りなんだ。リーダーに引き合わせてくれよ。エルフェだろ？」

ジェシーはベッドに腰掛けて、やはりあぐらをかいている。ティファは壁に寄りかかってふたりの話を聞くことにした。

「うーん」ジェシーは頰を、そして脇腹を掻いた。「こっちの話は単純じゃないの。でも説明するから、聞いて」

バレットが身を乗り出す。

「エルフェが率いるアバランチの本流、源流がどうもおかしなことになっちゃってて。目的が見えないんだよね。で、そこから距離を置いたアバランチが幾つか存在するわけ。でも、それぞれが小さいの。三人とか十人とか大きくても二十人くらい。神羅相手に事を起こすには全然足りないよね。だからまとまろうとするんだけど、神羅を潰す、魔晄炉を壊す、星を守る、ミッドガルの自治。共和国復興。ね？　色んな目的の人がいるわけよ。それをね、まとめようというのが今夜の集会だった。でもさ、まとまるはずないじゃない？　私たち三人——ビッグスとウェッジでさえまとまらないのに」

「あーん？」

バレットが眉を寄せる。

「私は魔晄炉を止めたいと思っている。爆破でもなんでもしてさ。ビッグスはとにかく神羅が憎いの。神羅が困ることならなんでもしたい。でもそれをやると、困る普通の人も大勢いるでしょ？　だからまだ覚悟ができない。ウェッジはビッグスと私に従うって言う。私たち、気持ちだけはあるのに空回り中。集会でさ、はい、では七番街スラム支部——これ自称ね——のテーマとその実現手段は？　なんて訊かれても答えられないよね」

「ようするに、統率力のあるリーダーが必要ってわけだ。おまえらの支部にもアバランチ全体にもよ」

「まあ、そういうことだね」

「俺がやるぜ。ああ。俺はやるぜ？」

「って言われてもなあ」

ジェシーが苦笑いする。

「動かねえと、わかんねえんだよ。当たり外れとか手応えとかよ。問題は転がりながら手直しすりゃあいいじゃねえか。一番良くねえのは、変に賢くなって、考え込んじまうこと。動こうぜ。俺にケツ叩かせろ。俺の背中に乗っかれ。今のリーダーは誰だ？　ジェシー、あんたか？」

「ううん。七番街スラム支部は思想的には平等。合議制大好き」

「それでうまく行ってねえんだろ？　だったら変えてみようじゃねえか。なあ？」

「うーん、ティファ、どう思う？」

「仲間が多いのは良いことだと思うな。ほら、ご縁、だし？」

「軽くない？」ジェシーが呆れる。「でもまあ、バレットはさ、ハートに馬力があるよね。勢いというか、一歩踏み出す力。それは確かに私たちに欠けてると思う。うん。今までダメだったんだ。変えないとね」

※

「これが私たちのアバランチの始まり。ビッグスは、最初はバレットが苦手だったみたいだけど、どんどんあのペースに呑み込まれていったの」

「乗っ取りか」

「言えてるかも。バレットの勢いで他のグループも巻きこんでさらに大きくなったんだけど、人数が増えると、意見する人も増えるでしょ？　対応しきれなくてバレットが爆発しちゃって。

それが何度かあって、そのたびに七番街支部は小さくなるの。最後の爆発が本家からの離脱」

「よく一緒にいられるものだ」

「だってほら、縁だから。その縁が繋がって、レッドとも会えたんだよ」

「ふん」レッドXIIIは後ろ足で器用に耳の後ろを掻いた。「それはそうと、あいつはどうなった」

「ん？　誰？」

「ラケス。何か裏があるんだろう？　どうなんだ」

※

あっという間に次の水曜日がやってきた。早朝、ティファは日課のシャワーを終えてバレットの到着を待った。一緒に16万ギルを運ぶためだ。金はセブンスヘブンのオーナーになるための、いわば手付金だ。モンティが残した負債は毎月分割で返済する。相談の結果、バレットがティファの助言を受けて店を営業することになった。マーレはアバランチと距離を置くために店を離れることになった。しかし、口を、時には手も出す気満々だ。離れる意味がわからないが彼女なりの筋の通し方があるのだろう。ティファは八番饅頭の売り子を続けて借金の完済を目指す。それが終わればセブンスヘブンで本格的に働く予定だ。二年後の合流を目指していた。それまで少しずつカクテルの勉強をするつもりでいる。

「よう、行こうぜ」バレットが迎えに来て言った。「なあ、傑作だ。先週のドンパチでプレートの上にも被害があったらしくてな、神羅のアバランチ狩りがトーンダウンしそうだ。これでちっとは活動しやすくなる——おい、ティファ、どうした」

バレットの話は半分も聞いていなかった。いつもの場所に16万ギルがないのだ。鞄ごとなくなっていた。

「お金がない」

「は？」

「鞄に入れて、この中に隠しておいたの。それが、なくなっている」

衣装箱をひっくり返す。下着までこぼれ落ちるが構ってはいられない。

「ぬなななな」

バレットが奇妙な声をあげる。

「ふざけないで」

「16万ギルだぞ？　そりゃ変な声も出ちまうぜ。一番最近、金を見たのは？」

「昨日の夜。結構遅く」

「じゃあ、無くなったのは今日、今朝か？　ずっと部屋にいたんだろう？」

「うん。ずっとバレットを待って——あ！　シャワー！」

ティファはコンテナを飛び出してシャワーへ走った。〝水番〟がいた。

「私がシャワーを浴びている間、誰か来ました？」

「って言われても、ここからはあんたのコンテナは見えないし——ああ、〝門番〟がシャワーを浴びに来たよ。あんたが使ってると知って遠慮したのかね。そのまま戻って行ったけど」

ティファは礼を言って〝門番〟の定位置に走る。途中でバレットが合流した。

「家捜しさせてもらったぜ。金はなかった」

「犯人、わかったと思う」

ふたりは〝門番〟代理のラケスを追って早朝のスラムを走った。行き先はダミーニ・オレンジ先生の診療所。ラケスの家だ。そこに彼がいなければマンソンの拠点へ行くつもりだった。

息を切らして辿りつくと診療所の中から男の怒声が聞こえてきた。女の悲鳴も聞こえる。

ドアに手をかける。鍵はかかっていない。また中から音が聞こえる。暴力の音だ。機械が倒れる音。ガラスが割れる音。

「やめて！」ダミーニの声がした。

「金は用意しましたから！」

ラケスの声だ。バレットが唇に太い人差し指を当てる。成り行きを見守るつもりだろう。

「もちろんもらう。でもよ、一週間遅れたろ？　遅れたら見せしめが必要だろう？　じゃないと舐められるからな」

良く知っている声だった。ティファは驚き、混乱した。

「舐めたりしません。怖さはよく知ってます」

「じゃあ、この一週間何してた？　言ってみ？」

しかしラケスの答えは聞こえない。

「俺が教えてやる。てめえ、お袋が稼いだ金持って、またチョコボに突っこんだらしいな。俺に返すはずの金だよな？　やっぱり全体、舐めてるだろ」

「絶対儲かる、確実な情報があったんです」

また物が壊れる音がした。

「壊さないでください。お願いです」ダミーニが懇願する「マンソンさん」

「うそ！」思わず声が出て、ティファは慌てて自分の口をふさぐ。しかし遅かった。

「誰だこら！」

奥から小柄な老人が出てくる。

「ティファ……」

いつもの赤い上下を着た〝おっちゃん〟がいた。

「〝おっちゃん〟がマンソンなの？」

〝おっちゃん〟は視線を泳がせ、口をぱくぱくさせていたが、やがて深い溜息をついた。

「ばれちゃあしょうがない。毎週水曜は、こっちの仕事だ」

「マンソン・ルールで私を縛っていたのは〝おっちゃん〟……」

「待てよ。そんなルール知らねえぞ」

「でも、ラケスが……」

「じゃあラケスと話せ。奥で鼻をかんでる」

ティファが奥へ行こうとすると――

「マンソンさん」目蓋を腫らしたラケスが現れた。鼻血を拭ったあとが生々しい。「今日はとりあえずこれだけ持って帰ってください。足りないですけど」

ラケスが鞄を〝おっちゃん・マンソン〟に差し出す。

「それ、私のお金」

「返してもらうぜ！」バレットが鞄を叩き落として、引き寄せる。「確保！」

「ああ」ラケスがまるで自分の金を奪われたかのように嘆いた。

「説明して、ラケス。〝おっちゃん〟でもいい」

「ラケスは俺にでかい借金がある」〝おっちゃん〟がうんざりした声で言った。「ギャンブルで作った借金だ。その返済のために、ここの治療費を割り増し請求して患者に肩代わりさせていたんだ。被害者は大勢いる。もちろん母親もグルだ」

「私の治療費は、本当は幾らだったの？」

「三分の一よ。ごめんなさい」

奥から出てきたダミーニの答えにティファは息が詰まる。三分の一とは！

左手首の革紐を握る――すると、紐が切れて、輪が解けて、床に落ちた。

「僕が君を指導したから、どんなに苦境の時でも君はウォール・マーケットに行かなくてすんだ。そうは思わないかい？」

「ティファ、行こうぜ。これ以上関わると、こっちまで腐る」

バレットが吐き捨てるように言った。

「わかってる。でもその前に――」

ティファは両手の拳を顔の前で構えた。深く息を吸う。ゆっくり。ゆっくり。そして吐く。ゆっくり。秘伝の書第五の巻、一の一の一。右のパンチが気持ちよくラケス・オレンジの顎を打ち抜いた。ラケスはくるくると回ってから診療所の壁に当たって倒れる。ダミーニが慌てて駆け寄って頭を抱き寄せた。その様子を見ても、罪悪感も後悔もなかった。

「おっちゃんは」ティファが話しかけると〝おっちゃん〟は頭を掻いた。「全部知ってたんだ」

「まあな。でも俺はよう、やっと出会った逸材を手放したくなかった。何度も言ったよな？　おまえは最高のパートナーだって。だからラケスの計画に乗っかった」

「私は屋台の仕事が大好きだった。つらいことがあってもお饅頭に集中すれば忘れられた。働く喜びだって教えてもらった。だから、普通に雇ってくれていれば、それで良かったのに」

「はあ」〝おっちゃん〟が無念そうに息を吐く。「裏の世界が長くてなあ」

ティファは次にダミーニに視線を向ける。

「お金は、もういいんですよね？」

「自分でなんとかします。今までありがとう。いいえ、ごめんなさい」

「ティファ」ラケスがふらふらと立ち上がった。「僕は本当に君が好きで――」

秘伝の書第五の巻二の二の一。快心の横蹴りが決まった。

※

「……最後の蹴りで私の気がすんだよ」

「ご静聴ありがとうございました。はい、これで私の、お人好し時代の話はおしまい」

「ほう。今はちがうのか」

「そのつもりだけど？」

レッドⅫがジッと見つめる。ティファも見つめ返す。

「ザンガンはどうしてる」

あっさり話題を変えられてしまった。

「さあ。全然知らないの。でも、次に会ったら――」

「免許皆伝の試験がまだだったな」

「ううん。次はティファ流で対戦ね。先生には、少し怒ってるから」

レッドⅫが喉を鳴らした。笑ったのだろう。また風が来る。草原が波打っている。

「みんなのところ、行こうか」

立ち上がった時に風が来た。ティファは風に向かって歩き始めた。

Episode-2
Aerith

【エアリスの軌跡】

エアリス・ゲインズブールは連絡船第八神羅丸(だいはちしんらまる)の中にいた。仲間たちと同じく、神羅軍の兵士の服を着ている。初めての海、そして船だった。ジュノンとコスタ・デル・ソルを結ぶ連絡船は思いのほか豪華だった。好奇心に誘われて船内を見て回った。しかし富裕層ばかりの乗客は兵士を歓迎していない。冷たい視線に追われて、エアリスは最下層にある船倉にたどりついた。積み込まれた荷物で中は雑然としている。先客がいた。

「ね、さっきデッキで聞いたんだけど」

神羅兵の装備で身を固めたティファ・ロックハートだった。柔らかな微笑みからは思いもよらないが、彼女は優れた格闘家だ。目にもとまらぬパンチ、多彩なキック、そして跳躍力を持つ頼もしい仲間だ。出会いからは、まだ日が浅い。しかし、危機的な状況をともに乗り越えることで育まれた絆は本物だとエアリスは信じていた。

「船が揺れて気持ち悪くなりそうな時は、おしゃべりで気を紛らわせるといいみたい」

「そうなんだ。ティファ、気持ち悪いの?」

「ううん、私は大丈夫」

「わたしも」

そこで会話が止まった。やがてエアリスは気がつく。ティファは話したいのだ。彼女は時々遠慮深い。

「でも、話す？ うん、話そう」

「今度はエアリスのことが聞きたいな」

「わたし？」

「私、いい聞き役だよ。ほら、お店でいつもやってるから」

ティファは姿勢を整え、グラスを磨くふりをする。

「お客さん、うちは初めてですよね。どちらから？」

「わあ」

エアリスは感嘆する。

「このあたりにお住まいですか？」

「いいえ、伍番街スラムです」

「そうなんですか。伍番街もなかなか賑やかからしいですね。生まれも伍番街なんですか？」

「ええと……」エアリスは言い淀む。「説明、大変かも」

ティファはすぐに察したらしい。エアリスが古代種（こだいしゅ）であり、最後の生き残りであることはすでに話してある。

「ごめん。立ち入ったこと、だよね」

「ううん」

エアリスは即座に否定する。

「ちょっと、びっくりしただけ。聞きたいって言った人、いなかったし、話したいと思う相手もいなかっただけ。ね？　聞く？　聞く？」

エアリスはティファの腕を抱えて寄り添う。

「もし、良かったら」

「良い良い！」

※

エアリスの母親のイファルナは両親がともに古代種の、純血の末裔だった。彼女は神羅カンパニーの保護の下、古代種を巡る様々な研究に協力するため、長く神羅ビルの高層階で暮らしていた。外出の自由以外はほとんど全てを与えられる部屋だった。ともに暮らしたイファルナの娘エアリスはこの部屋に入った日のことを覚えていない。最初の記憶もその部屋の中だった。まわりにいるのは大人ばかりで友だちと呼べるのは世話係のマリエルが連れて来る彼女の息子、二歳年上のロニーだけだった。

１９９２年。七歳だった。エアリスの頭の中が、突然、映像であふれかえった。見たことのない風景や人だけではなく動物やモンスターの姿もあった。古代種の力の覚醒だった。未熟なエアリスは映像を制御することも無視することもできず、紙に描き、壁に描き、相手かまわず見せた。そうすることで、謎の〝ビジョン〟が消えると考えたのだ。

※

「今はわかるの。あの時まで、わたし、人質だった。わたしを守るため、お母さんは宝条に従うしかなかった。でも、わたしも特別な力を受け継いでいることがわかったから、宝条、調子に乗ったの。代わりが見つかったから、それまでしなかった、酷いこと、始めたんだと思う。お母さん、あっという間に、身体を壊した……」

※

宝条とそのスタッフによるイファルナの拘束時間が長くなった。連日、朝から夕方まで宝条の研究に協力させられていた。日々衰弱して、自力で歩けず、スタッフの押す車椅子で部屋に戻ることもあった。酷い時には車椅子からベッドに移ることもできなかった。エアリスはしばしばスタッフに助けを求めた。そんな時に現れるのは白衣を着たファズ・ヒックスだった。ファズはエアリスが知るスタッフの中で最も身体が大きかった。目も鼻も口も大きかった。太い腕でイファルナを軽々と抱えて運ぶ姿はとても頼もしかった。

ファズが来るとイファルナは薬をねだった。切なそうな、甘えたような声だ。エアリスは何も言わなかったが、そんな声を出す時の母親が好きではなかった。病気なら早く治ってほしいと思っていた。

「おねがい、ファズ」

ファズは心得ていたのだろう。監視カメラに背を向けて、他のスタッフには内緒だと念を押しながら薬の小瓶と注射器を置いて帰った。イファルナはそれを自分で使った。自分の腕に針を刺す母親をエアリスは見ていられず、ソファの影に隠れるのが常だった。

エアリスには子供時代の出来事に関する日付の記憶がほとんどない。七歳だったある日の夜のことだった。いつものように母親のベッドに潜り込んでいた。監視されていることを知ってからの習慣で、頭から毛布を被っていた。

「エアリス。ちょっと冒険してみない？」

毛布の向こうからイファルナが囁いた。

「何をするの？」

エアリスも真似て、小さな声で訊いた。

「ここから出るの。出て、外の空気を吸いに行くの」

「えっ？」外の世界には、憧れと恐怖があった。

「懐かしいなあ」

母親の、その感覚がエアリスにはわからない。しかし、声に涙が混じっているような気がした。

顔が見たくなって毛布から出る。イファルナは腕で顔を覆い隠している。ゆったりとした寝巻きの袖がめくれていた。痛々しい注射の痕が幾つもあった。

「外に出たら、お母さん、元気になる？　注射もしない？」

「そうね。そうなれると思う」

「じゃあ、行く。でも、できるかな。カメラ、見張ってるよ」

「ファズが協力してくれるの」

「どうしてファズが協力してくれるの？」

少し間があった。

「いい人だからよ」


イファルナはいつも通りに部屋から連れ出され、夕方になってから帰ってきた。ファズが車椅子を押していた。

「やあ、エアリス」ファズの太い声が言った。「準備が整ったよ。参番街のスラムに秘密の家を用意したんだ。君の部屋もあるよ。狭いけど、俺たちはそこから出発するんだ」

それだけを告げるとファズは部屋を出て行った。

早朝、非常ベルが鳴った。イファルナに急かされ、エアリスは着替えた。見たことのない服だった。

「ファズが用意してくれたの」

そう告げるイファルナも新しい服を着ていた。

「行こう」

「見つかっちゃうよ」

「そんなこと、考えないの」

イファルナはドアを開く。

「うそ！　鍵が開いてる。どうして？」

母親は答えず、一度深呼吸をして廊下に飛び出した。誰もいない。緊急事態を告げるベルが耳に突き刺さる。

「実験用モンスターが徘徊(はいかい)しています。科学部門スタッフは安全な場所に避難してください」

館内放送が淡々と告げている。

「大変」

エアリスは怯えた。しかしイファルナは方向を見定めて歩き出す。ふらふらしている。勢いが良かったのは扉を開いた時だけだった。エアリスは手を引かれるままに付いていく。

廊下の最初の角を曲がる。スタッフの姿は見当たらない。徘徊しているというモンスターの気配もなかった。掃除用具を運ぶワゴンがあった。金属製の大きな箱に小さなタイヤをつけたものだった。柄の長いブラシやモップが無造作に突き刺さっている。イファルナが駆け寄り、ワゴンの側面に手を当てて滑らせる。一部がスライドして開く。中は空だった。本当なら様々な洗剤や掃除用具が入っているはずだった。棚板や仕切り板も外されている。

「この中に隠れるの。私が先に入るね」

イファルナは身を屈めて箱の中に潜り込む。

「おいで、エアリス」

声に誘われて中に入る。イファルナは自分の膝を抱えて引き寄せると娘のためのスペースを作った。小柄なエアリスがするりと入り込む。さほど窮屈ではなかった。

「しばらくこのままだから、楽な姿勢を見つけてね」

「うん。これでいい」

「了解」

イファルナが扉を閉めると、ワゴンの中は真っ暗になった。館内放送は変わらず実験用モンスターの逃走を告げている。やがて人が近づく気配がした。ワゴンが軽く振動する。

「俺です」

「お願いね、ファズ」

「行きますよ」

ワゴンが滑るように動き出した。

「何があっても声を出さないように」

「曲がります」

「エレベーターです。何度か乗り換えます」

時々、ファズの声が聞こえた。エレベーターの中では、エアリスは吐きそうになった。

「お母さん、気持ち悪い」

「すぐに終わるからね」

ワゴンごと落下するような感覚が終わると、また走りだす。ファズが言ったとおり、エレベーターを何度か乗り換える。

「駐車場です」

それまでとは違う、不愉快な臭いがワゴンの中に忍び込む。

「まもなく停めます。トラックの荷台があるから、急いで乗ってください。俺が手伝います」

地面の状態が変わったのだろう。ワゴンはガラガラとうるさい音を出して走る。ほどなく停まり、扉が開いた。

「さあ、急いで」

ワゴンの中に入ってきた大きな手に引かれてエアリスは外に出る。そのまま抱き上げられて、トラックの荷台に乗せられた。まるで荷物扱いだ。

「奥まで行って」

そう言いながらファズは、イファルナも軽々と荷台に乗せる。

「木箱が何個かあります。一番奥の箱が空なのでその中に隠れてください。蓋を閉じるのを忘れないで。俺のイトコがこのトラックを運転します。駅についたら箱ごと貨物車輌に積み込まれます。貨物は、最後は四番街スラムの駅に到着しますから、そこで俺を待ってください」

「箱の中で?」

イファルナが訊いた。

「いいえ。駅のどこかで待つことになると思います。駅には俺の友だちがいますから指示に従ってください。詳しいことは手紙に書いておきました」そう言ってファズは折りたたんだ紙片をイファルナに渡した。

「ファズはどこへいくの?」

エアリスが聞いた。

「上に戻って、君たちを探すふりをするよ。バレたらクビじゃすまないからね」

クラクションが鳴った。気持ちが急かされる。

「じゃあ、あとで。箱の中に食べ物と水があります」

「あなたが来るまで、どれくらい待てばいいの?」

「最悪、最終電車ですね」

言いながらファズはイファルナの手の甲に口づけをした。エアリスは驚き、ファズと母親を交互に見た。

「ありがとう、ファズ」

イファルナが言い終えないうちにトラックが走り出した。

揺れる荷台で母と娘は這うようにして奥へ移動した。掃除用具のワゴンよりひとまわり大きな木箱が五個あった。イファルナは空の箱を見つけると蓋を開いてエアリスを中に入れた。

「くさーい」

部屋を出てから様々な臭いを嗅いだが、これには耐えられない。

「がまんがまん。すぐに慣れるからね」

言いながらイファルナも中に入る。顔をしかめたのをエアリスは見逃さなかった。

「お母さんも臭いんだ！」

イファルナはペロリと舌を出す。二人は見つめあって笑った。

エアリスが箱の底の紙袋に気づいた。中を見ると携帯型のライト、ドライフルーツとナッツの入った小袋、固いパンと水筒もあった。薄い封筒があったので中を覗くと金が入っていた。

「蓋を閉めなくちゃ」

イファルナが苦労して蓋を閉じると箱の中は真っ暗になった。

「次は、ええと……お手紙、読んじゃおう」

暗闇の中、イファルナが紙片を広げる乾いた音がする。

「エアリス、照らしてくれる？」

「はーい」

操作がわからずに苦労したがエアリスはスイッチを見つけてライトを点ける。丸く切り取られた闇の中に、母親の白い顔があった。額には汗が滲んでいる。

「お母さん、大丈夫？」

「読むから、エアリスも覚えてね」

質問には答えないつもりらしい。

「うん」

「神羅ビルが建っているプレートと目的地のスラムは鉄道で結ばれています。この箱はこのまま貨物列車の中に運びこまれます。列車が走り出してしばらくすると箱の中が赤く光るでしょう。何度か光るでしょう。でも心配はいりません。気にしないでください」

「どういうこと？」

「ファズはね、私が何も知らないと思っているの。その通りだけどね」

「こわいよ」

「心配いらないって書いてあるから信じよう」

「……うん」

「しばらくすると線路が下りではなくて平地を走っていることがわかるでしょう。やがて停車の案内が聞こえると思います。それを聞いたら箱から出てください。次に、車輛の出入口の近くで待機してください。終点は四番街スラム駅です。到着すると扉が開きます。その扉を開いた人に封筒のお金を渡してください。謝礼です。俺の友人だから安心してください。そして、俺が迎えに行くまでその人の指示に従って待ってくだ――」

最後まで読み切らないうちにイファルナが咳き込んだ。長く続く咳だった。顔を背け、口元を腕で隠している。

「ライト……消して……」

イファルナはそう言って、また咳き込んだ。

やがてトラックが停まった。積み荷同士が当たるガタガタという音とともに荷台が揺れる。すぐ近くに人の気配がする。荷下ろしが始まったのだ。作業は乱暴で、箱が横に倒されることさえあった。母と子は箱の中で揺れと苦痛に耐えた。イファルナはエアリスを抱きかかえ、娘の口から漏れる声を手のひらで押さえていた。

「がんばろう」

静寂が訪れた。ほっとしたのも束の間、貨車への積み込み作業が始まる。

「こいつはスラムの四番」

男のくぐもった声が聞こえると箱が動き出した。また乱暴に扱われる。両手両足、背中を使って身体を固定し、歯を食いしばる。

ほどなく積み込みが終わった。貨車の扉が閉じる時の、重く、派手な音がした。

列車が走り出すと、周期的に繰り返されるタタンタタンという音が響き始める。やがてそのリズミカルな音が心地良くなる。エアリスはついうとうとしてしまう。意識が遠くなる。ハッと目覚めて母親の顔を見る。点けっぱなしのライトに淡く照らされたイファルナの横顔はいつもどおりに美しい。視線に気づいたイファルナが微笑む。エアリスは安心して、また目を閉じる。ついに眠ってしまう。

夢の中で、エアリスは絵を描いていた。

目覚めた時、イファルナはまた咳き込んでいた。

「お母さん、だいじょうぶ」

「うん……待って」

声がかすれていた。やがて呼吸を整えると――

「さっき、下り坂が終わったみたい。赤い光も終わったから、もうすぐ到着かな?」

「ええっ⁉　赤くなるの、見たかった！」

「怖いって言ってたよね」

イファルナが笑う。

「こわくても見たいの」

その時、箱の中が赤く染まった。二人は驚き、顔を見合わせる。

「赤くなった！」

「うん。赤い赤い」

「ぜんぜんこわくなかったよ」

「ねえ、エアリス。何か食べておこうか。次に食べられるのはいつかわからないからね」

イファルナは袋の中のパンを千切ってエアリスに渡し、ドライフルーツの小袋を破った。

「ピクニックって、こんなのかなあ」

エアリスはパンを頬張る。

「ピクニックって、何？」

イファルナが訊く。エアリスはパンを呑み込んでから——

「ロニーから聞いたの。食べ物を持って、おでかけして、いっぱい歩いて、食べるんだって。食べない時もあるみたい。でも、ロニーも行ったことはないんだって」

「ふーん。よくわからないけど、歩くのは楽しそうだね」

床に置いた携行ライトの弱い光の中で、イファルナが残りのパンを差し出した。

「お母さんは食べないの？」

「私は食べちゃった。エアリスがぽかーんって口開けて寝てる間にね」

嘘だと思った。しかしエアリスは頬を膨らませて怒ってみせる。

列車の速度が落ちた。イファルナがまた咳き込む。無理に咳を抑えようとして肩が大きく揺れる。

「大丈夫だからね」

「うん」

念を押されると不安になった。

「次は……番街スラム。四番……ムです」

くぐもった声が聞こえた。停車の案内だろう。

「そろそろ箱から出ておこうか」

蓋を跳ね上げ、まずイファルナが出てエアリスを引き上げる。速度を落としているとはいえ、車輛はガタゴトと揺れている。

「面白い！」

エアリスが両足を踏ん張ってバランスを取る。イファルナは箱につかまって耐えている。

「エアリス」

「うん」

「その気持ち、忘れないでね」

「どの気持ち？」

「なんでも楽しむ気持ち」

「うーん、わかった」

「ねえねえ、エアリス。これ見て」

イファルナは自分が摑まっている箱に貼られたラベルを指差す。

「なんて書いてあるの？」

「神羅カンパニー発神羅カンパニー行き。地上四番街駅保管。危険物。途中開封厳禁――だって」

「わたしたち、危険物？」

「失礼だよね」

イファルナが笑った。と、列車が減速を始めた。エアリスがバランスを崩し、倒れそうになりながら母親にしがみつく。

「エアリス。少しの間、黙ってね。私にまかせて」

どういう意味だろうかと母親を見上げる。もう笑顔はなかった。

扉を開いたのは若い女だった。不機嫌そうな顔だ。上下が繫がったダボダボの服を着ている。全身が汚れていた。

「ファズの友だち？」

イファルナが訊くと女がうなずいた。

「これをどうぞ。謝礼です」

イファルナは封筒を差し出した。

「いらないっていったのに」

「でも……」

結局、女は乱暴に封筒を摑み、尻ポケットに押し込んだ。

「降りて。急いで」

車輌の床は地面よりかなり高かった。手助けが必要な高さだった。しかし女は周囲の人目を気にしている。

「じゃあ、私から」

エアリスの視界からイファルナが消えた。飛び降りたのだ。苦しげな声が聞こえる。

「お母さん！」

「急いで」

女の鋭い声が突き刺さる。イファルナは謝りながら立ち上がり、エアリスを振り返って両手を差し伸べた。エアリスは汚れた服の女がまた怒るのではないかと不安になり、慌てて母親に身を預けた。その勢いでイファルナはよろけてしまう。エアリスを抱いたまま倒れそうになるが、二、三歩進んでからなんとか持ちこたえた。

「上では、もう騒ぎになってるってさ。ファズが迎えに来るまでコンテナ置き場に隠れて」女はコンテナがたくさん積まれた場所を指差した。「日が暮れる頃は荷受人が出入りするから、見つからないように。面倒は困るから」

「日が暮れるまで、あとどれくらい？」

イファルナが訊く。

「四時間くらいだね」

女は立ち去ろうとした。イファルナが呼び止めて聞く。

「参番街はどっちかしら？」

女は顎で方向を示すと逃げるように仕事に戻っていった。イファルナはその後ろ姿を見守っている。

「お母さん、早く隠れよう？」

「うん、そうだね」

女は車輛の先端まで行くとこちらを振り返った。コンテナ置き場を指し示す。早く行けと言っているのだろう。

「エアリス」イファルナが手を差し出す。「ここからが本当の冒険なの。行こう」

イファルナはエアリスの手を握った。

「お母さん、手が熱いよ？」

「わくわくしてるからだね」

イファルナは笑うと、降りたばかりの車輛の後部に向かって歩き出した。乗っていた車輛は最後尾だった。車輛を回り込んでレールを越えると駅舎が見えた。さっきの女が駅舎に消えて行く。他にも何人か鉄道関係者らしい制服姿が見えた。

「お母さん、どこ行くの⁉」

エアリスは気が気ではなかった。しかし母親は何も言わない。その代わりに手を強く握って歩き出す。真正面に見える金網のフェンスに向かっている。その向こうは道路で大勢の人が行き来していた。

「お母さん⁉」

「あの金網を乗り越えよう」

「えー？」フェンスの高さは2メートルほどだ。「わたし、できない」

「でも、やらないとね。冒険、終わっちゃうよ」

ついに二人は金網に取りつく。

「さあ、楽しもう！」

イファルナが言った。金網の向こうの通行人がこちらを見る。しかし誰も立ち止まろうとはしない。

「まず両手で金網の高いところを摑んで。そして左足のつま先を金網の目に入れる」

「うう」

エアリスは混乱するが、なんとか母親と同じ体勢になる。

「次は手に力を入れて、右のつま先も網に入れる」

「うん」

「それができたら右手をもっと高いところへ。次に左手も同じ高さに」

「あっ、わかった！　次は足！」

エアリスは金網の登り方が理解できた気がした。

「お母さん、見て」

ガシャガシャと音を立てながらあっという間にフェンスを登りきった。

「すごいね、エアリス。さあ、そこを乗り越えて」

「おい！　そこ！　下りろ！」

突き刺さる怒声とともに駅員がひとり駆けてくるのが見えた。

「お母さん！」

イファルナは駅員を見ている。

「エアリス、早く行って！」

「お母さんも！」

イファルナが金網を登り始める。じれったいほど遅い。

「おい！」

駅員がすぐ近くまで来ている。通行人の視線が集まる。その時——

「おい、早く」

見ると、男——大人で背が高い——が手を差し伸べている。エアリスは混乱した。この大人は母親の知りあいだろうか。そんなはずはない。

「ほら、行って！」

いつの間にか同じ高さまで来ていたイファルナがフェンスを乗り越える。駅員が手を伸ばすがギリギリで足に届かない。ついに道路側に出たイファルナは手を伸ばしてエアリスの服の胸元を摑む。そして強く引いた。エアリスはたまらずバランスを崩して頭からフェンスの外側に落ちそうになる。しかし、力強い手がエアリスを支えた。

「大丈夫か？」

エアリスを地上に降ろしながら男がイファルナに訊く。しかしイファルナは咳き込んで答えられない。

「不正乗車は重罪だぞ！」

駅員も金網を登り始める。

「重罪だが数が多すぎて、やつら捕まえきれないんだ」

「ありがとう……ございます」

イファルナが、やっと言った。

「どういたしまして」

そう言うと男は金網を摑む駅員の指を拳で殴った。駅員は悲鳴をあげて金網から離れた。

「神羅め、くそくらえ！」

男は駅員に罵声を浴びせると何事もなかったかのように立ち去った。駅員は荒い息で男を睨んでいる。

「参番街はどっちですか？」

イファルナが唐突に駅員に訊いた。これには駅員ばかりではなくエアリスも驚く。

「誰が教えるか！」

駅員の怒声にエアリスの足がすくむ。

「そうですよね。失礼いたしました」

イファルナは駅員に穏やかに謝るとエアリスの手を取って駅から離れた。振り返ると駅員が睨んでいた。しかしすぐに通行人の流れに隠れて見えなくなった。

「ああ、ドキドキした」

イファルナが呟いた。見上げると、母親の晴々とした顔があった。


誰かが追ってくる気配はなかった。母と娘は四番街スラムを駅から離れるように移動していた。見上げると鋼鉄の都市の裏側が見える。整然と組み合わされた鉄骨の天井に圧倒される。あの上に多くの人が暮らし、神羅ビルがあり、そのずっと高いところに自分たちはいたのだ。規模が大きすぎてエアリスはうまくイメージできない。

「エアリス、上ばかり見ていると転んじゃうよ」

「うん」

　確かに周囲を行き交う人々は誰も上を見ようとしない。スラムの住人にとっては当たり前の光景なのだろう。時々、エアリスには正体のわからない音が聞こえた。怒声が聞こえたこともある。やはり、誰も気にしていない。

「ねえ、駅で助けてくれた人は、誰なのかな」

「神羅嫌いの人だと思うな。スラムにはそういう人が多いみたい」

「お母さんは、どうしてスラムのことを知ってるの？」

「いろんな人に聞いたの。こんな日のためにね」

「金網の登り方も？」

「うん。宝条博士がいないと、みんなけっこう話してくれるんだ」

「本当はみんないい人なんだね」

「どうかな。同情してくれるし、いたわってくれる。でも、誰も助けてくれないの。本当にいい人は、言葉だけじゃなくて、動いてくれる人だと思うな」

「ファズ、どうしてるかな」

　しばらく待ったが母親は答えなかった。

「ねえ、エアリス。少し休みたいな。あそこ、行ってみようか」

イファルナが指で差した先には小さな広場があった。何台かのベンチが見えた。

※

「お母さん、ベンチに座ったらいきなり注射器出して、使ったの。わたし、びっくり」

「……つらかったんだね」

そう言うティファの目、声には同情があった。母親の定義によれば、彼女は〝本当にいい人〟だろう。しかしあの頃の自分は違った。

「具合悪いの、知ってたのに。わたし、自分のことばっかり。ひと目気にして」

「子供だもん」

「うん」

エアリスは黙り込む。子供だったから仕方がなかった。それだけでは片づけたくない後悔が幾つもあったのだ。

「あ、ごめんごめん。続き話す？」

「うん、お願い」

「お薬が効いて、四番街のスラム、時々休みながら何時間も歩いたの。そしたら案内板に〝伍番街スラム〟って出たのね」

※

「お母さん、伍番街スラムだって。おうちは参番街だよね？」

「ううん。これでいいの」

「だって、新しいおうちは参番街のスラムでしょ？」

「エアリス、少し急ごう。夜になっちゃう」

「どこ行くの？　どこに急ぐの？」

　イファルナは応えず、エアリスの手を強く握って歩を早めた。そのまましばらく無言で進む。

幾つもの疑問が浮かぶ。やがてイファルナが静かな声で話し始めた。

「前にね、聞いたことがあるの。伍番街のスラムに教会があるんだって。昔は人が集まって、神様にお祈りしたんだけど、今はもう、誰も来ないの。そこに少し隠れようと思って」

「神様って、聞いたことがある！　本当にいるの？」エアリスは驚く。

「いると信じている人にとっては、いるの。お祈りすると、力がわくんだって」

「お祈りって？」

「セトラが星とお話するみたいな感じかな。私にはわからないけど。でもね、教会にはもう人が来ないということは、神様を信じている人はもういないってことかな。神様には悪いけど、私たちには都合がいいね」

「教会でファズを待つの？」

イファルナはしばらく黙ってから、首を横に振った。

「これ以上、迷惑はかけられないもの」

「新しいおうちは？」

「私たちは住まないわ」

「ファズ、がっかりするね」

「そうかもね」

「ママはいいの？」

「私はエアリスがいればいいの」

なんとうれしい言葉だろう。ファズを可哀想に思う気持ち、裏切る罪悪感が消えたわけではない。しかし、注射や薬や手の甲へのキスは見なくてすむのだと思うと、ほっとした。

「一度、駅に行こう。そこからの道順しか知らないの」

「誰かに聞く？」

「ううん。居場所、知られたくないもの」

スラムではプレートに遮られて太陽の光が不足する時間帯がある。その不足を補うのがスラムの太陽と呼ばれる巨大なライトだ。しかし朝と夕方の光だけは太陽光そのもの。母親の説明に感嘆しつつも、エアリスは焦っていた。その夕方が迫っているのだ。日が暮れるまでに教会につかないと何か恐ろしいことが起こるような気がした。想像もつかない、恐ろしいことが。

「エアリス、あれが駅みたい」

見ると、停まっていた列車が走り出すところだった。四番街スラムの駅と違って、ホームがあるだけの小さな駅らしい。降りた客が少ないのだろうか、人通りもまばらだった。

「さーて、どっちへ行けば――」

行けばいいのかな。そう言おうとしたのだろうか。最後まで言わずにイファルナは崩れるように倒れた。

「お母さん!?」

エアリスの声に周囲の視線が集まる。しかし誰も動いてはくれない。

イファルナの呼吸は荒く、触れると、熱があった。高熱だ。

「お母さん、薬は?」

「もう……ないの……」

絶望的な状況だ。どうしよう。

「大丈夫?　お母さん」

イファルナは苦しげな息の中から何か言った。聞き取れなかったので口元に耳を近づけた。熱い吐息が耳にかかっただけだった。どうしよう。どうしよう。エアリスの頭は〝どうしよう〟でいっぱいになる。母親がまた何か言った。大丈夫と聞こえた。大丈夫のはずがない。しかし、どうすれば。誰か助けてくれないだろうか。四番街の駅の時のように。エアリスは顔をあげて、助けてくれそうな人を探した。もう誰も二人を見ていない。助けてください。こっちを見てください。エアリスの頭の中を言葉が行き来する。お母さんが病気なんです。熱があります。助けてください。どうか助けてください。しかし声に出せない。

「ごめんね……」イファルナが言った。「冒険……途中なのに……」

そんなことを言わないで。

「いや！」

感情が声になってあふれ出した。

「病気か？」

振り返ると、色褪せて汚れた服の男が立っていた。

「あっちに運ぼう。ここは邪魔だ」

男は答えを待たずに動いた。仰向けに倒れているイファルナの両脇に手を差し込むと後退りした。引き摺られたイファルナの足から靴が脱げた。エアリスは靴を拾って追いかける。

「もっと優しくして」

男は表情を変えずに作業を続け、イファルナを駅のホームに寄り掛からせて座らせた。

「医者を呼べ」

「どこにいますか」

「さあな。俺なら、大声で探すけどな」

男は振り返って、本当に大声を出した。

「医者はいないか！」

しかし、誰も応じない。

「がんばれよ」

男はそれだけ言うと、振り返りもせずに行ってしまった。

「こりゃ大変だ」

きれいな身なりの男女が来てイファルナをじろじろと覗き込む。

「お医者さんですか？」

「いや、ちがうよ」

「その人は、あなたのママ？」

「早くお医者さんを呼んだ方がいいんじゃない？」

「薬はないのかい？」

エアリスは一方的に話す男女の声を聞きながら、母親の言葉を思い出した。本当にいい人は動いてくれる人。ここにそんな人はいない。

「お母さん、待っててね。お医者さん呼んでくる」

エアリスは不安に押し潰されそうになりながら走った。

「お医者さんはいませんか？」

人の多い方へ。

「お医者さんはいませんか？」

振り返ると、駅からずいぶん離れてしまっている。と、男女の声が聞こえた。楽しげな様子のグループが歩いてくる。あの人たちに訊いて、それでダメだったら一度駅に戻ろう。エアリスは走った。

お医者さんはいませんか——そう言おうとした時、目の前まで来ていた青年が後ろを向いた。

「で、言ってやったんだよ俺は！」男は後ろ向きのまま歩いてくる。「そしたら——」

エアリスは慌てて避けようとしたが間に合わず、男の尻が顔に当たり、転んでしまう。男女の視線がエアリスに集まる。

「ガキは家帰って寝てろ！」

エアリスにぶつかった男が言うと、仲間たちが笑い出した。

離れて行く笑い声を聞きながら、エアリスはぼんやりと立ち上がった。悔しくて、悲しくて、腹が立って、みじめで。

「大丈夫かい？」

振り返ると、女がいた。心配そうにこちらを見ている。頭の後ろで無造作に束ねた髪が揺れていた。

「大丈夫です。お医者さん、知りませんか?」

自分が泣いていることに気づいて涙を拭った。

「うちは外れの方でね。このあたりの医者は知らないんだ」

エアリスは礼を言って歩き出す。大丈夫かと訊かれたら、大丈夫と答えるしかない。自分は何度母親に訊いただろう。

「お母さん。ごめんね」

エアリスは駅に向かって走った。

戻ると、母親の身体には毛布がかけられていた。〝いい人〟が現れて、かけてくれたにちがいない。しかし、母親の苦しげな様子を見て、エアリスは胸が潰れそうになる。熱は触れていられないほどだ。

「お母さん」

声をかけても、目は虚空を見ている。

「エアリス。いるの?」

「ここにいるよ」

イファルナの目がエアリスを探し、とらえる。

「これを――」イファルナが服の中から小さな布の袋を差し出す。「私はお父さんから、お父さんはお母さんから、お母さんはそのまたお母さんから。なんの役にも立たないけど、ずっとあって、セトラを繋いでいるの」

エアリスの胸がカッと熱くなる。

「いや。いらない」

受けとれば、終わる。強い予感があった。

「そう。この命は、もう終わる。星に帰るの」

イファルナの、袋を差し出す手が震えている。そしてついに落ちた。

「悲しまないで。これからも、あなたのそばにいるから」

「お母さん」

「あんた、大丈夫かい?」

上から声がした。仰ぎ見ると、女がいた。転んだ時に声をかけてくれた人だ。

突然イファルナが動いた。上半身を起こすと、その女の腕を取る。

「どうか、エアリスを、安全なところへ」

どこに残っていたのかと思うほどの力強い声で言った。しかし次の瞬間、イファルナの身体は空っぽになった。この身体をイファルナにしていた精神が抜け落ち、主を失った肉と骨が残されていた。

「あ」

思わず声が出た。

エアリスは母親の言葉を頭の中で繰り返す。悲しまないで。星に帰るの。あなたのそばにいる。繋がっている。わかっている。わかっているのに胸がヒリヒリする。涙が流れ落ちて、泣き声が漏れて、苦しくて身体も震えている。誰かが背中を撫でてくれている。

突然周囲が慌ただしくなった。顔を上げると轟音とともに列車がホームに滑り込んで来るのが見えた。

「ここを離れよう」

声とともに強く腕を引かれ、無理矢理立たされる。エアリスは慌てて落ちていた布袋を拾った。

「嫌な予感がする」

女はエアリスの手を引いてせかせかと駅から離れようとする。イファルナに手を引かれて線路を渡ったことを思い出す。この手はわたしをどこに連れて行くのだろう。お母さん、さようなら。これからも一緒かもしれない。その通りなのだろう。しかしもう、あの身体に触れることはできないのだ。もう触れさせてはもらえないのだ。命の形が違うのだから。

「お母さん！」

振り返って叫ぶと、手を引く力が強くなった。列車が停まるのが見えた。ドアが開くと神羅の兵士、続いて白衣の男たちが勢いよく降りてきた。

「走るよ」

エアリスが動かないと見るや乱暴に抱きかかえて走り出した。


やがてスラムの中心部に近づくと、女はやっとエアリスを下ろした。

「歩けるかい？」

エアリスはこくりとうなずく。

「ちゃんとお別れさせてあげられなくて、悪かったね」

エアリスは首を横に振った。

「申し訳ないけど、お母さんは置いていくしかない」

女の顔は本当に申し訳なさそうだった。エアリスはまたうなずく。

「かわいそうに」

「お母さんは星に帰っただけなの。だから悲しくないの」

「ああ。そんな風に考える人もいるらしいね。それにしたって、別れは悲しいだろ？」

「ううん。また会えるもの」

「そうかい。じゃあ、とりあえずわたしの家に行こうかね。そこなら思い切り泣けるよ」

※

「でも、わたし、全然泣かなかったんだ」

　エアリスが言うと、ティファが怪訝（けげん）そうな顔を見せる。

「わたしの家、行ったよね？　伍番街スラムの」

「うん、行った」

「お花、いっぱいだったでしょ？」

「うん」

「わたしが初めて行った時も、あのお花たち、迎えてくれたの。本当に、そう感じた。星を感じて、お母さんを感じた。だから、泣かなくても良かったんだ。置き去りにしたのは、お母さんじゃない。お母さんはここにいる」

　ティファが首を傾げている。

「わたし、変なこと言ってるよね」

　エアリスが笑う。

「不思議だとは思うけど、変じゃないよ」

「ありがとう。そう言ってくれると思った。だから、話せる」

　鼻の奥がツンとした。

「ねえねえ！」気分を変えたくなった。「わたしの家、大きかったでしょ。スラムにしては」

「うん。それに、立派というか、ちゃんとした家だと思ったな。スラムでも、ミッドガルでもないみたいな」

「そうなの。あの家はね、エルミナの、義理のお父さんの家なの。このお義父さんがスラムの顔役っていうか。なんていうのかな。悪くないコルネオ?」

「悪くないコルネオ?」

ティファが繰り返す。

「あ、ダメ。印象が悪すぎる」

「うん。コルネオの顔しか出てこない」

「失敗。もっと、紳士の顔、思い浮かべて。コルネオ以外、誰でもいいから」

「やってみるね」

ティファは本当に試しているようだ。しかし、くすりと笑う。

「ん?」

「紳士って、あんまり知らなくて」

※

スラムの風景をほとんど知らないエアリスにもそこが他とは違う特別な場所だとすぐにわかった。自然の多い土地だった。段差のある立体的な地形に草木が繁り、花まで咲いている。花と言えば花瓶か鉢植えしか知らないエアリスにとっては驚きの風景だった。

庭の中を通る、木の板を敷いて作った通路を歩き始めると、手脚を誰かに撫でられるような感じがした。不安や恐怖はなかった。しっとりと落ち着いた感情が胸の中――あるいは頭の中に――あった。

「誰？」

風が吹き、エアリスの頬を撫でる。心が喜びで満たされた。

「なんか言ったかい？」

エルミナ・ゲインズブール――自己紹介は道中で済ませていた――が振り返る。

「ううん」

「そうかい」エルミナはまた歩き出す。「草が多いだろ？　古い土地がそのまま残ってるからね。花もいっぱい咲くんだよ。今も咲いているけど、こんなのはまだ始まったばかりさ」

花でいっぱいの庭を思い浮かべて、エアリスはうれしくなる。

「刈ったり抜いたりするけど、しつこくてねえ。虫も来るから大変だよ」

「このままでいいと思います」

「まあ、あきらめてるけどね」

エルミナの家は木造の古い、重厚な建物だった。上半分にガラスがはめ込まれた、凝った造りの両開きのドアを開いて二人は中に入った。

神羅ビルを出てからは初めての体験ばかりの一日だ。中でもこの、初めて他人の家に入るという体験は〝初めて〟が塊になって襲ってくるようなものだった。本物の木がふんだんに使われた室内の様子。部屋の真ん中にあるテーブルと椅子。神羅ビルの部屋と違って窓の多い壁。家具、食器、鍋、食べ物、掃除の道具——暮らしている人の息遣いが聞こえるようだった。エアリスは情報の多さに苦しくなって、はあはあと口で息をした。

「おかしな子だねえ」

エルミナが笑った。

「さっそくだけどね。道中、考えたんだ。あんたを連れてきたはいいけど、これからどうすればいいのかってさ。途中に孤児院があったろ？　親のない子が大勢暮らしてる。そこに行くのもありだろうと思ったけど、あそこは神羅カンパニーの息がかかってるって噂があってね。駅で見たことを考えると、あんた、神羅は嫌だろう？」

エアリスは何度も強くうなずいた。

「じゃあ、今後のことをじっくり考えないとね」エルミナは大きな溜息をついた。「とはいえ、今はあんまり複雑なことを考える余裕がなくてね。先のことは後まわしにして、少しの間ここにいるってことでいいかい？」

エアリスはまた何度もうなずく。

「じゃあ、二階に行こうか」

エルミナは——せっかちな性分らしい——さっさと階段を上って二階へ行ってしまう。慌てて付いていくと二階の廊下でエルミナが待ちかまえていた。

「しばらくは二階にいてもらうよ」

「うん」

「うちはそこそこお客が多い家なんだ。突然あんたみたいな子供がいたら、みんな不審に思うだろう？　何より、あんたのことが神羅に伝わらないとも限らないからね。しばらくは、わたしがいいって言った時以外は二階で過ごしてもらうよ」

「しばらくって、どれくらい？」

エルミナは眉を寄せ、腕を組んだ。

「正直に言っとくれ。神羅はあんたの母親を追っているのかい？　それともあんたも追われているのかい？」

質問の意味はわかる。しかし、どうだろう。自分も追われているのだろうか。きっと追われている。なぜなら今は、自分がセトラの末裔なのだから。

「うん。はい」

「うんでいいよ。しかし、となると、二階で暮らすのは神羅があんたを諦めるまでかねえ」

神羅は絶対に諦めないだろうとエアリスは思った。自分は一生二階暮らしかもしれない。

「そんな顔するんじゃないよ。人間のやることだ。永遠なんてないよ」

「はい。うん」

階下で呼び鈴が鳴った。エルミナは顔をしかめる。神羅の追っ手かもしれないとエアリスは緊張する。

「ちょっと待ってな。静かにね」

手早く髪と服を直すと、エルミナは階下へ下りていった。エアリスはその場にしゃがみこんで息を潜めた。

扉が開く気配がしたかと思うと――

「どこ行ってやがった！」

いきなり男の怒鳴り声が飛びこんできた。エアリスは驚いてバランスを崩し、慌てて手で支えた。

「そんなのわたしの勝手だろう」

「夕方に来いって言ったのはそっちだろうが。あん？　こんな仕打ちはあるか？」

「夕方ならいるかもしれないって言ったんだよ。約束なんてしてないからね。毎日毎日時間に関係なく来られちゃかなわないよ」

「署名と血判ですぐに終わる。何度言わせるんだ」

「何度言われたって同じだ。いいかい。これは世の中の仕組み、ルールの話だ。メグロの同意がないとわたしは何もしない。それにいくら血判があったって、あの人は、わたしが脅しに屈したと思うだけさ。末永く仕事をしたいなら、ちゃんと筋を通すんだね」

「くそっ」

「そんな汚い言葉は歯が抜けるよ。さあ帰っておくれ」

「くそくそっ！」

「人の上に立ちたいなら悔い改めな。ほら、下がって！」

ドアが乱暴に閉まる音。男のくぐもった怒声。しかし内容まではわからなかった。

二階に戻ってきたエルミナはとても疲れて見えた。

「はぁ」

深い溜息だった。

「今のはカルロ・キンキー。あの男は特別さ。普通はまともな、静かな客ばかりだよ」

エアリスにあてがわれたのは、この家を建てたガブリエル・ゲインズブールが二ヶ月前まで療養生活を送った部屋だった。綺麗に片づいて、清潔な匂いがした。死の気配はまったく感じなかった。

「あんまりいい気分じゃないと思うけど、他に部屋はないんだ。いや、あるにはあるけど片づけないとね」

エルミナは申し訳なさそうだった。しかし、エアリスは何も気にならなかった。それどころか部屋に歓迎されているような気さえした。

その夜、枕元にイファルナが現れた。

「エルミナがエアリスを気に入ってくれるように応援するね」

イファルナは笑った。でもその笑顔はどこか疲れて見えた。スラムを歩いた時と同じ顔だった。

「どうやって来たの？」

「来たっていうか、私たちはいつも一緒。繋がっているんだもの」

エアリスは額に母親の手を感じた。やがて安心して眠ってしまった。

次の夜もイファルナが現れた。

「今日はどうだった？　エルミナと仲良くできたかな」

「うーん、わかんないの。エルミナはね、朝ごはん作って、持ってきて、一緒に食べて、その時に、お昼のパンくれるの。そのあと出かけて、帰ってくる。お夕食の頃。でも、疲れてるみたい。だから、あんまりお話しない。仲良くなれないの。どうしよう」

「大丈夫。エルミナは今、大変なの。でも、あなたが助けてあげられると思うな」

「どうするの？」

「泣きたい時、一緒にいて、寄り添って。私の時と、同じように」

「……お母さん、泣きたい時、あったの？」

「時々、あったかな」

※

「これ、説明するね」エアリスは言い訳めいた口調になる。

ティファは興味津々という様子だ。

「子供の頃は夢だと思っていて、夢の中で話してると思ってたんだけど、ちがうの」

「……えっと。どういうことかな」

「セトラの能力のひとつ。漂っている星の命とひとつになれる。その命を通して、条件は色々あるみたいだけど、離れた場所の人と会話だってできちゃうの」

「すごいんだね」

「ね。思ったより、ちがうでしょ？　でもね、今はもう、できない。そういうの、濃いところへ行くと何か感じるんだけど、普段は全然」

「そうなんだ」

「うれしいような、さびしいような。でもね、子供の頃はこの力のせいで色々あったんだ。まあまあ、変な子？」

※

三日目のことだった。すっかり日が暮れていた。エルミナはまだ戻らない。エアリスは昼のパンとスープから何も食べていなかった。これ以上お腹が空いたらどうしよう。下へ行って食べ物を探そうか。でも勝手なことをしたら嫌われてしまうかもしれない――などと考えているとドアが開く気配がした。

「わたしだよ」

不機嫌そうなエルミナの声が聞こえた。

「すぐに食事にするからね」

「はーい」

しかし返事はなかった。椅子に腰掛けて静かに待っていると料理の音がして、匂いが漂ってきた。エアリスはクローゼットから小さな折り畳み式のテーブルを取りだし、エルミナのやり方を真似てセットした。やがて暖かい豆料理とパンを載せたトレイを持ってエルミナが上がってきた。

「待たせたね」

「あっ！」

エルミナを見てエアリスは思わず声をあげた。右の眉と目尻に大きな絆創膏が貼られていたのだ。

「ちょっと転んでね。心配することはないよ」

料理をトレイからテーブルに移すと、エルミナは口の中でもごもごと何か言ってから食べ始めた。詳しい話をする気はないらしい。それなら――

「いただきます！」

エアリスは努めて快活に食べ始める。

「おいしい！」

「缶詰だよ」

「缶詰、おいしい」

「作った人が聞いたら喜ぶだろうね」

「誰が作ったの？」

「神羅の工場さ。さあ、黙って食べなさい」

神羅製の缶詰と聞いて、エアリスは気落ちした。と、エルミナがすかさず言った。

「神羅の製品を抜きにして生きるのは難しいよ。うちでパンを焼いたって材料や燃料は神羅抜きには手に入らない。折り合いをつけなくちゃ」

「折り合いをつけるって？」

「なんとなくわかるだろ？　忘れたのかい？　黙って食べなさいと言ったはずだよ」

声に苛立ちがにじんでいる。エアリスは悔やんだ。しかし、楽しく食事をする努力が無駄になったのなら、もう遠慮することはないとも思った。

「うん。でも、ひとつ教えて。エルミナは朝ごはんのあと、どこに行くの？」

エルミナは食事の手を止めてエアリスを見つめた。しかし数秒で皿に視線を落とすとまた豆を口に入れた。表情からは何もわからない。エアリスは、もう、どうすれば良いのかわからなかった。

「このテーブルを持って、よくピクニックへ行ったものさ」

会話をする気になったらしい。エルミナの声は柔らかかった。

「ピクニック、知ってる！」

「と言っても、スラムだからね。なるべく人もモンスターもいないところへ行って、パンにハムやチーズを挟んで食べて、お酒も少し飲んだりしてね」

「楽しそう」

「本当にねえ」

エルミナの表情が曇る。エアリスは慌てた。この楽しそうな話を終わらせてはいけない。

「ひとりで行ったの？」

「いいや、そうじゃない」

エルミナはパンを皿に戻すと、部屋を出て、廊下を挟んだ自分の部屋へ入っていく。すぐに戻ってきた時には写真立てを持っていた。その写真立てをエアリスに差し出す。

写真には、今二人が使っている小さなテーブルを挟んで、上半身だけ寄り添うように身体を捻ったエルミナと見知らぬ男が写っていた。男は顔も体つきもゴツゴツしていて、細身のエルミナとは対照的だった。

二人とも楽しそうに笑っている。

「クレイ・ゲインズブール。ガブリエルのひとり息子で、わたしの夫さ」

「エルミナの夫さん⁉　わたし、知ってる。夫は、妻の大切な人。妻は、夫の大切な人」

　エルミナはくすりと笑う。

「ああ、わたしの夫さんだ。大切な人だよ。帰ってきたらクレイって呼んであげな。子供好きな人だから、あんたのことは歓迎するさ」

「クレイはどこにいるの？」

　写真を見ながら訊いた。返事がなかった。顔をあげると、今にも泣きそうなエルミナの顔があった。目が合うと、無理矢理笑顔になった。

「戦争に行ってるんだよ。休暇が取れたから帰るって手紙があって、約束の日から、もう六日だね。あんたと会ったのは三日目だ」

　エアリスはエルミナの謎の行動を理解した。

「毎日、駅、行ってるの？」

「ああ。朝から夕方までね。馬鹿みたいだろ」

　ううん、とエアリスは首を横に振る。

「神羅に問い合わせてもらちがあかない。兵士の居場所は秘密だとかなんとか。融通が利かないったらありゃしないよ」

「クレイは神羅の兵隊さんなの？」

「ああ、そうだよ。最初に話しておくべきだった。悪かったね。そもそもこの家は神羅と深い関係があるんだ」

　エアリスは身を固くした。

「でも、安心しな。わたしもクレイも、あんたを神羅に差し出したりはしない。エアリス。事情は知らないけど、あんたのお母さんの必死な様子は忘れられない。裏切ったりはしないよ」

「うん」

　不安が顔に出ないよう、自分の両頬を手で隠した。しかしエルミナは写真立てを見つめたまま話を続ける。

「クレイが志願して神羅兵になったのは、ゲインズブール家が神羅から特別扱いされているという世間の批判をかわすためだった。ガブリエルは反対したけどクレイはもう決めたことだからと意志を貫いた。それ以来二人は口もきいていない。わたしが男二人の間を行ったり来たりで用事を伝えたんだよ」

「クレイとガブリエルさん、仲が悪かったの？」

「よくぶつかってはいたけどね。性格が同じなのさ」

　性格が同じだとなぜそうなるのか。エアリスにはよくわからなかった。しかし、話をするエルミナの穏やかな顔を見て、クレイは神羅兵でも、良い神羅兵なのだろうと信じる気になった。

「エアリス。あんたからわたしに話すことはないかい？　わたしが知っておいた方がいいことは？」

話すべきことはいくらでもある。しかし、本当のことを話すべきだろうか。

わたしはセトラです。古代種と呼ばれています。

イファルナから聞いていたセトラの様々な逸話を思い出す。エルミナはいい人だ。それは間違いない。言葉だけではなく、見ず知らずの他人のために行動してくれた。クレイもきっといい人だ。写真の中で、エルミナと同じ笑顔をしている。しかし、古代種だと告げると人が変わってしまうかもしれない。神羅カンパニーは古代種の秘密を知りたがった。誰もが優しくて、親切だったのはそのせいだ。ひと皮剝けば、全員が宝条博士と同じなのだろう。針を刺したり、皮膚を切り取ったりしたがっている。

「お母さんとわたし、頭のおかしい科学者につかまって、神羅のビルに閉じ込められたの。お母さんはいっぱい実験されて、だから病気になって。神羅に捕まったら、わたしもそうなる。だから、ここにいたいの。それにここが好きなの。おうちも、お庭も。神羅の缶詰も食べるから、エルミナ、お願い」

エルミナは口をポカンと開けてエアリスを見た。やがて小さなテーブルごしに両手を伸ばして、エアリスの手を包んだ。

「そんなことって、あるのかい？　いや、あるんだろうね。ああ、もちろん戻らなくてもいいよ。あんたが嫌だと思うようなことはしないと約束しよう。さあ、食べてしまおうか」

二人は黙って食事をした。やがて——

「明日はお客が来るから久しぶりに料理でも作ろうかね。料理は好きだけど、自分ひとりのために作るのは面倒でね。これからあんたがいるから、もっと作った方がいいね」

「わたし、お料理したい。お手伝いしたい」

「どうだろう。台所は一階だ。まだ早いと思うよ」

エアリスはしょんぼりする。が、すぐに顔を上げる。

「お客さんって、どんな人？」

「どんな人って……二番頭のメグロさ」

「ニバンガシラノメグロ」

「そう。うちのビジネスのことも話さなくちゃ。明日、話してあげよう」

そして食事を終えた時、エルミナがさりげなく訊いた。

「お母さんが恋しいだろう？」

※

「その頃は、恋しいとか寂しいとか、なかった。夜になれば会えたし、会えなくても、星と繋がっている。そう信じること、できたの。それにね、お母さんからもらった袋の中身、マテリアだったんだ。何をしても、ぼんやり、白く光るだけ。役に立たないの。でも、持っていると、気持ち、落ち着いた」

「役に立ったんだね」

「あ、そうだね！」

エアリスは後頭部の髪の結び目に触れた。あの時のマテリアは今でも一緒だ。

「エアリスは誰に渡すのかな」

ティファが言った。すぐには意味がわからなかった。

「ねえ、ティファ」

「ん？」

「そんなこと、考えたことなかった」

自分は〝セトラの末裔〟ではなくなる日が来るのかもしれない。その状況を想像して驚き、ティファを見つめる。すると彼女は慌てて――

「ごめん、変なこと言ったね。ね、続き聞かせて？ ニバンガシラって？」

※

意外なことに、エアリスは昼食のテーブルに同席することを許された。呼ばれて一階のテーブルへ行くと、メグロはわざわざ椅子から立ち上がって握手を求めてきた。エアリスは応じながら相手を観察した。メグロは丸々と太った、陽気な目をした大人だった。エルミナよりずっと年上に見えた。

「二番頭のメグロだよ。ガブリエルの腹心の部下。クレイの幼なじみ。わたしの良き相談相手だ」

「こんにちはメグロさん。エアリスです」

「エルミナから聞いているよ。大変だったね」

エアリスは驚いてエルミナを見た。

「メグロは大丈夫だよ。それにわたしが黙っていても、情報通だからね。すぐにどこかから情報を仕入れて、気づくさ。だから早い内に紹介した方がいいと思ってね」

二人だけの秘密のつもりだったのでエアリスは不満だった。しかし、こうなっては、どうしようもなかった。

「エアリス。君と母上のことで神羅は大騒ぎなんだよ。関連して、誘拐事件も起こっているんだ。スラムの女の子を誘拐してお金を儲けようという卑劣な連中がいるんだ」

「どうやって儲けるんだい？　神羅がだまされるわけないだろう？」

「もちろんだとも。でも神羅が探している女の子なら買うという連中がいるのさ。強欲な卑劣漢を騙すのはさほど難しいことではないということだろうね」

メグロが巨体をエアリスに向けた。「君は六歳、いや七歳かな」

「七歳です」

「そうか。私にも七歳の娘がいてね。名前はロナ。だから事件は他人事じゃない。そこで私からの提案だ。君たち二人は今から親子になるんだ。エアリスはコソコソしないで、エルミナと一緒に堂々と出かける。二人で人に会って、紹介する。君は——」

　メグロはエルミナを指差して言った。

「こう言うんだ。この子はクレイと結婚する前に生んだ娘。親戚に預けてあったが一緒に暮らすことになった、とね」

「ちょっと待っておくれよ」エルミナが抗議する。「意味がわからない」

「エアリスを近所に知ってもらうのが目的だ。こういう子が近所に住んでいることを認識してもらう。隠れて住んでいたら、誘拐犯や神羅に連れ去られても、誰も気づかないかもしれない。エルミナ。このあたりの住民はみんな顔見知りだろう？　君の娘となれば、誰もが気にしてくれるはずだ」

「なるほど。でも、それなら親戚の子だとか、孤児院から引き取っただとかでもいいじゃないか」

「孤児院ならすぐそこにある。どうしてそこから引き取らなかったか。そんなことを詮索されたくないよな。まあしかし、親戚の子を引き取ったならいいか。そうだな。そっちの方が自然だ。いや、君が」メグロが目を細めてエルミナを見た。「『お母さん』と呼ばれるべきだと思ったんだ。ガブリエルが私に『お父さん』と呼ばせたようにね」

　と、メグロはエアリスに視線を移す。

「私は孤児でね、ガブリエルに拾われて息子同様に育ててもらった。エアリスはどう思う？当面はここの家の子として、クレイとエルミナの娘として暮らすんだ」

「わたしもそれがいいです」

素晴らしい考えだと思った。今の自分が助けを求めても、きっと誰も気にしてくれない。駅で医者を探した時のように。しかし、エルミナ・ゲインズブールの娘ということになれば話はちがうはずだ。エルミナはまだ考えている。お願い、エルミナ。

「名案だとは思うけど、これはエアリスだけじゃなくてゲインズブール家にとっても重要なことだ。すぐには決められないよ」

「まあ、よく考えることだ。いずれにしても外に出るなら名前は変えた方がいいな。うん、考えておきなさい」

名前を変える？　思いも寄らない提案にエアリスは狼狽した。

「ところでエルミナ。その顔の傷はカルロの仕業だな？」

エルミナはエアリスを横目で見て――

「隠したって、もう知ってるんだろ？」

メグロは得意気に鼻を鳴らした。

「あいつには困ったものだな。なぜ頭になれると思ったのか見当もつかない」

「ガブリエルがいなくなって、クレイなら認めると思ったのかね。それに、代理人は私だからね。

女なんか脅せば泣いて署名すると信じているのさ」

「少々組織全体を引き締めないといけないな」

メグロは深刻な顔をした。

「クレイはガブリエルを継ぐんだろう？」

「ああ。今回の休暇も、その件をあんたと話すために取ったんだよ」

「いやいや、愛する君に会うためだろう。ビジネスなんて口実さ」

メグロは楽しそうに笑ってから立ち上がった。

「カルロのことは私にまかせてくれ。組織全体のことはクレイが戻ってから話そう」

※

「メグロさん、帰ってから、ゲインズブール家の仕事のことを教えてもらったの。ガブリエルは、建設現場で働く人たちのまとめ役。手配師って、呼ばれてる」

「ああ、聞いたことある」

「ミッドガルの建設の、最初の頃からその仕事なの。同業の人は他にもいたけど、プレートが出来たら、みんな上に移っちゃって、スラムに残ったのはガブリエルと部下たちだけ。スラムは、プレートを支える、いろんな設備、あるでしょ？　その修理、工事に人手が必要な時はゲインズブール家に連絡が来る」

エアリスはティファの目の前に、身振りで三角形を描く。その頂点を指差して――

「ガブリエルが一番頭。一番頭を支える二番頭がクレイとメグロさん。三番頭は六人。それぞれが職人さんを抱えていたり、人を集めたりしてて、二番頭の指示で動く。乱暴者のカルロはクレイの弟分、みたいな」

※

「わかるかい、エアリス。つまりね、これはあんたにとって、とても重要なことだよ」

エルミナはエアリスの両肩に手を置いて言った。

「うちの仕事のほとんどは神羅からもらっている。それにわたしの夫は神羅の兵士だ。それでもあんたはここにいたいと思うのかい？」

エルミナが答えを待っている。真剣な顔だ。彼女はイファルナとは違って、なんでも話してくれる。だから、ちゃんと考えて答えないといけない。

「取引先だけど心酔してるってわけでもないから、そこは安心しな」

神羅と関係が近いことが気にならないと言えば嘘になる。でも、嫌だと言えばここにはいられないだろう。どうしよう。どうしたい？　エルミナを見る。イファルナより肌がカサカサしていて、髪もパサパサだ。疲れて見える。顔の絆創膏はまだ取れない。痛そうだ。駅からの帰りに偶然会ったカルロのせいでできた傷。駅へ行ったのはクレイを待つため。クレイに会いたくて仕方ないんだ。そんなエルミナがわたしを見つめている。彼女だって大変なのに。わたしの気持ちを考えてくれている。

エアリスは気がついた。真っ先に確認すべきだったことを慌てて訊いた。

「エルミナは困らないの？　わたし、ここにいても、いいの？」

「もちろん。今さら何を言うんだい」

エアリスは安堵と喜びをどう表現していいかわからず、エルミナに抱きついた。平らなお腹に顔を押しつけるとエルミナの手が背中に回って優しく抱き寄せられる。

「まあ、わたしもクレイも子供を育てるなんて経験はないし、家のビジネスのことだって見様見真似。よくわかっているとは言えない。いつか困ることはあるかもねえ。それに神羅があんたを見つけるかもしれない。でもその時はみんなで解決策を考えよう。みんなってのは、クレイとメグロとわたしとあんた、エアリスだよ」

エアリスはエルミナの腹を額で押すようにうなずいた。

「ねえ、エアリス。わたしのことをお母さんと呼べるかい？　もちろん本気じゃなくていいよ。あんたのお母さんはひとりだけだからね」

エアリスは顔を押しつけたまま言ってみた。

「お母さん」

「なんだって？」

「お母さん」

「もう一度」

「お母さん？」

「くすぐったいけど、悪くないね。あんたはどうだい？」

見上げると、エルミナの柔らかい目があった。

「悪くないね！」

エアリスが真似ると、エルミナは声を上げて笑った。部屋の空気が踊り出したようだった。


夜、イファルナが現れた。エアリスが昼間の出来事を報告するとイファルナは目を閉じて満足そうにうなずいた。

「良かったね、エアリス」

「でも……ごめんなさい」

「どうしてあやまるの？」

「だって……」

イファルナの顔を見た時から、後ろめたい気持ちがあった。

「私のことはいいの。それよりも楽しんでね。新しい名前はどうするの？」

「エルミナがね、自分で考えなさいって」

「そう。しっかり考えてね。その名前が、あなたを自由にするのよ」

「うん……」

慣れ親しんだ名前との別れが寂しかった。

「私にとっては、あなたはいつまでもエアリス。私のかわいいエアリス。それは変わらないわ」

「ほんと？」

「もちろん」

イファルナの姿が一瞬ゆらぐ。エアリスは慌てて呼び止めた。

「あのね、お母さん。クレイが反対したらどうしよう。こんな子を家に置くのは嫌だって怒ったらどうしよう。神羅に返してしまえって言ったら」

「大丈夫だと思うな。エルミナが選んだ夫さんでしょ？」

「うん、そうだね」

不安が消えたわけではなかった。

「クレイはどこにいるのかな」

「本当だね。私が探してみるね」

「うん、お願い」

翌日の午前中だった。エアリスは一階でお茶を飲んでいた。エルミナも一緒だった。そこに小柄な老人が訪ねてきた。三番頭のブッチだった。浅黒い顔中に刻まれた深い皺が印象的だ。

「おはようブッチ。約束より早くないかい？」

「すまない。間違えたようだ。出直そうか」

「いやいや、構わないよ」

エルミナは準備しておいた書類を渡す。仕事に必要な書類だ。ブッチは内容を確認すると満足そうにうなずいてボロボロの鞄にしまいこんだ。

「それで、この子は？」

ブッチはエアリスを見たままエルミナに訊いた。

「ああ、紹介しなくちゃね」

「従姉妹の子なんだけど、その従姉妹が死んでしまってね。うちで引き取ることにしたんだ」

「父親はいないのか」

「え？　ああ。そうそう。いないんだよ」

エルミナが動揺しているのがわかる。ブッチは目を細めてエルミナを見ている。その目がエアリスに向けられた。こんなに皺のある顔を見るのは初めてだった。細い目がまるで皺の一部のようだ。

「お嬢ちゃん、名前は？」

皺に心を奪われていたので突然質問されて動揺する。そして――

「ロナです。ブッチさんよろしくお願いします」

言ってから、しまったと思ったがもう遅い。ロナはメグロの娘の名前だ。ブッチも知っているにちがいない。エルミナも慌てている。

「あはは、偶然ってのはあるもんだね」

二人の動揺に気づいたのかどうか、ブッチは曖昧にうなずいている。

「よろしくな、ロナ」

それだけを言うと老人は帰っていった。

「参ったね」

エルミナが頭を抱える。

「ごめんなさい、ちゃんと決めてなかったの」

「いやいや、わたしが不用意だった」エルミナは床に膝をついてエアリスに視線を合わせる。

「ブッチが早く来ることは予想しておくべきだった。よくあるんだ。それに、名前のことも ね。新しい名前なんて大切なことは自分で考えて決めるべきだと思って任せたけど、やっぱり手助けが必要だよね。七歳だもの。ああ、そりゃそうだよね」

そりゃそうだよね。エルミナは何度もつぶやきながら箒を手にすると床を掃いて回った。家事をすると気持ちが落ち着くらしい。やがて新しいお茶を淹れてエアリスを誘った。

「次の客はロダン。ブッチと同じ三番頭だ。ちょっと軽薄なところがあるけど、根は真面目ないい子だよ」

「子供なの？」

「いやいや、わたしよりずいぶん年下ってだけさ。それでね、エアリス。ロダンが来るのは日暮れ時の予定なんだ。それまでわたしは駅に行きたい。クレイが戻るかもしれないからね。悪いけどあんたは、わたしが戻るまで二階に隠れていてくれるかい？　予期しない客が来ると困るだろう？」

「うん」

「連れて行けるといいんだけど、それはまだ早いだろうしね」

「わたし、大丈夫。二階は好きだから」

「名前、考えておきな。ブッチには事情を話せばいい。ロナでもいいけど、今から変えても問題ないからね。わたしも道中考えておくから、あとで相談して決めよう」

そしてエルミナは、自分が帰宅するまでは誰が来ても、たとえロダンでも、けしてドアを開けてはいけないし、返事をしてもいけないと言いつけて家を出ていった。絵本で見た母リスと子リスたちみたいだと思った。そのリスたちの運命を思い出し、慌てて二階へ駆け上がった。

早速名前を考えるつもりだった。しかしブッチの皺のことを考えてしまった。いつか触ってみたいなどと考えて自分で驚いた。メグロのお腹も気になった。いったい何が詰まっているのだろう。柔らかいのだろうか。固いのだろうか。ロナも大きな子なんだろうか。たとえ別の名前に変えてもブッチに〝ロナ〟と名乗ってしまったことで問題が起こるのではないだろうか。メグロが知ったら怒るだろうか。ロナ本人はどう思うだろう。ロナはどんな子だろう。いつか会う日が来るのだろうか。仲良くできるだろうか。

そんなことを考えているうちに――何度かウトウトしてしまったが――夕方になった。ドアの開く音がしてエルミナの明るい声がした。

「下りといで」

良いことがあったのだろうか⁉

バタバタと階段を駆け下りて迎えに行くと両手に紙袋を抱えたエルミナがいた。

「おかえりなさい」

「はい、ただいま」

「おかえりなさーい」

「もういいよ」エルミナが笑って紙袋をテーブルに置いた。覗き込むと見たことのない野菜や果物がいっぱい入っていた。「今日は野菜が安かったからいっぱい買ってきたよ。久しぶりにマーケットを冷やかしてね。あんたは何をしてたんだい？」

「ロナのこと考えてた。どんな子かなって」

「いい子だよ。そのうち会う機会もあるさ」

そのあともエアリスはロナに関する質問をした。エルミナは背中で話を聞き、答えながら野菜をストッカーに片づけ始めた。もう笑顔はない。声も、もう弾んでいない。クレイは今日も帰ってこなかったのだ。

呼び鈴が鳴った。

「ロダンだね」

救われた気がした。おそらくエルミナも。

ロダンは二十歳そこそこの青年だった。背が高く、痩せている。大きな青い眼とウェーブのかかった金髪を持っていた。

「こんちは」

ロダンはエルミナに軽く挨拶をした。すぐにエアリスを見つける。

「やあロナ。初めまして。俺は三番頭のロダン」

いきなロナと呼ばれてたじろいでいるとロダンは肩から提げた鞄を開いて薄い本を差し出した。

「よろしくね。これはブッチから預かってきたんだ」

「ありがとう」

受けとった本の表紙には『文字で遊ぼう』と大きく印刷されていた。思わず頬が膨らむ。ミッドガルで使われる文字を集めたその本は、神羅ビルであてがわれたのと同じ学習書だった。

「あれ？　気に入らない？　ブッチが選んだんだけど……あの人、意外と気にするから内緒にしておくよ」

「本はうれしいの。でもお勉強しなくちゃならないと思ったから」

「そうか。じゃあ俺と同類？　俺も勉強は苦手でね。読むのはまあ大丈夫だけど書くのはね。特にほら漢字。あれ、なくなっちゃえばいいのにな」

「ロダン、変なことを吹き込まないでおくれよ。さあ……ロナ。上で本を読んでな。わたしたちはビジネスの話をしなくちゃ」

　努めて明るく返事をするとエアリスは逃げるように二階へ上がった。ロナと呼ばれるたびに不安になる。

　ロダンが帰ったあと、エルミナは良い名前を思いつかなかったこと、ロダンが来る前に名前のことを話し合う時間を持たなかったことを謝った。そして——

「ロナという名前はどうなんだい？　気に入っているのかい？」

「うん。好き」

「じゃあ、そうしようか」

「うん」

※

「お母さんとわたし、似てるの。名前、たくさんありすぎて、良いかどうかなんて、わからないでしょ？　だから、もういいやって。なんとかなるって。息、ぴったり」

「あはは。でも、今はエアリスでしょ？　やっぱり問題あった？」

「もう大事件。事件の数ならティファに負けないと思う」

溜息が出た。ティファが、おつかれさまですと労った。

※

ロナに決まった翌日。朝にマービン、夕方にロジャー、その翌日は朝にボーマン、夕方にルイスが来た。全員がロナに手土産を持参した。一番頭ガブリエルの代理人、二番頭クレイの妻にして代理人のエルミナ・ゲインズブールが引き取った親戚の娘ロナ。その情報はあっという間に関係者に広がったらしい。年寄りじみた二階の部屋が、子供向けの土産のせいで原色だらけの賑やかな部屋になった。

ボーマンが持ってきた「動物カード」と「植物カード」が特にお気に入りだった。エルミナの許しを得てカードを壁に貼った。知らない生き物のイラストを眺めていると時間を忘れることができた。他の贈り物——本や人形が気に入らなかったわけではない。なんであれ、贈り物やお土産をもらう体験は新鮮で、心躍るものだった。

朝と夕方の客——主に三番頭たち——に応対する時間以外を、エルミナは相変わらず外で過ごした。ロダンがこっそり教えてくれた情報によれば、彼女はもう駅へは行かずに、スラムを歩き回っているらしい。クレイが何かの事情で家に帰れなくなって街をさまよっているのではないか。そう考えているようだ。

※

「そしてあの夜が来たの」

言うと、となりでティファが静かにうなずいた。

「夜、お母さん――イファルナ母さんが来てね、困ったような顔で、廊下の方、見たの。わたし、ベッドから出て、ドアを開いて、廊下を見た。下の灯り、見えた。階段下りたらお母さん――エルミナがいて、お皿、洗ってた。台所でゴシゴシ。草の匂いがした。ムッとする濃い匂い。声が聞こえた気、した。ドアのところに兵隊さん、立ってた」

※

神羅の兵士が自分を連れに来たと思った。驚いてエルミナを呼ぶが、彼女は動かない。声が届いていない。兵士がこちらを見る。メットを取った。写真でしか見たことのなかった人がそこにいた。

「クレイ?」

顔が汚れている。よく見ると全身が泥だらけだ。本当にあちこち彷徨(さまよ)っていたようだ。

「おかえりなさい、クレイ」

しかしクレイは、ただ周囲を見まわしている。どこへ行けばいいのかわからないようだ。エルミナは気づいていない。大好きなクレイがそばにいるのに！

「お母さん！」

やはり声は届かない。

「クレイ！」

クレイは強く目を閉じて、また開いた。そうすれば目の前の風景が変わると思っているのだろうか。何を見ているのだろう。また閉じ、また開く。何度か繰り返してから目を手の甲で擦った。大きな溜息をつくと、その場にしゃがみこんだ。近くへ行こうと思ったのに足が動かない。

「クレイ！」

やはり聞こえていない。クレイは力尽きたように身体を床に横たえる。唇が動いている。何か言っているのだろうか。エアリスは意識を集中する。エルミナ、ごめんよ。そう聞こえた気がした。

「クレイ、ダメ！　お母さん、気づいて！」

エアリスは叫んだ。

すると、目が覚めた。自分のベッドの中にいた。しかし、夢ではないという確信があった。クレイは死んでしまった。死の間際に心が星と繋がり、最期に一番行きたかった場所を見たのだろう。エルミナの姿は見たのだろうか。

エアリスはベッドを出て一階へ降りた。エルミナは台所に立ち、食器を洗っていた。もう、普段と違う匂いはなかった。

「お母さん」

どう伝えれば良いのだろう。

「お母さん、泣かないでね」

エルミナは怪訝な顔で振り返った。

「何かあったのかい?」

「お母さんの大切な人が死んじゃったよ。心だけお母さんに会いにきたけど、でも、やっぱり星に帰ってしまったの」

エルミナは黙って見つめている。

「クレイが死んだっていうのかい?」

「うん。でも、ちゃんと星に帰ったと思う」

「エアリス。ベッドに戻りなさい」

その声には間違いようのない怒りの感情があった。エアリスの胸が締め付けられる。

「お母さん――」

「ベッドに戻りなさい」

「クレイは星に帰るんだよ。いつでもお母さんと繋がっているんだよ。だから――」

エルミナは強引にエアリスを抱え、階段を上がり、まるで荷物のようにベッドに戻した。そして乱暴にドアを閉じて出ていった。部屋にエルミナの怒りが残っている。エアリスは毛布を被って泣いた。エルミナを怒らせたことで泣いているのではない。エルミナがクレイと会えなかったことが悲しかった。

すぐ近くにイファルナの気配があった。毛布越しでもわかる。

「お母さん……」

毛布から顔を出すと優しい顔があった。しかし、いつもと様子が違った。顔の向こうに壁が見えた。イファルナの身体が透き通っているのだ。消える間際のクレイのようだ。

「お母さん！」

慌てて跳ね起きる。母親の顔が壁の模様と混じり合っている。口元が動いた。何か話している。でも何も聞こえない。触れようと手を伸ばし、バランスを崩してベッドから転げ落ちた。全身が痛んだ。耐えて、母親を求めた。全身が消えかかっている。口が動いた。やはり声は聞こえない。

完全に消えた。もう誰の気配もなかった。

翌日は静かな一日だった。エアリスが起きるとエルミナはすでに家を出たあとだった。簡単な食事が用意されていた。置き手紙があり、出かけること、夕方までに帰宅すること、今日は客が来ないことが書いてあった。エアリスは食事を終えると二階の自室に戻った。机の引き出しを開いて小さな袋を取り出す。中にはイファルナからもらった白いマテリアが入っている。手のひらに出して握りしめると心が安らいだ。それだけは変わらなかった。

夕方、静かにドアが開いた。耳を澄ますと足音のあと、椅子を引く音がした。エアリスは足音を忍ばせて階下へ下りた。ダイニングテーブルの、いつもの席にエルミナが座っている。テーブルの上に突っ伏していた。嗚咽（おえつ）が漏れている。気配に気づいたのだろう。エルミナが振り返った。目が真っ赤だった。

「神羅からの報せでね。乗っていたヘリコプターが森に墜落したそうだ。あの人は墜落現場から離れた場所にいたから発見が遅れたらしい。森を出ようとしたんだろうね。なんでジッとしてないのかねえ。昔からそうなんだ」

「お母さんに会いたかったんだよ。だから歩いたんだよ。会いに来たんだよ」

「そして星に帰ったってかい？　その話はもうしないでおくれ」

「だって――」

「どうして星に帰るんだ！　あの人の家はここだろう？　帰るならここしかないだろう？　それができない理由があるんだよ。それが死んだってことさ。どんな理屈をつけたって、クレイにはもう――」

エルミナは子供のように声を上げて泣いた。大人が泣く姿はエアリスの胸を締め付けた。

「でも、それでも星に帰ったの！　星とわたしたちは繋がっているの！　だからいつでも一緒なの！」

「頼むよエアリス。もうやめておくれ」

「イファルナ母さんも消えちゃったんだもん！　星に帰ったんじゃないなんて、いや！」


　それからの数日、エルミナとエアリスは悲しみにくれる者同士、身体を寄せ合って過ごした。互いの温もりが孤独を和らげる薬だった。クレイの死を聞きつけたヅッチをはじめとする仕事仲間が交代で様子を見に来た。エルミナが家事をする気力も無くしていることを知ったロダンは仲間たちに食料を差し入れるように伝えたらしい。体調を崩したメグロの代理としてカルロが現れた。初めて会ったカルロは背の高い、痩せた青年だった。黒い、濡れたような髪の毛を後ろに撫でつけていた。落ち着かない様子で、いつも身体のどこかが動いていた。乱暴者だという印象が強かったので、最初は怖かった。しかし、エアリスには最初から優しかった。驚いたことに、カルロは家事全般を買って出た。エルミナは彼を嫌っていたが、出入りを黙認した。それほど気力が萎えていたのだろう。

　一週間ほどが過ぎた。台所で食器が割れる音がした。派手な音だった。被害は小さくなさそうだ。エルミナとエアリスは二階にいたが、さすがに無視できずに様子を見にいった。

　エルミナは床に散らばったおびただしい数の破片を見つめている。そばでカルロがうなだれていた。

「これ、高いのか？」

「どうだろうね。クレイとわたしが一緒になった時にガブリエルが揃えてくれたものだ」

「ってことは安くはないな。てか、とびきりの上等品だろう。すまねえエルミナ。食器棚の中を見たらホコリがたまってたんで……俺、そういうの気になるタチだからよ、我慢できなくて掃除しようとしたら……」

　上目遣いで自分を見るカルロを無視してエルミナはまだ破片を見つめている。赦（ゆる）しの言葉を諦めたのかカルロはしゃがみ込んで破片を拾い始めた。

「ねえ、カルロ。もう帰ってくれないか？」

「エルミナぁ」情けない声だった。「チャンスをくれよ」

「ちがうんだよ。そんな拾い方したらケガをするだろ？　後始末はわたしがやるよ。あんたは帰ってくれ。メグロにはわたしから話しておく。あんたはよくやってくれたってね。ああ、実際そうだ。助かったよ」

　カルロの顔がパッと輝いた。

「単純だね。もっと感情を隠さないと、この世界じゃのし上がれないよ」

「おお、そうだな」

　カルロは顔をパンと叩いて、表情を変えた。

「じゃあ、俺は行くけど、なんかあったら連絡くれ。それから、顔のケガ、悪かった」

「わたしが勝手に転んだのさ」

「いや――」カルロは首を横に振って否定する。「クレイに申し訳が立たない」

声が震えていた。驚いてカルロを見る。彼は泣いているのだ。

「いい男だったよなあ。俺がバカやっても、いつもかばってくれて、叱ってくれて、ガブリエルにも繋いでくれてよ。それがもういないなんてよ……」

「メソメソするんじゃないよ。カッコ悪い」

いつものエルミナが帰ってきた。カルロは腕で目のあたりを擦るとニヤリと笑って、あんたもと捨て台詞を残して出ていった。

「さて――」家の中をぐるりと見まわすと「連中はよくやってくれたけど、わたしの基準にはほど遠いね。家中を掃除しなくちゃ。エアリス。いやロナ。手伝う元気はあるかい?」

「うん!」

自分の明るい声にエアリスは驚いた。

※

「それからね、二人で家中の大掃除。まず食器の欠片(かけら)、かたづけて、窓、全部開いて、ハタキと箒で、埃と涙を追いだして――お母さん、掃除が大好きで、あの家、箒とモップが何本もあるの。その中の一本の柄、ノコギリで切って、わたし用にした。次の日は拭き掃除。家中スッキリしたら、その次は模様替え。わたしの部屋のカーテン、ベッドのカバー、変えることにしたんだ。その時ね、初めて買い物に行ったの。二人で、初めてのおでかけ」

※

家の前から続く路地を抜けて近所の孤児院〝伍番街ハウス〟の前を通った時だった。エアリスと同じ年頃の子供たちが飛び出してきて二人の行く手に立ち塞がった。

「おまえ、ロナだろ?」「ロナ? これがロナ?」「孤児?」「いや、養子だって。いいなあ」「ここに住もうよ」「かわいい」「すましちゃって」

矢継ぎ早に浴びせられる遠慮のない声に戸惑い、エアリスはエルミナの後ろに隠れた。家で二人きりの時はロナと呼ばれないので違和感があった。カルロが去ってからはロナの自覚も薄れていた。おどおどしていると誰かが横から髪の毛に触った。突然のことに驚いてエアリスは小さな悲鳴をあげる。

「アユム、やめろ!」

年長の少年が慌てた。

「ロナをいじめたら、酷い目にあわされるぞ」

「いじめてない!」

「そうなの、わたしがびっくりしちゃっただけ。この子、悪くない」

「だったらいいけど」

「いやいや、良くないね」エルミナが言った。「ジャン、誰があんたたちを酷い目にあわすんだい?」

「カルロがそう言ったんだ」

ジャン——年長の少年——の答えにエルミナは眉を寄せる。

「ロナのことはカルロから聞いたのかい?」

「うん、そうだよ。ゲインズブール家のロナを泣かせたら俺たちは三倍泣かされるんだ」

エルミナは溜息をついた。

「さあロナ。黙ってないで、挨拶しなさい。この子たちはこの伍番街ハウスの子だ。お隣さんみたいなものだから、仲良くね」

エアリスの覚悟が決まった。

「こんにちは、ロナです。よろしくね」

「よろしく!」

快活な声が返ってくる。「私、サラ」「私はゾウイ」「俺がグラッド」「ヨーコだよ。こっちはアユム。私の妹なの」

アユムは髪を触った子だった。

「俺はジャン」最後に年上の少年が言った。「遊びたい時はいつでも来いよ」

「うん、ありがとう」

「今から遊ぶ？」

アユムが誘う。期待に満ちた視線を浴びて、エアリスはくすぐったい気持ちになる。こんなに大勢——といっても六人だが——の同世代の子供に見つめられるのは初めての経験だ。どう返事をすべきかわからず困っているとエルミナが助け船を出す。

「悪いね。今日はこれから買い物なんだよ。ロナに選んでほしいものがいっぱいだから、置いて行くわけにはいかない。また今度遊んでちょうだいね」

エルミナに手を引かれ、少し離れてから振り返ると子供たちがこちらを見つめていた。サラと名乗った子が胸のあたりで小さく手を振った。振り返すと他の子たちが盛大に手を振った。なんとうれしい光景だろう。彼らの姿が見えなくなるまで、エアリスは振り返り振り返り、手を振り続けた。

「仲良くできそうじゃないか」

「うん！」

そのあとエアリスはカフェの主人や町医者など、エルミナの知り合いに紹介された。人々は誰もが好意的だった。別れ際にエルミナはまるでついでのようにクレイの死を告げた。相手が驚き、何か——お悔やみや同情——を言いだす前に彼女はこう付け加える。

「寂しいけど、この子がいてくれるから気が紛れて助かってるよ」

そして相手の曖昧な笑顔が消えないうちにエルミナは立ち去るのだった。

「悪いね、エアリス。話を切り上げる口実に使ってさ。でも、クレイのことをクドクド話したくなくてね。話した方がいいのかもしれないけど、今はこうさせておくれ」

「うん。いいよ。でも、わたし、ロナだよ？」

「ああ、そうだね。ロナ。二人きりの時もロナって呼ばなくちゃ」


ロナのお披露目が終わって一週間後。伍番街ハウスの前で子供たちと遊んでいると、通りを歩いてくるメグロの姿が見えた。純白のスーツは土色の通りではとても目立つ。彼の来訪は知らされていたので、その時間までならハウスで遊んで良いという約束をエルミナとしていたのだ。彼の後ろを少年が歩いている。十歳くらいだろうか。ゆったりとしたズボンに真っ白なシャツを合わせていた。つまらなさそうな顔をしていた。さらにその後ろを少女が歩いてくる。スラムでは珍しい、地面に裾がつきそうなスカート。腿のあたりをつまんで歩きにくそうだ。飾りがついたブラウスに大きな帽子を合わせている。一見して裕福そうに見える三人連れだった。

「あ！」

ロナ――エアリス――は自分が見ている光景の意味を理解した。メグロはひとりで来ると思い込んでいたのに、そうではなかった。子供たちを連れてきたのだ。つまり、本物のロナが来たのだ。

遊び相手たちに謝ると、路地を走った。庭の板張り通路を駆け抜けて家に飛びこむ。

「お母さん、メグロさんだよ。子供たちと一緒。本物のロナが来た！」

エルミナはあまり動じていないようだ。

「子供たちも一緒とは聞いてなかったね」

「どうしよう」

「名前のことかい？　懐の深い男だ。わかってくれるさ。どうせもう知ってるだろうからね」

メグロはまず息子のマーセルスを紹介した。次に娘のロナ。ロナは好奇心を隠さずエアリスを見ている。続いてメグロは持っていたアタッシュケースを開いて三本の白い花を出した。一本をマーセルスに。もう一本をロナに渡す。そして残りの一本を自分で持つとエルミナを見た。

「造花で申し訳ないが、ここの庭から盗むわけにはいかないからね」

エルミナはうなずくと、テーブルの上の小さな写真立てを指し示した。兄弟のように似ているクレイとガブリエルの親子が一緒にうつっている写真が入っていた。メグロ親子は写真の前に花を置いた。胸の前で両手の指を組んで手のひらを合わせる。そして、そのまま目を閉じた。彼らは何をしているのだろう。ポカンと口をあけて見ていた。やがて目を開いたメグロと目が合って、慌てて口を閉じた。

「祈りが珍しいかい？　私は古い人間でね。こうやって死者に思いを伝えるのさ」

「伝わるんですか？」

訊くと、マーセルスが鼻を鳴らした。すぐに俯いてしまったのはメグロに睨まれたからだろう。

エアリスは一瞬だけロナを見た。目と目が合って、ロナが微笑んだ。

「私はそう信じているよ。まずは信じること。これはすべての基本だ。ガブリエルによく言われたものさ」

聞いていたエルミナが静かにうなずいていた。

「さて、エルミナ。すぐに来たかったんだが、体調を崩していてね」

メグロは済まなそうに言った。

「いいんだよ。カルロたちをよこしてくれただろう？　本当に助かったよ」

「カルロはどうだった？」

「見違えるような働きぶりだったよ。何があったのか不思議でしょうがない」

「あいつはクレイのことを兄のように慕っていたからね。クレイが愛した君に尽くすことでクレイに報いようとしたんじゃないかな。ずっと攻撃的だったのはエルミナ、君にクレイを取られて面白くなかったんだろう」

「子供じみたことを。いや、わたしも同じだね。クレイが夜遊びに行く時は必ずカルロを連れていくから、何度文句を言ったかわかりゃしない」

「ねえ、ノド渇いた」

口を尖らせたマーセルスが父親に言った。

「ノドが渇いたからどうなんだ？」

父親に訊かれた少年は一瞬だけ面倒そうな顔をしたが、すぐに取り繕ってエルミナに飲み物を頼んだ。

「ああ、気がつかなくて悪かったよ。すぐに用意するからね」

エルミナが飲み物の準備を始めるとロナが駆け寄ってきた。

「私は三月生まれなの。エアリスは何月？」

「わたしは二月」

「わあ、じゃあエアリスがひと月だけお姉さんだね」

「エアリスじゃなくてロナだろ？　ロナの名前を盗んだんだから」

マーセルスが責める。

「私は全然気にしてないからね」

ロナが笑顔のまま言った。本当に気にしてないようだ。しかし、名前を盗んだという前提で話が進んでいる。エアリスは心臓を握りしめられたような息苦しさを感じた。

「その件なんだけど――」

レモネードをトレイに載せたエルミナが全員に配りながら口を挟む。

「メグロ、あんたに薦められてエアリスの新しい名前を考えていたんだけど、ちゃんと決めないうちに突然名乗ることになってね。その時に咄嗟（とっさ）にロナって答えてしまったのさ」

「わたし、メグロさんからロナのことを聞いて、どんな子だろう。会えるといいな、仲良くなれるかなって、ロナのことばかり考えて、だからロナの名前を言っちゃったの」

「ちゃんと監督しなかったわたしのせいだよ。もう近所にも伝わってるし、このまま名乗らせてもらってもいいかい？」

　メグロは鷹揚（おうよう）にうなずいた。

「もちろん。問題があろうはずはない」

「私はうれしいな」ロナが声を弾ませる。「だって、名前を気に入ったってことでしょ？　ロナはママが考えてくれたんだよ」

「おまえを生んで死んじゃったけどな」

　マーセルスが妹の肩を突く。ロナの顔から一切の表情が消えてしまう。

「マーセルス。またそのことでロナを責めたら、家から追い出すぞ」

　メグロが低い声でいった。

「はい」

　ふてくされた様子でマーセルスはうなずく。グラスに挿したストローから息を吹き込んでレモネードを泡立てて遊んでいる。飛び出した中身でテーブルが濡れることを楽しんでいるのだ。この子と仲良くなるのは大変だとエアリスは思った。しかし、エルミナが信頼しているメグロの息子だ。全てを受け入れてうまくやって行こうと覚悟を固めた。

「では、私たちも――」メグロが言った。「エアリスではなく、ロナと呼ぶことにしよう。こういうことは普段から習慣づけることが大事だからな」

「ロナ、よろしくね」

本物のロナが言った。

「よろしくね、ロナ」エアリスが言った。「マーセルスも、よろしくね」

反応はなかった。

「じゃあ子供たち。私たちはビジネスの話があるから外で遊んでいなさい。庭の中だけだぞ。路地までは行かないこと」

「了解」

マーセルスはしっかりした返事をするとレモネードを一気に飲み干した。慌ててロナが真似をする。エアリスも続いたが、咽(む)せてテーブルを汚してしまった。エルミナが笑って、早く行くようにと促した。

庭に出ると伍番街ハウスのジャンたちが庭の入口から様子を窺っていた。

「哀れな孤児どもめ」

マーセルスは吐き捨てるように言うと、ジャンたちに手を振った。

「おーい」

「お兄ちゃん、どうするの？　孤児は怖いよ」

「大丈夫。俺たちには強い父さんがいるからな」

二人の会話にエアリスは緊張した。とても良くないことが起こる予感がした。

「みんな、こっち来いよ」

快活な声でマーセルスが呼んだ。

「行ってもいいのか?」

ジャンが聞きかえす。

「もちろん。一緒に『くすぐりオーガ』やろうぜ」

「何それ、知らない」

ジャンが伍番街ハウスの子供たちを引き連れて庭に入ってきた。知らない顔が二、三人いた。

「四番街スラムで流行ってる遊びさ。あ、孤児院暮らしじゃ知らないか」

ジャンの目に暗い影が宿ったのをエアリスは見逃さなかった。しかしマーセルスの悪意に気づいていない年下のアユムが訊いた。

「面白そう!『くすぐりオーガ』教えて? ねえ、あんたの名前は?」

「俺はマーセルス」

「私はロナ」

兄と妹が名乗る。エアリスは緊張して身構える。

「あれ? ロナが二人いる!」

アユムが不思議そうな顔をしてジャンを見た。

「珍しくもない偶然さ」ジャンが訳知り顔で言った。

「偶然なもんか」

マーセルスが低い声で言い、勝ち誇ったような顔でエアリスを見る。

「こっちのロナは妹の名前を盗んだんだ。本当の名前はエアリス。名前泥棒のエアリスさ。なあ？」

ニヤニヤしたマーセルスの顔。その場の子供たち全員がエアリスを見ている。

「泥棒じゃない。わたし、泥棒じゃない！」

「泥棒はみんなそういうのさ」

ついに本性を現したマーセルスがはやし立てる。

「やめなよ、お兄ちゃん」

妹が訴えるがマーセルスの耳には届かないらしい。

「泥棒じゃない」

それだけは認めたくなかった。

「名前泥棒」

「ちがう！」

声がかすれている。泣いてはいけないと思ったら涙が出てきた。

「おまえだって孤児じゃないか。本当は孤児院がお似合いなのさ。それなのにクレイの家に入り込んで。油断も隙も無いなあ」

マーセルスは呆れてみせる。

「ちがうもん！」

「黙れ！」

誰かがマーセルスに体当たりをした。ジャンだ。短い苦悶とともにマーセルスが仰向けに倒れた。別の少年がそのマーセルスに馬乗りになる。エックスという名の少年だった。いつもはあまり皆と遊ばず、先生たちを手伝っている。小柄だが三、四歳年上のはずだ。

「やめろ！　どけよ！」

「ハウスを馬鹿にするな！」

エックスが怒鳴る。

「おんぼろ孤児院、貧乏孤児院」

マーセルスの憎まれ口は止まらない。

「やっちゃえやっちゃえ！」

少女たちがはやし立てる。子供たちの暴力にエアリスはすくみ上がった。

「やめて！」ロナが叫ぶ。「お兄ちゃん、謝りなよ」

エックスがマーセルスのシャツの襟元を摑んで頭を揺さぶる。

「先に謝るのはエアリスだ！　名前泥棒なんだから」

マーセルスはけして屈しない。ジャンは路地を、そしてゲインズブール家のドアを気にしている。

「ごめんなさい。わたしが悪いの。ロナの名前を勝手に使ったから」

「勝手に使った？　盗んだって言え！」

「それはちがう」

エックスがマーセルスの頬を張った。

「やめて！」

エアリスは自分が打たれたような気になった。マーセルスをかばう気はない。しかし、これは酷すぎる。

「エックス、やめて」

「こいつが謝ったらな。俺たちはともかく、ハウスを馬鹿にしたのは許せない」

「謝れ！」

エックスが叫び、もう一度撲とうとする。

「エアリスが先だ！」

もう終わりにしたかった。

「ごめんなさい。わたしがロナの名前を盗んだの。ロナ、ごめんなさい。マーセルス、ごめんなさい」

涙声だった。まずジャンが動いて、エックスを立たせた。自由になったマーセルスがよろよろと立ち上がる。

「ふん。やっと認めたか」

口の中が切れたのか血がひと筋流れていた。全身が小刻みに震えている。精一杯虚勢を張っているように見えた。

「次はおまえだ。俺たちのハウスを侮辱したことを謝れ」

マーセルスはゆっくりとジャンを見て、続いてハウスの子たちを見た。

そしてニヤリと笑うと――

「貧乏孤児院!」

まずジャンとエックス、初めて見る名前も知らない子たちが次々とマーセルスに飛びかかった。また喧嘩が始まる。ロナが悲鳴をあげてゲインズブール家へと走る。そうだ。最初から助けを呼べば良かった! エアリスもロナを追いかけた。ロナが扉に手をかける直前にドアが開いてメグロが姿を現した。一瞬で事態を把握すると――

「こら!」

地の底から噴き出したような怒声だった。普段のメグロからは想像ができない。エアリスは震え上がる。喧嘩をしている子供たちも同じだった。驚いて戸口に現れたエルミナ、ロナとエアリスを残してメグロは子供たちとの距離を縮める。

「逃げろ！」

叫んだのはジャンかエックスか。ハウスの子供たちはあっという間に路地に消えていった。メグロは立ち尽くすマーセルスの耳を掴むとゲインズブール家に戻って来た。痛い痛いと言いながら、マーセルスはよろけてついてくる。

「おまえには本当に呆れる」

「あいつらが庭に入ってきたんだ。それを追い出そうとしたけど、やられた」

「そんな理由でおまえが動くものか」

「元はエアリスが悪いんだ」

「それは解決しただろう。私とロナは許した。おまえには関係ない」

「だって！」

「もっと賢く立ち回れ。何度教えればわかるんだ。いいかマーセルス。おまえは母親がいない。何かやらかすと、母親がいないせいだと言われる。母さんと私の顔に泥を塗ることになるんだ。わかるか？」

戸口まで戻って来たメグロがマーセルスの耳を引っ張ったまま叱った。

「メグロ、もうそれくらいにしないか」

見かねたエルミナがメグロの手を柔らかく押さえた。

「ああ、わかっている」

メグロはマーセルスの耳を離して――

「エアリス。悪かったね。マーセルスを許してやってくれ。馬鹿な奴だが、妹を思ってしたこと。私とロナに免じて許してくれ」

メグロの背後からマーセルスが睨んでいる。エアリスはもうどんな条件でも受け入れてこの騒動を終わりにしたかった。

「いいんです。わたしが悪いんです。本当にごめんなさい」

メグロに、そしてマーセルス、ロナに向かって謝った。最後にエルミナを見上げると、彼女は小さくうなずいた。

「では、エルミナ。仕事を片づけてしまおう。ロナとエアリスは中に入って。マーセルスはここで反省していろ」

家の中に入ったエアリスは窓からマーセルスを見ていた。モンスターというのはあんな感じなのだろうかと思った。ほどなく、メグロたちが帰る時間になった。

「孤児院に寄って抗議しておくよ。ゲインズブール家の庭に入るなとね。それからエアリス――いや、ロナに何かあったら孤児院が無くなるかもしれない。それくらい釘を刺しておいた方がいいだろう」

「いや、メグロ。向こうにはわたしから話すよ。あそこの大人たちとは親しくしているんだ。穏便に収めておきたいからね」

「……まあ、好きにすればいい。君のシマだ。だが、私の顔が必要になったら、いつでも頼ってくれ。遠慮は無用」

初めて会った時の親切そうな紳士はもういない。あれは子供向けの顔だったんだ。そんなことをボンヤリ考えているとロナが駆け寄ってきて、囁いた。

「私の名前、貸してあげるからね。エアリスは特別だよ」

ロナはどこまでも優しく、残酷だった。

※

「ねえ、ジャンたちの伍番街ハウスって、リーフハウスとは違うの？」

黙って聞いていたティファが疑問を口にした。

「同じ同じ。本当は確か〝下層伍番養護院〟で伍番街ハウスは通称。その名前が変わってリーフハウスになったの。あの頃は知らなかったけど、経営者が、子供を売ってるって噂があって」

「え⁉」

「子供たちはもちろん、ハウスの先生も、知らなかったみたい。それで経営者一家と交渉してハウスを買い取ったのが大人になったエックスなんだって。マーセルスに抗議した子」

「そうなんだ。アバランチの仲間に自分が育った孤児院を援助している人がいたから何か関係あるのかと思ったけど、違ったみたい」

ティファは残念そうだ。

「ビッグス？」

「知ってるの⁉」

「会ったこと、ないけど、先生や子供たち、よく話してる。尊敬されて――あ⁉」

驚きで思わず声が大きくなった。

「エックスがビッグスなんだ！」

「どういう――ことかな？」

「彼、赤ちゃんのころ拾われたから、名前、なかったんだって。だからハウスの人、名前が決まるまで、エックスって呼ぶことにした。それ、本人も気に入って、ずっとエックスって名乗ってた。いつか最高の名前、自分でつけるって」

ロナが偽名だとハウスの子供たちが知った時、反応は様々だった。ただエックスだけが、自分の名前の話をして、慰めてくれた。名前なんて自分で決めればいい。

見ると、ティファの目が潤んでいる。

「やるなあ、ビッグス。やるなあ。バレットにも教えてあげなくちゃ」

※

メグロ親子が帰ったあと、エルミナはひとりで外出した。一時間ほどで帰宅すると外出の成果を報告した。まず伍番街ハウスを訪ねてマーセルスの不始末を謝罪して、ロナの本当の名前はエアリスであることを告げた。訳あって仮の名前を名乗っているが、これからも仲良くして欲しいこと、エアリスのことをよそで話題にしないようにと頼んだ。

「なるべく嘘はつきたくないからね。理由までは言わなかったけど先生たちはわかってくれた。それにジャンは想像力のある、しっかりした子だ。子供たちをうまくまとめてくれるだろうよ。それから、路地向こうの顔見知りにも説明しておいた」

「うん」

「まあ、口止めはしたけど、それだけじゃ十分とは言えないと思ってね。ブッチに相談したら、三番頭たちがうちを見に来てくれることになった。なかなか心強いだろう?」


エルミナのもくろみが功を奏したのかどうか。時は穏やかに過ぎていった。内ではエアリス、外ではロナを名乗ることにも慣れ、スラム暮らしにも慣れつつある。三番頭の誰かが、その配下の誰かが家にいることにも慣れた。メグロは月に数回訪ねてきたが子供たちを連れてくることはなかった。ブッチが高齢で引退して欠員ができた三番頭にカルロが名前を連ねるようになった。

二月、エアリスの八歳の誕生パーティーをカルロが企画した。頭(かしら)たちが家族を連れて集まり、エアリスを祝うのだ。計画を聞いた時、思わずカルロに抱きつくほどうれしかった。伍番街ハウなかった。

スの子たちも呼べることになった。マーセルスとロナは呼びたくなかったがそれはカルロが許さなかった。

しかしパーティーは実現しなかった。誕生日の前日、カルロが配下を連れてきて、パーティーの飾り付けを始めた。そこへ慌てた様子のロダンが現れ、メグロが心臓の病気で倒れたと告げたのだ。命の危険もあるらしい。組織の実質的なトップが倒れたのだ。関係者の誰にとっても、誕生パーティーよりは重大な事件だった。カルロはあっさりとパーティーの延期を宣言した。あまりのことに呆然としていると、中止ではなくて延期だからと慰められた。しかし延期されて、なんでもない日に開かれるパーティーを思い浮かべても胸は弾まない。わくわくもドキドキも色褪せてしまった。大人たちが右往左往する中、自室に引き籠もって泣いた。倒れたメグロへの怒りがわき、次の瞬間には罪悪感で苦しんだ。

誕生日の早朝、エルミナはメグロのもとへ出かけて行った。ハウスの誰かが遊びの誘いに来たが無視してしまった。夕方になり、エルミナが帰ってきた。

「メグロは大丈夫。生き死にの段階は越したらしい」

「良かったね」

「自分にもしものことがあったら子供たちの面倒を見てくれなんて言うんだよ」

「え⁉」

「とんでもない話だろ？　メグロの全快を心の底から祈ろうじゃないか」

エルミナが笑った。エアリスもつられて笑う。

「やっと笑ってくれたね。夜はちょっと賑やかな方へ行ってみないかい？　何か美味しいものを食べよう」

「うん、食べる」

「そうこなくちゃ。実はボディーガードも依頼済みなんだよ。そろそろ来る頃だね」

「誰？」

その時、呼び鈴が鳴った。ドアの窓越しに立つ人影が見える。

「はーい！」

エアリスは勢いよくドアを開けた。知らない顔だ。しかし、スーツには見覚えがあった。いつか宝条博士と会った時、後ろの方に控えていたのは、この真っ黒なスーツではなかったか。一度だけプレジデント神羅を見た時に部屋の隅に立っていたのはやはり真っ黒なスーツの男だった。ついに神羅カンパニーが来たのだ。

「エアリス、ここにいたんだね。みんな心配しているよ」

スーツの男は親しげに声をかけた。

「いやっ！　絶対いやっ！」

エアリスはドアから離れてエルミナの背後に隠れた。男は構わず勝手に入ってくる。エルミナが止めるが、男は無視して話し続ける。

「エアリス、君は大切な子供なんだ。古代種の血を引き継いでいる」

「なんだいあんたは。ここはわたしの家だよ。無礼だとは思わないかい？」

「これは失礼。私は神羅カンパニーから来ました」

「ずいぶん若いね。新人かい？　名前を言い忘れているよ。それとも、神羅の名前を出せば怖じ気づくとでも思ったかい」

男の目に落ち着きがなくなった。

「ツォン。神羅カンパニー総務部調査課のツォンです」

「で、用件は？」

「今日はエアリスに話があってお邪魔しました」

「話、しない。したくないもん！」

「古代種とか言ってたね。なんだいそれは。人違いじゃないのかい？」

エルミナが前に出て言った。

「古代種は至上の幸福が約束された土地へ我々を導いてくれるのです。言い伝え、何かの比喩、いろいろな見解があります。しかし我々は、文字通りの真実として、それを信じています。神羅カンパニーはぜひともエアリスの協力を――」

この家から引き離されることなど、もう考えられない。絶対に神羅ビルには戻りたくなかった。

「ちがうもん！　古代種なんかじゃないもん！」

「でもエアリス、ときどき誰もいないのに声が聞こえることがあるだろ？」

「そんなことない！」

エアリスは逃げるように二階に駆け上がった。ベッドに潜り込んで毛布を被る。寒くもないのに全身が震えた。この一年が幻のように消えてしまうような気がした。これまでに感じたことのない恐怖を追いやろうと目を強く閉じる。悪い可能性ばかりが頭に浮かんだ。やがて、エルミナが酷い目にあう場面を想像してしまう。どうしよう。しかし階下の様子を見に行くのは怖い。いや、あいつが上に来たらどうしよう。

「話がついたよ」

すぐ近くでエルミナの声がした。毛布から顔を出す。他には誰もいない。目には同情があった。

「よっぽど怖い思いをしてきたんだね。大丈夫。あいつはもう帰ったよ」

エルミナはベッドに腰を下ろし、エアリスを抱き寄せた。

「あんたは古代種なのかい？」

エルミナらしい、真っ直ぐな質問だった。

「本当はセトラって言うの。お母さんはセトラでわたしは半分だけのセトラ」

エルミナは何度もうなずいた。

「さっきの男——ツォンの話じゃ、神羅には、イファルナ——お母さんにした酷いことのせいで一番欲しかった情報が手に入らなかったという反省があるそうだ。そこでエアリスには約束の地の情報以外を求めないことに決めたらしい」

『約束の地』のことは知らないわけではなかった。そういう場所があることはイファルナから聞いたことがある。しかし、どんな場所か。それはどこなのか。神羅が求める情報は知らなかった。

「知らないもん。そんなの知らないもん」

「ツォンもそう言ってたよ。でも、今は知らなくても、いつかわかる日が来るとか来ないとか」

「わたし、どこにも行きたくないの。エルミナが好きなの。ここにいたいの」

「うれしいこと言ってくれるね。わたしも同じ気持ちだよ。だから、連中に提案したんだ。このわたしが毎日毎日一緒に暮らして観察して、何かそれらしい気配があったら神羅に連絡する。それまで神羅はエアリスに一切近づかないってね。ツォンは上司に連絡して、その場で約束を取り付けたよ。なかなか出来る子だね、あいつは」

「じゃあ、ここにいられるの？」

「そうだよ。それにね、ツォンには悪いけど、わたしが観察するのは、娘の素行くらいだろうね」

エルミナが笑った。

※

「神羅に知られて、名前を隠す理由、なくなって。だから、家の中だけじゃなくて、外でも、エアリスになれた。それからしばらく、本当に平和だった。タークスは本当に来なかったし、エルミナのビジネスも順調だった。もちろん、楽しいことばかりじゃない。嫌なこと、泣きたいこともあった。けどそれ、普通に生活してたからだよね」

「良かったねえ」

ティファがしみじみと言った。

「でも、また事件が起こったの。マーセルスがきっかけ」

「ああ……」

※

カルロが訪ねて来た。

「エアリス、元気か。これ、お土産だ」

カルロが差し出したのはキャンディーの包みだった。十歳の女の子への土産としては少々子供じみている。甘い物は健康な歯の敵だと考えているエルミナが渋い顔をする。

「エルミナと面倒くさい話がある。これ持って、上へ行っててくれないか？」

「はーい」

頭の誰かが来た時はよくあることだった。以前はなんでも話してくれたエルミナも、最近は母親らしく、娘の耳に入れて良いことといけないことを区別するようになっていた。

二階の自室に入ったエアリスは力を込めてドアを閉めた。バンという大きな音がする。その直後、今度は静かにドアを開く。身体が通るだけの隙間を開くと足音を忍ばせて階段の近くへ行く。古い家なので床が軋むが、音の出ない安全地帯はすでに把握していた。

「まいった。本当にまいった」

カルロは声が大きい。

「メグロの病気のことはどれくらい知ってる？」

「心臓はいいんだろ？」

「まあな。でも他がよくねえ。覚えきれねえ病名を三つももらってる。ロナが生まれてからすげえ勢いで太っただろ？　姐さんが死んじまってから生活が荒れてよ。ベトベトやドロドロのものばかり喰ってたからなあ」

「わたしも注意してたんだけどね。もっと強く言えば良かったかね」

「ま、聞き流すかブチ切れるか、どっちかだろうな。それで、その治療のためにメグロ家はプレートに引っ越すことに決めたんだ。仕事の差配はプレートからやる気で、連絡担当として三番頭の誰かを連れて行くつもりらしい。ってことはよ？　俺たちから見れば、そいつが実質二番頭だよな。そんな大事なことを同格のあんたに一切相談してないんだろう？　舐められてるぜ？」

「面倒くさい話だねえ。わたしはただの代理人だ。これまでだって全部メグロにまかせていたんだからね。そんな出世争いに巻きこまないでおくれ」

「この仕事で喰ってるんだ。巻きこまれないわけないだろう？」

エルミナの声は聞こえなかった。おそらく、大きな溜息をついたのだろう。

「って、今日来たのは組織の話じゃねえ。マーセルスのことだ。あの生意気なクソガキが家出しやがってな。知ったこっちゃねえが、メグロが頭全員にマーセルスを探し出すように命令したんだ。あんたにも伝えるように、言われてきた。確かに伝えたぞ」

「マーセルスか。もう二、三年見てないね。今は十三、四だろう？」

「ああ。俺なんか十二でクソ家を飛び出したからな。たかだか家出で騒ぎすぎだとは思ったんだけどよ……」

「何かあるのかい？」

「メグロの健康状態が世間にバレてるんだ。利権を狙ってる連中が動き出しているらしい。六番街のコルネオや奥の方のマンソン兄弟とかよ。でな、その連中がマーセルスを誘拐したんじゃないかって、メグロは考えてるんだ。あんたはどう思う？」

「誘拐なら、犯人が何か言ってくるだろ？」

「それはまだないらしい。マーセルスが消えて三日経つ。ってえことは十中八九家出だろうが、万が一ってこともある」

「ふん。わたしも気にしておくよ。と言っても、わたしはスラムの健全な側で生きてるんでね。

そんなに役に立てるとは思えないけど」

「マーセルスは俺たちが探す。あんたはエアリスを守ってくれ。もし、もしマーセルスが誘拐されたなら、エアリスにも誘拐される可能性がある。仲間内はともかく外から見ればエルミナ、あんたは二番頭。エアリスはその娘だ。もし交渉材料にするなら俺だってエアリスを選ぶぞ。あんたはエアリスのためならビジネスを手放す方を選ぶだろう？」

エアリスは驚き、後ずさりした。安全地帯から足が出て床がギシリと鳴った。

「エアリス、いるのかい？」エルミナの声が鋭い。「下りといで」

バレてしまっては仕方がない。

「全部聞いちまったのか？」

階段を下りると早速カルロが訊いた。認めるしかない。

「大丈夫。何も起こらないよ」

言ったエルミナの声に緊張があった。

「しかし、用心はしておいた方が良さそうだ。ここを出た方がいいのかもしれないね。昔ガブリエルが面倒を見てやった人がカームにいるんだ。頼ることはできると思う」

「できるなら、その方がいいかもな」

カルロが言った。エアリスは悲しくなる。自分を育てることにしたためにエルミナはこの家を出なくてはならない。

「今夜のうちに荷物をまとめてくれ。カームまでの車とドライバーは手配する。いや、俺が運転するか。久しぶりだけどなんとかなるだろう。明日の夜明け前に迎えに来る。ゲートまでは歩くしかないから、動きやすい服にしてくれよ」

話がどんどん進んでいく。

「エアリス、そんな顔すんなって。問題が解決したらすぐに迎えに行くからよ」

カルロが胸を張り、エルミナはエアリスの肩を抱き寄せた。


夜。エルミナとクレイがピクニックに使ったという小さなトランクに荷物を詰め込んで二人はベッドに入った。緊張でなかなか寝付けない。マーセルスはどうしているのだろう。久しぶりにマーセルスを思った。声はすぐに思い出せた。意地悪な物言いも。テーブルを濡らしたレモネード。真っ白なシャツについた土汚れ。でも顔が思い出せない。どんな顔だったかな。口の端から流れる血。鼻。そして目。

「ああ、そうだった」

マーセルスを思い出した瞬間、全身が粟立つような感覚があった。窓の、閉じたカーテンの向こうがぼっと明るくなった。

「なんだろう……」

ベッドから出てカーテンを細く開く。庭が見える。庭の、あの日ジャンに押し倒されたあたりにマーセルスの姿があった。

「え？」

次の瞬間、エアリスは庭にいた。足下にマーセルスが倒れている。血まみれだった。

「いや！」

「うう……」

マーセルスの手が動いてエアリスの素足のつま先に触れた。また全身が粟立つ。周囲の風景が瞬時に変わった。

「えっ⁉」

見知らぬ風景が広がっていた。壁。金網。振り返るとミッドガル。壁の向こうは荒野らしい。

「たす……けて……」

マーセルスの身体から淡い輝きが流れ出す。それが命の姿だとずっと前から知っていたような気がした。今、この瞬間マーセルスが死にかけている。

「どこ？　ここはどこ？」

「六番街……ゲート……」

「ええ？　わからないよ。でも、待ってて！」

エアリスは壁とは逆方向――スラムと思しき方向に駆けだした。人を呼びに行くつもりだった。しかし、風景が消えてしまう。振り返るとマーセルスも見えない。生ぬるく真っ白な澱(よど)みの中にいる。もう何も見えない。身体がムズムズする。自分の身体の中を、血が勢いよく流れている感覚がわかるのだ。不愉快な感覚だった。

「いや――いやっ！　助けて！　エルミナ！」

自分の声が遠くから聞こえる。次第に大きくなる。すると、風景が戻って来た。目が役目を思い出したようだ。見慣れた部屋だ。窓際に倒れていた。慌てて起き上がり、窓の外を見る。まだ暗い。しかし夜明けが近いことがわかる。廊下に人の気配がしたかと思うと扉が開いてエルミナが覗き込んだ。

「ああ、起きてるね。そろそろカルロが来るから急いで支度しなさい」

「マーセルス、六番街のゲートにいるの。怪我、していて、血だらけ。苦しそうなの」

エルミナの視線が痛い。しかしエアリスは目を逸らさなかった。

「カルロに伝えよう」

ほどなくカルロが訪ねて来た。出発を急かすカルロをエルミナが制する。

「マーセルスが六番街スラムのゲートの近くにいるらしいんだ。怪我をしている。かなり危険な状態らしいから、急いで助けに行ってくれないか？」

カルロは眉をひそめる。

「その情報はどこから来たんだ？」

「何も聞かずに頼む。恩に着るよ」

カルロはエルミナを、そしてエアリスの顔を探るように見てから出て行った。

※

「そしてカルロは六番街の外れのゲートの近くに倒れていたマーセルスを見つけたの。かなり危険な状態だったけど、なんとか助かってめでたしめでたし」

「不思議議……ごめんね、何度も。でも不思議」

「わたしの力だけじゃなく、土地の影響もあると思う。あのうちのあたり、他と違うから」

「お花も咲くし？」

「うん。お母さんも同じ方法でわたしの部屋に来たんだと思う。わたしはね、狙ってもできない。純粋なセトラじゃないこともあるけど、何より、心の状態が子供の頃とは違うから。それが大きいと思う。もう子供の頃みたいな、純粋な気持ちにはなれないからね。大人になって鈍感になったのかな」

「もったいないような気もするね」

「うん。こんな旅が始まってみるとね」

二人は黙り込む。幸せの定義は日々変わる。

「あ」ティファが声をあげる。「マーセルスは結局家出だったの？」

「うん。カルロの想像の通り。プレートに引っ越すのが嫌で家出して、ウォール・マーケットで働こうとうろうろしているうちにコルネオ一家の不良に絡まれて、逃げて、迷って、最後はモンスターに襲われたんだって」

「へえ。それにしてもカルロ、大活躍だね」

「だよね。最初の印象とはもう別人。頼りになるおじさんって感じ。あの頃はおじさんだと思っていたけど、きっと、お兄さんだよね」

「今、どうしてるの?」

※

マーセルスは保護された。しかし下っ端とはいえコルネオ一家が関係していたことは見逃せない。警戒を止めるわけにはいかなかった。カルロが面倒を見ている若者が二人、ゲインズブール家に寝泊まりすることになった。バンコとズートの二人はまだ十代の後半だった。エルミナの手料理を美味しそうに食べる姿はまるで子供のようで、悪意のある敵が来ても頼りになる気がしなかった。一日おきに訪ねてくるカルロがやけに頼もしく見えた。

ある日、そのカルロが珍しくエルミナを困らせた。肉団子入りの揚げパンを食べたいと言い張ったのだ。エルミナは材料がないと断った。しかし、カルロは粘り強く、最後はエルミナが根負けした。バンコとズートをボディーガードに、買い物に出た。

「なあエアリス」

二人きりになったとたん、カルロが話しかけてきた。やけに声が優しい。

「マーセルスの居場所をエルミナが教えてくれただろ？　どうしてエルミナは知ってたんだろうな」

「うーん、知らない」

エアリスは素っ気なく応えた。平静を装ったつもりだが、自信はなかった。

「そうか。実はな、仲間うちに、あれはやっぱり誘拐だったんじゃないかって疑ってる奴がいるんだ。実際、マーセルスを痛めつけたのはコルネオ一家のチンピラだったからな」

「うん」

「あれにはエルミナが関係している。だからマーセルスの居場所を知っていた、なんて疑ってる奴がいるんだな。目的は警告。メグロを言いなりにさせる準備は整ったぜ？　みたいな。わかるか？」

「エルミナが疑われてるの？」

「そういうこと。あと、俺も疑われてる。ほら、クレイが死んでから、俺はここに入り浸りだからよ。二人ができちまって――あ、失礼――画策して組織を売ろうとしているとかなんとか。正直、俺たちの立場はあまり良くない。実のところ、メグロも俺たちを疑っている」

「どうしよう」

怒った時のメグロを思い出す。背筋が冷たくなった。

「マーセルスの居場所をエルミナが知っていた理由。それが誰でも納得できるような理由だったら申し開きができる。一度かかった疑いを晴らすのは大変だ。でも、真相を知っているってだけで、少なくとも、俺の気分はかなり違う」

カルロが暗い目で見つめる。

「わかるよな。エルミナはマズい状況だ。だからエアリス。何か知っているなら教えてくれ」

カルロが言う意味はよくわかった。いや、表情の意味がわかった。このままではカルロが味方ではなくなってしまう。

「あのね」

声が震えた。真相は、エルミナにはけして口外するなと言われていたのだ。

「わたしなの。わたしが夢で見たの。本当は夢じゃない別のものなんだけど、夢としか言えないような、そんな感じのこと。その中でマーセルスと会って、居場所を教えてもらったの」

カルロは小さく何度もうなずきながら聞いている。

「信じてもらえないと思うけど、本当なの」

「そうか。エアリスは、そういうことが良くあるのか?」

「よくはないけど……初めてでもない」

「そうか。だからエルミナは信じたのか。そうかそうか」

カルロは顔をあげる。にこりと笑ってエアリスの頭を撫でた。

「エアリスは本当にエルミナが好きなんだな」

カルロが何を考えたのかわからなかった。味方のままでいてもらえるのか。それとも失望させてしまったのか。

「カルロ。どうなるの？　怖いよ」

「俺も怖い」


やがてエルミナたちが買い物から帰宅した。

「エルミナ」カルロが切り出す。「状況が変わった。揚げパンはまた今度だ」

「なんだい！　せっかく……」言いかけて、ただならぬ空気に気づいたようだ。「何があったんだい？」

「前に話したカーム行きの件な、やっぱり、行った方がいいだろう。ここを離れたくないならエアリスだけでも行かせるんだ」

「コルネオたちが来るのかい？　それともマンソン？」

「メグロだ」

「なんだって？」

「マーセルスの居場所を知っていたことが発端で、あんたがコルネオんところと繋がっていると疑われている。んで、俺もグルだとな」

「誰がそんなこと言ってるんだい」

「ロダン、マービン、ロジャー、ボーマン、ルイス、もちろんメグロ」

「全員じゃないか」

エルミナは目をつぶった。何を考えているのだろう。やがて開いてテーブルの上の一点を見つめた。クレイとガブリエルの写真がある。

そして視線をカルロに移すと——

「メグロはどこにいるんだい？」

「自宅だ。引越は延期してガチガチに警備を固めてる。乗り込む気か？」

「話をするだけさ。このビジネスから手を引くってね。うちの一切の権利をメグロに譲るよ」

「おいおいおいおいおい！　本気か？」

「何度も考えたことさ。ただ正直、生活を考えると決心が付かなかった。まあ、潮時だね」

「待てよ。そんなことしたって疑いは晴れないぞ？　それどころか、コルネオんところに寝返るからうちを捨てるんだと疑われるかも。ヘタしたら——」

カルロが言い淀む。

「言いたいことはわかるよ、カルロ。それでも行かなくちゃ。もう少しエアリスを頼むよ」

カルロは肩をすくめる。

「エアリスもいいね？」

「いや」

かすれた声が出た。エルミナは微笑み、エアリスの頬に触れた。

「遅くなるかもしれないから寝てな。食事はカルロたちとね」

「いや！」

エルミナが背を向けた。引き止めようとするとカルロに腕を掴まれた。

「離して！　お母さん、行っちゃ嫌！」

しかしエルミナは出て行った。バンコとズートは途方に暮れてカルロを見ている。

「メシ、作ってくれ。なんでもいいや」

「カルロなんか、嫌い」

カルロは悲しそうな顔をした。それでもエアリスの腕を離そうとしなかった。

「筋は通さなくちゃ。いつかわかる」


食欲がなかったのでバンコのオムレツにはまったく手をつけずに二階に引っ込んだ。エルミナが心配で何も手に付かない。何度も窓の外を見て、何度も階下の気配を窺った。やがて深夜近くになってドアが開いた。

「エルミナ！」

カルロの声だ。弾んでる。

「離しておくれ！」

エアリスは転がり落ちそうになりながら階段を下りた。カルロが決まり悪そうに頭を掻いている。バンコとズートがニヤニヤしている。

「お母さん！」

エルミナが来て、目の前でしゃがんだ。

「ただいま。心配かけたね」

たまらず、抱きついた。エルミナは娘を支えきれず尻もちをついた。

「大きくなったねえ」

「で、エルミナ。どうだった？」

焦れてカルロが訊いた。エルミナはエアリスを立たせると、自分もゆっくり立ち上がって服の皺を直した。

「メグロはもう、マーセルスが誘拐されたなんて考えちゃいないし、ましてや、わたしやあんたが関係していると考えたことは一度もないそうだ」

「へえ。そりゃなんで」

「わたしも、あんたも、そんな回りくどいやり方はしないってさ」

「くそおやじめ。見くびりやがって！」

カルロは悪ぶってみせたが顔は喜びを隠しきれない。

「じゃあ、俺が聞いた話はなんだったんだ？」

「あんたはいったい誰から聞いたんだい？」

「ブッチだよ、ブッチ。引退したけどメグロとはよく会ってるから、内情には詳しい」

エルミナは黙ってカルロを見ている。

「ブッチ⁉　ブッチが俺をはめた⁉　あのジジイ！」

カルロは頭を掻きむしり、悪態をつき、顔を歪め、目を擦り、部屋中を歩き回った。

「カルロ、落ち着きなよ。話はまだ終わっちゃいないない」

カルロはエルミナを睨む。息がまだ荒い。

「ブッチがどう関係しているのかわたしには全然わからないよ。だからこの話はおしまいにしよう。それでね、メグロから預かってきたものがあるよ」

そう言うと、エルミナはバッグの中から小さな箱を取り出し、カルロに差し出した。

「なんだよ――」

箱を受けとって蓋をあけてカルロは絶句する。

「ガブリエルの指輪だ。プレジデント神羅も同じものを持っている。友情の証という奴だね。本当ならクレイが受け継ぐはずだったけど、それはできなかった。だからメグロが持っていたんだ」

「つまり、これって……」

「ゲインズブール一家の頭(かしら)の証だ。あとはこれ」

エルミナは封筒を差し出す。

「中には権利書。神羅カンパニー側の担当者との覚書。その他諸々、業務上必要な書類。それから今の頭全員の血判が入った証書。わたしもさっき押してきた」

そう言ってエルミナは左手の薬指を見せた。絆創膏に血が滲んでいた。

「カルロ兄イ！　兄イが一番頭ってことじゃないですか⁉」

バンコが興奮して叫んだ。エルミナがカルロを見て大きくうなずいた。

「メグロは病気ですっかり弱気になっていてね。他の頭たちを巻きこんで、引退の準備を整えていたそうだよ。最後にあんたに相談するつもりだったたってさ」

カルロはくちの中でモゴモゴと何かを言って封筒を受けとろうとするが、すぐに手を引っ込める。「びびるぜ」「急すぎる」「どうすんだ？」――自分の配下たちとエルミナ、そしてエアリスが見守る中、カルロは悩んでいる。

「すげえよカルロ兄イ」ズートが鼻を啜(すす)り、目を擦る。

カルロが決断するまで三分かかった。辛抱強く待っていたエルミナの手から封筒を受けとるといつも持ち歩いている黒い鞄にしまい込んだ。そして鞄の中から銃を取りだしてテーブルの上に置く。ゴトリと腹に響く音がした。

「俺たちはもうここへは来ないから守ってやれない。自分たちでなんとかするんだ」

「もう来ないの？」

聞かずにはいられなかった。すべてが解決して、うまく行っているように思えたのになぜそうなるのかわからなかった。

「来ねえよ」カルロがいきなり顔を歪めた。今にも泣きそうな顔だ。「俺がちょろちょろ出入りしたらこれまでと変わらないだろう？　他の組織の奴らが知ったら、やっぱりあんたらは狙われることになる。もうビジネスとは関係ねえのによ。エアリス、いい女になれよ。エルミナ。あんたはこれからもいい女でいてくれ」

カルロは早口で言うと逃げるように出て行った。バンコとズートが慌てて続く。直後にドアがもう一度開いてカルロだけが戻って来る。中に入ると脇目も振らずにエルミナに近づき、強く抱きしめた。そして深い溜息をつくと肩を落としてまた出て行った。

もう戻っては来なかった。


拍子抜けするほど平和な日々が続いていた。危惧（きぐ）されたようなことは何も起こらず、最初はどこへ行くにも銃を手放さなかったエルミナも、半年ほどが過ぎるとそれを屋根裏にしまい込んでしまった。カルロたちはどうしているのか。敵対組織とはその後どうなったのか。情報は一切入ってこなかった。エルミナは何か知っていたのかもしれないがそれを家で話すことはなかった。

元来働くことが好きなエルミナは近所のカフェや病院、孤児院などの掃除を請け負って生計を立てることにした。エルミナが驚きとともに話してくれたところによれば、スラムのどこへ行っても仕事がもらえたらしい。人手が足りている時も他の客を紹介してもらえることが度々あった。エルミナとエアリスが困窮しないように気遣ってくれる人々がそこかしこにいたのだ。さすがに不思議に思ったエルミナが理由を聞くと、相手は自分が、あるいは家族がガブリエル・ゲインズブールに受けた恩の話をしてくれるのだった。ミッドガルがまだ基礎部分しかないような頃は、労働者が手にする賃金は驚くほど少額だった。神羅と労働者の間に立ち、紹介料、斡旋料、管理費などと称して金を抜く連中が大勢いたのだ。その構造を組み替え、労働者から搾取する連中を追い払ったのがガブリエルだった。血が流れることも多かったが、労働者の敵は駆逐され、神羅が支払う賃金の大部分が働き手に渡るようになった。さらには神羅と交渉して報酬の増額も勝ち取った。ガブリエルがいたから店を持てた、商売を始められたという者も多く、親たちはその恩義を子供に伝えることを忘れなかった。

「ありがたいことだねえ」

エルミナがそう言うのをエアリスは何度も聞いた。

十三歳になると伍番街ハウスの子供たちは外に働きに出るようになる。それを真似て、エアリスは自分も働きたいと思うようになった。しかしエルミナの許しが出ない。

「どうして？」

「家に閉じ込めておきたいわけじゃないんだ。でもね、心配なんだよ。これまでいろいろあっただろ?」

「わかるけど、ずいぶん、事件はないよ」

「そうだね。でもねえ。これはわたしの問題なんだよ。今までにもこんなことがあってね。幸せだと思って安心すると、事件が起こるんだよ。昔っからそうなんだ。そういう運を持ってしまったのかねえ」

エルミナは深い溜息をついた。そして首を横に振る。

「これじゃあ、あんたを縛りつけた神羅と同じだね。いいよ、働きな。でも、近所だけにしておくれ」

「ありがとう、お母さん」

母親の率直な告白には心を打たれた。同時に、自分は、彼女が抱えてしまった問題のひとつかもしれないとも思うのだった。

※

「そして、お母さんの不安、的中」

「えっ?」

驚くティファに、エアリスは力なくうなずいた。

※

仕事は自分で見つけるつもりでいたが、エルミナがさっさと話をまとめてしまった。伍番街ハウスの先生の手伝いだった。仕事と言ってもほとんどの時間を子供たちと遊んで過ごすので、働いているという実感はなかった。まったく経験のない世界を知りたかった。年上のヨーコはすでにハウスを出ていた。友だち同士で家を借りてアクセサリーを作り、あちこちのマーケットで売っているらしい。ジャンとエックスは廃材置き場から機械の部品を集めて磨き、必要な人に売っている。その話をすると、エルミナは顔をしかめ、伍番街からはけして出ないようにと命じた。

「わたし、縛りつけたら神羅と同じだって反省したの、忘れた？」

「親に向かって、そんなこと言うかね」

エルミナはとても疲れているように見えた。仕事が大変なのだろう。カルロたちとの〝ビジネス〟を続けていればこんなに働く必要はなかったはずだ。あの仕事を手放す原因を作ったのはどう考えても自分だ。本当の親子ではない。本来なら抱え込む必要はなかった。そんな感情が彼女の中にありはしないだろうか。あるに決まっている。だから必要以上に自分の言葉で縛りつけようとするのではないか。自分が縛りつけられている、その仕返しに。

※

「はい。認めます。反抗期、こじらせてた。ティファみたいに打ち込むもの、なかったし」

「運動、ほんとお勧め」

「うん。そのうち」

「しないな、これは」

「それでね、それでもね、ハウスの手伝い、続いたんだ。子供たち、かわいくて。懐いてくれたしね。十四になるころには、文句も、あまりなくなってた。でも——」

「重症だね……」

※

伍番街ハウスでの仕事を終えて家に戻ろうと路地を行くと、ゲインズブール家の敷地の入口を塞ぐように立つ男女がいた。庭を、家を見ているらしい。男が二人、女が二人。男のひとりに見覚えがあった。美しい金色の長髪が変わらない。

「ロダン！」

思わず、声をかけた。振り返った顔は紛れもなくロダンだった。

「よお、エアリス！」

快活に、しかしなぜか周囲を気にしながらロダンは言った。

「背、伸びたな。何年ぶりかな」

「二年ぶり？　もっと？」

「ああ、そんなもんか」

他の三人も知りあいだろうかと顔を見た。

「どうも」

目が合うと大柄な青年――大人のような身体の上に少年の顔がのっている――が、はにかみながら手を挙げた。

「え⁉　マーセルスなの⁉」

「あ、わかった？」

「もちろん」

そう答えたものの、あの頃と同一人物には思えなかった。体型が父親とそっくりになっている。

「マーセルスがさ、どうしてもエアリス、君に会いたいって言うから連れてきたんだ」

ロダンが言い訳がましく言うと一歩下がった。違和感があった。マーセルスは視線をあちこちに送って落ち着かない様子だった。やがて頬を二、三度掻いて、照れた様子で切り出した。

「エアリス。まず、君を泥棒呼ばわりしたことを謝りたい。許してくれ。俺は本当に馬鹿なガキだった。あの頃は世の中の何もかもが憎かったんだ。自分でも持て余していた」

「もう、いいよ。元気そうで、良かった」

マーセルスの顔が輝いた。

「そうなんだ。君のおかげだ。俺、チンピラに追われて、逃げて、その上モンスターに襲われて死にかけてる時に、君が助けに来てくれた夢を見た。ずっと——ずっと夢だと思ってた。たとえ近くにいたって、君が俺を助ける理由は何もないし、もちろん近くにいるはずもないからね。でもこの間、カルロから聞いたよ。君が俺の居場所を知っていたって。カルロ自身が信じていなかったから、ずっと誰にも話してなかったんだ」

否定も肯定もしない方が良さそうだと思い、曖昧に微笑んだ。カルロめ。

「それで色々調べたんだけど、あれはライフストリームの影響だったんじゃないかと思っている。精神エネルギーの流れなんだけど、知ってるかな？」

「ううん」

何も知らないふりをした。

「魔晄エネルギーはこのライフストリームを——」

「マーセルス！」ずっと黙っていた少女が咎める。「魔晄批判は厳禁。パパに話すよ」

そしてエアリスを見て——

「お兄ちゃんのこの話、すっごく長いの。ね、元気だった？」

ロナだった。

「うん。ロナも元気そう。メグロさんは？」

「元気とは言えないけど、スラムを出た頃よりは良くなってる。プレートは空気がいいからね。ここのは、ほら淀んで濁ってるでしょ。出るまで知らなかったけど」

ロナは相変わらずだ。悪意無く人を傷つける。

「カルロはどうしてるの？」

「頑張ってるよ。ちゃんとビジネスを仕切ってる。伍番街抗争の時はどうなるかと思ったけどな」

「伍番街……抗争？」

「知らないの？」ロナが驚く。「パパが引退してカルロが頭になったあと、コルネオ一家とか、あと、野心いっぱいの、無名の人たちとかが伍番街に入ってきたの。それを追い出そうとしたカルロたちと血で血を洗う抗争。マービン、ロジャー、ボーマンが死んじゃった」

「えっ……」

そんなことを知らないなんて、あるだろうか。

「まあまあ、今はもう落ち着いてる。問題ない。みんなしかるべき場所に落ち着いた」

ロダンは言いながらまた周囲を気にする。

「さあ、マーセルス、ロナ。もういいよな？　あとは文通でもなんでもしてくれ」

「もうすぐエルミナも帰ってくるよ。お茶は？」

「そうもいかないんだ。俺たち、特別区は立ち入り禁止だから」

「特別区って？」

「駅からこっち」マーセルスが言った。「抗争が始まった頃、神羅が決めたんだ。特別区では抗争をやっちゃいけない。ルールを守らない奴は消される。みんなが従った、抗争の唯一のルールさ」

「何が特別なんだろう」

「え？　エアリスがいるからに決まってるじゃない！」

ロナが驚きを隠さず言った。

「はい、そこまで！」

ロダンが狼狽する。

「二人ともしゃべり過ぎだ。じゃあ、行こう」

ロダンが促すとマーセルスは慌てて再会の約束を取り付けようとした。あの〝不可思議な出来事〟の話をしたいらしい。曖昧にうなずいて誤魔化した。ロナはプレートに遊びに来いと誘う。こちらはエルミナと話しておくと答えた。そして四人は路地を去って行く。しかしロダンが途中で振り返り、傍らの女を指差して言った。結局、紹介されなかったひとりだ。

「この子はアンバー。近々一緒になる。エルミナにもよろしく伝えてくれ。紹介できなくて残念だったたってな」

アンバーは怒ったような顔でエアリスを見つめていた。

家に帰って、花瓶が置かれている台を見ていた。その台には以前はテレビがあった。この家からテレビが消えたのはいつだっただろう。

「ああ」

思い出した。カルロたちと縁を切ってひと月後くらい。エルミナが掃除中に台に当たり、テレビが落ちて壊れてしまったのだ。以来、うちにはテレビがない。偶然だろうか。余計な情報を家に入れないためではなかったか。

夜遅くに帰宅したエルミナにロダンたちの話をした。

「おや、懐かしいね。元気だったかい？」

しかし、エルミナの顔に浮かんだのは警戒だった。

「ねえ、お母さん。伍番街抗争って知ってる？　あと特別区のこと」

「何を聞いたんだい。あの連中とはもう生きている世界が違うよ。いちいち気にしないことだね」

またうやむやにされそうだ。

「ここ特別区なんだよね。わたし、いるから。だからお母さん、わたし、遠くへ行かせたくないんだ。それが神羅との約束だから。わたしを、特別区に閉じ込める約束」

エルミナは目を閉じ、首を横に振った。

「ちがう。でも、今はその話はやめよう。疲れているんだ。仕事が大変でね。カフェの貯水タンクが割れちゃって」

「そんな大変な仕事、やめればいいじゃない。お金なら、神羅からもらえばいいでしょ。ずっと神羅のお金で生きてきたんだもの。何も変わらないじゃない」

言ってしまった、と思った。エルミナの顔は見られなかった。足音が聞こえる。二階へ上っていく。自分の部屋に入る音がした。

※

「これで、この生活、終わるんだって思っちゃった」

「でも、ハッピーエンドだよね？　仲良しに戻ったんだから」

※

もう家にはいられないと思った。いても立ってもいられなかった。まず自分の部屋に戻った。結局一度も活躍していないトランクをベッドの下から引っ張りだして着替えを詰め込んだ。そして幾つかの宝物も。最後にハウスで稼いだ全財産をポケットに入れて家を出た。馴染みの路地を過ぎて明るい通りを目指した。顔見知りが声をかけてくる。

「おやエアリス。こんな時間にでかけるのかい？」

「ちょっと六番街の方へ」

反射的に嘘をついた。

「おいおい！」

「大丈夫。ウォール・マーケットじゃ、ないから」

「気をつけろよ。エルミナが泣くぞ」

通りを歩きながら、イファルナとの冒険を思い出した。

『参番街はどっちかしら？』

『参番街はどっちですか？』

『前にね、聞いたことがあるの。伍番街のスラムに教会があるんだって。昔は人が集まって、神様にお祈りしたんだけど、今はもう、誰も来ないの。そこに少し隠れようと思って』

足取りが軽くなる。まだあの冒険の途中だという、その思いつきがすっかり気に入ってしまった。教会は駅のずっと向こうのはず。〝特別区〟の外だ。今の気分にうってつけだった。家を出る時の鬱々（うつうつ）とした気持ちが嘘のように晴れていた。

『その気持ち、忘れないでね』

『なんでも楽しむ気持ち』

イファルナとの記憶が次々と甦る。

「親と喧嘩すると、気分、盛りあがっちゃうよね」

ティファが言った。思い当たることがあるらしい。

「そう。だから、立ち止まって、考えるなんて、できなくて」

「うん。わかる」

「人、傷つけちゃった」

告白に、ティファが息を飲んだのがわかった。

※

駅は丁度列車がホームに入ってきたところだった。プレートからの最終列車だろう。ちらりと横目で見ただけで通り過ぎようとした。生みの親と別れた場所だ。まだ直視できない。あの時の光景がまだそこに残っているような気がした。突然、この行動は間違いだという思いが頭をよぎった。自分は今、大きな間違いを犯そうとしているのではないか。さっきまでの高揚感が嘘のように消えていた。〝特別区〟に自分は守られてきた。駅を越えれば、その庇護(ひご)は終わる。見えない壁があるような気がして立ち尽くした。明るいのは駅の周辺だけだ。先へ行けばすぐ暗くなる。未来は見えない。

「エアリス?」

探るような声が呼んでいた。振り返ると大男が駅を背にして立っている。大きな目、大きな鼻、大きな口。

「あっ！」

「もうすっかり大人だね。お母さんにそっくりだ」

ファズが立っていた。あの日と同じような白衣を着ていた。

「人違いです」

咄嗟に嘘が出た。ファズから離れようと、駅に背を向けて歩き出した。暗い方へ。ファズが付いて来る気配がした。立ち止まれなかった。

「エアリス、待って。ちがうんだ」

何がどう違うというのだろう。信じて立ち止まる気にはならない。彼はわたしたちを憎み、怒っているはずだ。捕まればどうなることか。最早自分がどこに向かっているのかわからない。さほど広くない道を走っている。周囲は廃棄物の山だ。もしかしたら——

「ジャン！　エックス！」

返事はなかった。たとえここが彼らの廃材置き場でも、こんな時間にいるはずはない。それでも呼ばずにはいられなかった。

「あっ！」

何か大きな、柔らかいものに躓き、転んでしまった。持っていたトランクがバンと地面に落ちた。壊れた音がした。

「痛い……」

道の真ん中にあったそれが何か、最初はわからなかった。モンスターの死骸だ。しゅうしゅうと、正体のわからない音が出ている。死んで間もないのだ。足や手に体液がついてしまった。ヒリヒリするような気がした。

「大丈夫。それは無害だから」

ファズだった。尻もちをついたまま見上げた姿は七歳の記憶と同じく、大きかった。スカートの裾が大きく乱れていることに気づいて慌てて直した。後ずさりしながら立ち上がる機会を窺った。

「エアリス、ひどいよ。ずっと心配していたんだ。神羅から逃げて、酷い暮らしをしているんじゃないかってね。それが今日、アンバーから君と会ったと聞いて」

「アンバー？」

アンバー。夕方に会ったロダンの恋人。一緒になる。怒った顔。それがファズと繋がっている。

「やっぱり覚えていないんだね。四番街スラムの駅で貨物列車から君たちを降ろした俺の友だち」

「ああ！」

あの時の、汚れた作業着の不機嫌そうな女がアンバーなのだ。

「彼女から君の居場所を聞いて、慌てて伍番街に来たんだ。危なかった。もう少しで行き違いになるところだったよ。きっとイファルナが会わせてくれたんだね」

エアリスはゆっくりと立ち上がる。ファズが、危険はないことを訴えるためだろうか、二歩退がった。

「もしかして、教会へ行くのかい?」

「え?」

「イファルナに話したことがあるんだ。とても興味を持ったみたいだった。いつか行こうって誘ったら、絶対に行きたくないって言ってた。でももしかしてと思ってね、君たちが姿を消してから何度か探しに行った。祈ったけど、やっぱり神様はいないみたいだった」

どこかから獣の咆哮のような声が聞こえた。

「モンスターの声だ。このあたりは危険地帯だよ。特に夜は。ねえ、せっかくだから教会へ行かないかい? ここからならもうすぐだよ。駅に戻るより近い」

思った以上に走ってしまったらしい。

「でも……」

「参ったな。モンスターより俺が怖いかい?」

正直にうなずいた。もう態度でそれは知られているはずだ。取り繕っても仕方がない。

「じゃあ、俺が先を歩く。君は少し離れて付いてきて。モンスターが後ろから来たら自力で逃げて。こんな時間じゃ自警団は期待できないしね。断っておくけど、俺の戦闘力には期待しないでよ。身体が大きいから強いわけじゃない」

薄く笑ってファズは歩き出した。大きな白い背中が闇に消えていく。ファズの言うとおりだ。モンスターが出没する道をひとりで戻る勇気はなかった。来る時にいなかったからといって、帰りに出現しないという保証はない。

「気をつけて!」かなり先からファズの声がした。「モンスターが死んでる。まだ新鮮だ。踏まないようにね」


〝もうすぐ〟なんて嘘だったのではないか。騙されてしまったのではないかと疑うほどに歩き、三体目のモンスターの死骸――やはり新しかった――を越えると、やっと教会の前に出た。

「誰が倒したんだろうな」

ファズは疑問を口にしながら石段を上って教会の扉に近づいた。大きな扉だ。これまでに見たことのない様式の建物だった。上を見ても、その全貌はわからない。昼間に見ると、どんな感じだろう。ギイという音を立てて扉が開いた。ファズが手招きしてから中へ入っていった。そのあとに続いて石段を上る。中からふわりと甘い匂いが漂ってきた。知っている匂いだった。中は真っ暗だが奥の床がぼんやりと白い。

「ほら、花が咲いている。神様がいるかどうかは別にして、ここは特別な場所だね」

ファズが言った。その通りだと思った。特別な場所には花が咲いている。ゲインズブール家の庭と同じ香りに包まれ、後悔の念と向き合う。エルミナはどうしているだろう。家を飛び出した娘を探しているだろうか。知りあいの言葉を真に受けてウォール・マーケットの方へ行ったりはしていないだろうか。

「君は花の近くのベンチで寝るといい。俺は出口の近くにいるから」

「ありがとう」

少しも眠くはなかったが提案どおり花に近いベンチに腰を下ろした。大きく——静かに——息を吐き出すと全身の筋肉から強ばりが抜けていくような気がした。自覚よりもずっと緊張していたのだろう。このままでは本当に眠ってしまいそうだ。何か考えなければ。

この教会に、あの日、イファルナ母さんと来ていたらどうなっていただろう。冒険が最後まで続いていたとしたら。母はどんな仕事をしただろうか。世間知らずのあの人は何をしたんだろう。仲良く暮らせただろうか。どんなに仲が良くても、心がすれ違ったりするのだろうか。本当の親子なら問題は起こらないのだろうか。

「エアリス」

離れた場所から声がした。

「はい」

「参番街の家、まだそのままなんだ。ずっと家賃を払って、借りてる」

「そうなんだ」

「一緒に暮らさないか?」

今、何を言われたのだろう。どういう意味だろう。

「ファズとわたしが一緒に暮らすの?」

返事はなかった。

「ファズ?」

おそるおそる立ち上がるとファズがすぐとなりにいた。

「ああ。一緒に暮らそう、イファルナ」

ファズが笑った。目の中の瞳はどこも見ていないようだ。大きな手がゆっくり伸びてくる。

「おいで」

捕まる！　トランクを持って逃げようとした。しかし腕を摑まれる。

「離して！」

思い切りトランクをファズの顔に叩きつけた。ファズが怯む。取っ手が壊れてトランクの本体が外れ、どこかへ飛んで行く。

「ひどいよ」

構わず逃げる。ベンチの間を縫って扉を目指して走った。ファズはベンチを飛び越えて追ってくる。

「待て！」

待つものか。もう扉は近い。出て、逃げて――逃げてそれでどうする？　家は知られている。アンバーが教えたにちがいない。あそこはエルミナの家だ。今逃げても、いつかファズが現れる。どうしよう。いつも怯えて暮らすのだろうか。ファズがいる限り――

やっと、扉の外に飛び出した。

「え？」

目の前にエルミナがいた。いつもの服を着て、当たり前のようにそこにいる。その顔が驚き、そして安堵。表情がくるくると変わった。最後に真剣な顔になり――

「エアリス。どきなさい」

「あれ？」背後からのっそりとファズが出てくる。「誰がいるんだ？」

その喉元にエルミナが、えいと武器を打ち込んだ。ファズはグエと倒れて動かなくなった。エルミナの武器を見て驚く。それは箒だった。箒を持ってここまで来たらしい。

「帰るんだろ？」

「うん」

「忘れ物はないのかい？」

「あっ」

トランクを忘れている。あの中には大切なものが入っているのだ。

「早く取ってきな」

「うん」

教会の暗がりに戻り、花のところまで行く。目をこらすとすぐにトランクがみつかった。蓋が開いて中身が外に飛び出している。散らばった服を掻き集めて中に戻す。しかし〝宝物〟が見つからない。マテリアの入った布の袋だ。

「なにしてるんだい」

苛立ちを含んだエルミナの声がした。

「あのマテリア、ないの」

しょうがないねと呟きながらエルミナもしゃがみ込む。

「布でできた、小さな袋に入ってる」

「知ってるよ」

そう、エルミナはなんだって知っている。

「でも、どうしてここがわかったの?」

探しながら、訊いた。

「そりゃこっちが知りたいね」

「え?」

「あんたが外に出たのはわかったからね。わたしもすぐに出た。どこへ行くつもりだろうと思って走ったよ。そしたら、庭の途中でわかったんだ。スラムの外れの教会だって」

「どうして？」

「とにかく教会が頭に浮かんだんだよ。あんたがうちに来てからこっち、不思議な体験は一度や二度じゃない。そのたぐいだと思ってね。それで一度戻って、準備を整えてやってきたってわけさ」

「準備って、箒？」

「そりゃあ冷静とは言えなかったからね。でも、役に立っただろ？　ほら、エアリス、そこ」

エルミナが指差した先には花が密生していた。その中に探していた袋が落ちている。花を踏まないように分け入り、拾い上げて中を見る。マテリアが、いつもより明るく光っている気がした。

さあ帰ろう。そう言おうとしてエルミナを振り返る。

彼女はベンチに座り、祈っていた。両手を組んで胸に当て、目を閉じている。その姿に息を飲む。

「子供の頃はよくこうして感謝を捧げたものさ」

目を開いて立ち上がるとエルミナは言った。照れているように見えた。

「お祈りとはちがうの？」

「今日はちがうね」

「誰に、感謝？」

「ここを教えてくれた誰かさんさ。さあ出るよ」

歩き出したエルミナのあとについていく。

「お母さん」

「なんだい」

「お腹空いたね」

「エアリス。さっきからずいぶん普通に話しかけてくるけど、わたしは怒ってるんだからね。帰ったら、言いたいことは全部言わせてもらうよ」

「はーい」

二人とも、完全に気を抜いていた。

息を吹き返し、扉の影に隠れていたファズは、まずエルミナを蹴り飛ばした。

「お母さん！」

エルミナに駆け寄ろうとするとファズが迫ってくる。摑みかかる手をかわしてエルミナが落とした箒を拾った。振り返りざまに箒を大男に叩きつける。しかし柄が真っ二つに折れてしまった。

「エアリス、こっちへ！」

エルミナの声がした。わけもわからずエルミナの方へ走る。見ると、エルミナが銃を両手で持ち、ファズに向けていた。カルロが置いていった銃だ。ファズは動きを止めて銃口を睨んでいる。

「一歩でも動いたら撃つよ」

「どうしてわかってくれないんだ！」

ファズが叫びながら向かってきた。銃声がした。エルミナが撃ったのだ。パン、パンと乾いた音が響く。何発撃ったのだろうか。最後はカチカチと引き金を引く金属音だけが響いた。

「イファルナ……」

ファズは何事もなかったかのように近づいてくる。白衣はひどく汚れていたが弾が当たった様子はなかった。

「こんなに当たらないものかい！」

エルミナが悪態をつきながら銃をファズに投げつけた。その銃も大男の頭上をはるかに越えて飛んで行く。

「お母さん、もう逃げよう――」

ダギューン。そう聞こえた。空気を切り裂くような鋭い音だった。ファズの様子を見るまで何の音かわからなかった。ファズは右手で左の肩を押さえて呻（うめ）いていた。白衣に血が滲んでいる。肩を撃たれていた。誰が？　どこから？　周囲を見ても射手の姿は見えない。

「行くよ」

やけに冷静なエルミナが言った。

ファズは倒れ、のたうち回っている。恐怖はもう感じない。今はただ、とても哀れに見える。

「ごめんなさい」

「エアリス、早く」

エルミナはさっさと歩いていく。その両手には折れた箒があった。最後にもう一度ファズに謝り、エアリスは取っ手のないトランクを抱えてエルミナを追いかけた。

「ねえ、お母さん。誰が撃ったのかな」

「想像はつくよ。〝特別区〟が広がったんだろ」

ああ。納得。歩きながら、周囲を見まわして黒いスーツを探した。今夜だけは礼を言っても良いと思った。

※

「それから、ファズは？」

ティファが不安な顔で訊いた。

「それっきり。今でも大きな人を見るとドキッとする」

「そっか」

ファズへの思いは、まだ揺れている。もう二度と会いたくはない。しかし、あんなことが起こる原因を作ったのは自分たち親子だという罪の意識もある。一度しっかり向き合わないと、この居心地の悪さはずっと続くのだろう。いつか贖罪（しょくざい）の機会が訪れるのだろうか。

「なんでも、聞くからね」

ティファが言った。思いやりがうれしい。もっと、話がしたくなる。

「さて、次は、いよいよ大事件！」

「うそ。これ以上の事件があるの？」

「それが、そうなの。初恋」

「うわ、大事件！」

——誰かが船倉に入って来たようだ。ティファも気づいたらしい。二人は唇に人差し指を当てて顔を見合わせる。足音が近づいてくる。積荷の壁の向こう側だ。ティファが音を立てずに積荷の切れ目まで移動する。足音の主を待ちかまえるつもりらしい。

ジリジリと時が過ぎる。足音が止まる。

「俺だ」

クラウド・ストライフの声だった。ティファの表情が和らぐ。

「初恋編は、また今度」

エアリスは囁いた。顔を見せたクラウドが怪訝な顔で二人を見比べる。その探るような顔が可笑しくて、二人は声を殺して笑った。

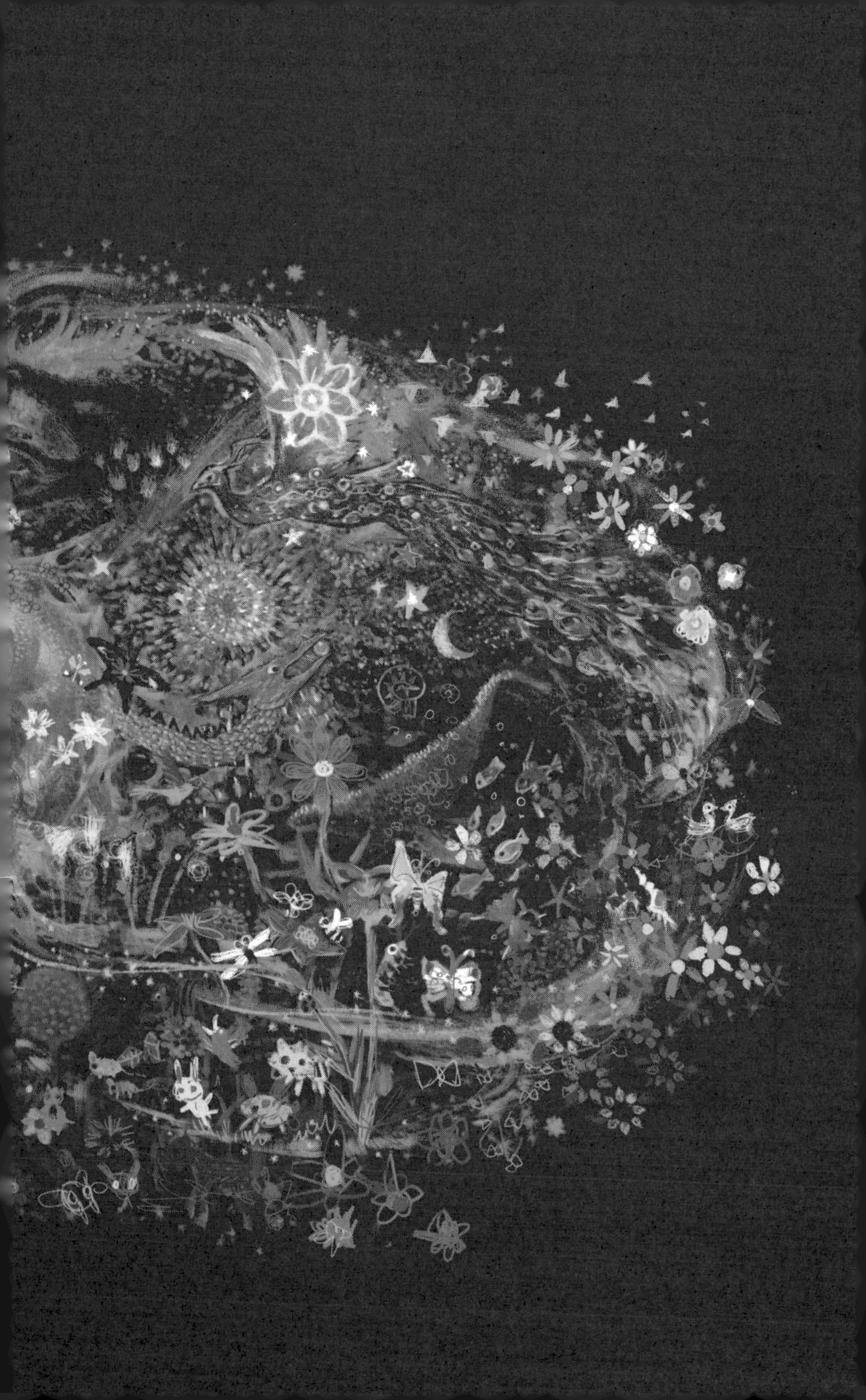

Episode-2
Aerith
Coda
絵画の中の調査隊

子供の頃に雑誌で見たとおりの風景が眼下に広がっていた。着陸する直前にパイロットは片道分の報酬の支払いを求めた。俺が戻らない可能性があるというのがパイロットの言い分だ。そういうものか。俺は納得して金を払った。

ミディールは人を選ぶ土地だと聞いていた。案の定、息苦しくて居心地が悪い。ライフストリームが地表近くを通っているせいらしい。

星命学ではライフストリームを命の状態のひとつと考える。人が死ぬと肉体は土に還り、命は星に還る。星の一部となった命は流れとなって世界を巡り、やがて新たな生物に宿る。星命学の初歩の初歩。しかし現代人はライフストリームを単なる物質として扱う術を手にいれ、魔晄と名づけた。多くの人々は便利な燃料くらいにしか思っていない。でも一度エネルギーとして消費された命はもう星に還ることはない。命は消費される。単純に考えると、命は減る一方。未来はどうなってしまうのだろう。漠然と不安になりはするが、一度知った魔晄の恩恵は捨てがたい。かくして俺は罪悪感を抱えたまま生きている。何も知らずにいた頃に戻りたいとさえ思う。

俺に星命学を教えてくれたのはイファルナという女性だった。目鼻立ちのくっきりした美しい人だった。最後に会ったのは十五年前。俺は九歳だった。

「わたしたちはね、ライフストリームで星と繋がっているの。星とあなた。星とエアリス。星とわたし。みんな星と繋がっているでしょ？　ということは、わたしたちはみんな繋がって、大きなひとつの命を分けあっているの。だからね、喧嘩するより、仲良くした方がいいと思うんだ。その方が、星が喜ぶから。だから、もう仲直りする？」

優しい人だった。いつも微笑んでいた。でも幸福ではなかった。

イファルナと娘のエアリス。古代種の母子と過ごしたあの頃を思い出すと、俺の胸は罪の意識でいっぱいになる。

ミッドガルのはるか南方に連なる緑の群島。ミディールはその中の最も大きな島にある。さほど広くはない集落だ。観察しながら歩きまわり、最初に目をつけていた診療所を訪ねた。医療機関なら記録が残っているだろう。

ドノバン医師が俺の相手をしてくれた。三十代半ばに見えた。痩せて、目が落ちくぼんでいる。たいていの医者がそうであるように健康には見えない。

俺が探している男、ゲディ・バックの写真を見せると、この村の住人ではないと断言した。それはそうだろう。俺は事情を説明した。ゲディがここへ来たのは十五年前のはず。記録を調べてほしい。ドノバンは診察室へ引っ込み、俺は待合の粗末なベンチで待った。俺はいわゆる神羅兵(しんらへい)だ。神羅カンパニーの力の及ぶところなら、どこにいてもおかしくはない。おまけに人々は
――内心はどうあれ――兵士の言葉には従順だ。

昼寝でもはじめたのかと疑うほど時間が過ぎてから医師は戻った。

「残念だけど二十年さかのぼってもゲディ・バック氏がここに来たという記録はないようだ」

俺の意思とは関係なく、落胆の声が漏れた。

「診療所には来なかっただけということもある。健康であればその可能性は高い。村の連中に聞いて回ったらどうだい?」

「はい、そうします」

「グレン・ライナー」

「はい?」

「グレン・ライナーという男の記録ならあったよ。十五年前だ。その年、村人以外で診察を受けたのはグレン・ライナーだけのようだね。彼も神羅の兵士だ」

心臓が騒ぎ出した。

「見せてもらえますか?」

医者は紙挟みに挟まれた診療記録を差し出しながら言った。

「これは非公式な調査なんだろう?」

「――はい」

「君がここに忍び込んで勝手に記録を調べた。わたしは何も知らない。いいね？」

俺が頷くと、ドノバン医師は診察室へ戻ろうとした。俺は慌てて声をかける。

「グレン・ライナーのこと、先生は何か覚えていますか？」

「ゲディでもグレンでも十五年前のことなんてわたしは知らないよ。ここへ来たのは三年前だからね」

それでは仕方がない。

診療記録によると十五年前。グレン・ライナーはミディール村近くの森を彷徨(さまよ)っているところを村人に発見された。身につけていた神羅軍の認識票で身分を確確認。二十五歳。診断は右足首靱(じん)帯(たい)断裂と魔晄中毒。中毒は中期Ⅲ型と判定。深刻な記憶の混濁があったらしい。半月ほどの療養の後、物資輸送のヘリでミッドガルに帰った。患者の引き渡し書類に当時のパイロットの署名が残っている。ジャック・クラインと読めた。

念のため、村を去る前に住人たちにも写真を見せてまわった。ゲディ・バックの写真だ。会ったことがあると答えたものはひとりもいなかった。診療所に神羅兵が入院していたことを覚えている老人がいた。でもグレン・ライナーという名前や容姿までは覚えていなかった。森でグレンを保護したという男はすでに故人だった。

十五年は長い。九歳だった俺が二十四歳になり、もうすぐ父親になろうとしているほどだ。

ミッドガルに戻ったその足で本社ビルへ行き、つてと金を使って情報を買った。グレン・ライナーは十五年前にウータイで戦死していた。十五年前の、ミディールから戻って三日後のことだ。そこそこ重い魔晄中毒ではなかったのか。そんな兵士を戦場へ送り込んだのか。何かがおかしい。


俺は十五年前に姿を消したゲディ・バックを探している。

ゲディが訪ねたはずのミディールで俺はグレン・ライナーという兵士の存在を知った。

そのグレンの消息を調べると、十五年前に戦死していたことがわかった。

十五年前。

繋がっている。俺の中の何かがそう告げた。ライフストリームは時を超えて人を繋ぐのか。

俺の罪状が増えた気がした。

七番街のジャック・クライン

ジャック・クラインは七番街の社宅に住んでいる。情報は簡単に手に入った。俺をミディールへ運んだパイロットが知っていたのだ。

ジャックは顔のむくんだ初老の男だ。公休日に訪ねると、昼前だというのに酒臭かった。

「おまえも兵士だよな？　俺たちには秘密を守る義務がある。そうだろう？」

十五年前のことを知りたいと言った俺にジャックは凄んでみせた。

だが土産のワインを渡すと態度が変わった。この情報も例のパイロットから仕入れた。

「俺は酔うとひとりでペラペラ話す癖がある。聞かれるとマズい話も出るかもしれない」

「十五年前」俺は改めて訊いた。「ミディールでグレン・ライナーという魔晄中毒の兵士を乗せましたよね？」

「どうだったかな」

俺は待った。

瓶が半分空になるころに独り言が始まった。

「あの頃はまだ魔晄の扱いが雑で、中毒になる奴は今よりずっと多かった。そんな連中を、科学部門の白衣連中に引き渡すと金をもらえたんだ。ちょっとした小遣いになった。あの金は口止め料だったと俺は解釈している。魔晄中毒の治療方法を確立するための協力者が必要だと奴らは説明していたが、どうだろうな。科学部門の連中はひとでなしだから……」

ジャックは顔を歪めた。自分もひとでなしだと気づいたらしい。

「ああ。グレン・ライナーな。確かに奴をミディールの診療所から回収した。酔っ払いみたいにフラフラしていた。典型的なアレだ。送った時とはまるで別人だった」

「送った――？　それはミディールへグレンを送ったという意味ですか？　あなたが？」

「知らずにここへ来たのか?」

ジャックは特別土壌調査隊のことを話し始めた。まるで自慢話のように。

それは十五年前に短期間だけ存在したらしい。プレジデント神羅直属の部隊で、志願制。採用されるだけで昇級、任務に成功すれば途方もない報奨金が約束されていた。

「もちろんリスクはある。魔晄中毒になる可能性が高かった。なにしろ調査隊が探すのは天然の魔晄炉みたいな土地だった。しかも、だ。プレジデントはどうかしてたんだろうよ。隊員に渡される手掛かりは風景の写真だけ。写真というか、絵だった。絵を写真に撮ったんだろうな」

突然ノドが渇き、俺は唾を飲み込む。

「絵を描いたのは怪しげな占い師だという噂があった」

ジャックはヘリのコクピットにいるような姿勢になり、酒瓶を操縦桿(そうじゅうかん)に見立てて握る。

「調査隊に志願した兵士は年も性別もバラバラ。冴えない人生からなんとか抜け出そうともがいていたんだろう。渡された写真の風景がこの世界のどこかにあると信じて飛ぶんだ。写真の裏には座標が記されている。でも、その座標に写真の風景があるわけじゃない。座標はあくまでも目安。おおかた、本社の、上の階で働く連中があたりをつけたんだろうよ」

ジャックは操縦桿を引く。

「俺は何度も飛び、隊員を辺境に送り込んだ。着陸はしない約束だった。モンスターが怖いからな。場所によってはウータイどもが潜んでいる。調査隊はパラシュートを背負って飛び出して行った。十日後に回収する約束だったが、再会できた奴なんて数えるほどだ。魔晄の宝庫が見つかったって話も聞かない。モンスターにやられちまったんだろうな」

ジャックはワインを呷る。

「あいつらが嫌いじゃなかった。奴らには夢と野心があった。ミッドガルの生活に慣れちまうと、そんなもん、無くなっちまうのによ」

「グレンはどんな絵――写真を持っていましたか？」

俺が訊くとジャックは遠い目をした。

「グレン・ライナーのことを覚えているのはその写真のせいもある。行き先を巡って一悶着あったんだ。あいつが持ってきた写真は、俺にはコスモキャニオンあたりの風景に見えた」

「コスモキャニオン……」

ミッドガルのはるか西の荒野。その中にある集落の名だ。星命学と深い関係のある土地らしい。

「あの日はふたり乗せていた。目的地は、ひとりはコンドルフォート南方で、グレンはコスモキャニオン近郊だった。俺の当時の拠点はジュノンだった。気象状況なんかを考えて、まずコンドルフォートを目指した。なんの問題もなかった。指定された座標でひとり目を降ろした。機内は俺とグレンのふたりきりだ。すると奴は――」

ジャックは俺を値踏みするように見た。

「ミディールあたりの座標を書いたメモと1万ギルを差し出した。まあ、俺には断る理由はなかったってことだな」

ワインの瓶は空になっていた。

「調査隊の回収は俺の仕事ではなかった。グレンのことなんてすっかり忘れて本来の任務に戻った。物資の輸送で世界中を飛び回っていた。だから半月後にミディールであいつを見た時は驚いた。無様な降下だったからな。うまく着地できずに死んだんじゃないかと思っていたくらいだ。たとえ魔晄中毒でも生きてりゃなんとかなる」

そのグレンをあなたは科学部門に売った。責めたくなるのを我慢した。

俺は写真をジャックの前に突き出す。白衣を着た、これといった特徴のない顔の青年。当時おそらく二十五歳。

「一応確認です。これは誰だかわかりますか？　右端の男です」

「グレン・ライナーだろ？　なるほど白衣か。やっぱり兵士じゃなかったんだな」

酔っ払いの家を出ると俺は深呼吸をした。そしてジャックに見せたばかりの写真を眺める。白衣のゲディ・バックが微笑んで立っていた。隣には九歳の俺がいる。

七番街のシルヴィナ・ケリー

神羅軍はミッドガルのあちらこちらに宿舎を持っている。多くが古くて狭い。主に単身者が住む。結婚で家族が増えると貸与される部屋が大きくなる。でも古さは変わらない。一般社員向けの社宅とは雲泥の差。この不満を解消するためだろうか、申請すれば末端の兵士でも社宅エリアに住むことができるようになった。ただし、途方もない倍率の抽選を勝ち抜かなくてはならない。

シルヴィナ・ケリーは当たりを引き当てた類い希な幸運の持ち主だ。

運の良さでは俺も負けてはいない。シルヴィナと出会い、恋人同士になれたのだから。

「どうだった?」

シルヴィナは洗面台で歯を磨いている。

「まあね。かなりの進展かな」

「ふーん。期待しちゃうな。ちゃんと聞かせてね」

「全然楽しい話じゃないんだ」

「明るい未来のためなら我慢する」

明るい未来。そうあってほしい。俺が夜中にうなされることがなくなり、シルヴィナを寝不足にすることもない未来。

「もちろん」

俺は彼女の背後に立ち、ずいぶん大きくなったお腹に手を回した。このふたりのために俺は過去を清算する必要がある。鏡の中からシルヴィナの大きな目が笑いかけている。エアリスに似ている。想像上の、おとなになったエアリスに。

十五年前──神羅ビルのエアリス

エアリスは辛抱強い子だ。俺の母は言っていた。たぶん、正しい。俺たちは狭い部屋を駆け回って遊んでいたから家具やら何やらに手足をぶつけることがたびたびあった。そんな時でも彼女は声を出さずに我慢していた。笑顔が消えるからすぐわかる。時間になっても母親が戻らない時も同じ顔をしていた。

そのエアリスが声を荒らげるところを、俺は何度か見たことがある。

「ゲディなんか、きらい！」

ゲディ・バックが出て行ったドアに向かってエアリスが言った。

「エアリス、そんなことを言っちゃダメ」

「だって、母さんに、ひどいことした。ほら、血が出てる」

イファルナの手首に巻かれた包帯には血がにじんでいた。目は落ちくぼんでいる。

「ゲディがやったんでしょ？」

「ううん。ゲディが私に何かするわけじゃないの」

「でも、いっつも、母さん、連れて行くの、ゲディだもん」

「ゲディがいなくなっても他の誰かが来るだけだよ」

九歳の俺は言った。エアリスよりずっと世間を知っているつもりだった。

「だって！」

エアリスはソファに突っ伏すとクッションに顔をうずめた。その様子を見て俺の母親が肩をすくめる。

「ねえイファルナ。わたしたち、もう帰る時間なの。大丈夫？　辛いようなら残るから遠慮しないでね」

「ありがとう。でも大丈夫」

「そう、じゃあまた明日。エアリスも機嫌直してね」

返事はなかった。部屋を出る時に振り返ると、エアリスはクッションから顔をあげ、俺を見ていた。顔をしかめ、声を出さずに「いーーッ！」と言った。

こんな可愛い女の子が世の中にいるだろうか？　あれは間違いなく俺の初恋だった。

部屋を出て廊下を歩くと、すぐに曲がり角に行きつく。そこには質素な机があった。その机に陣取って、行き来する人々をチェックするのがゲディ・バックの仕事だった。イファルナが部屋を出て研究室へ行く時に付き添うのもゲディだ。いつも白衣を着ていたけど科学者ではなかった。

俺の母親と同じ、科学部門の一般職員だ。

「よう、お疲れさん」

「お疲れさま」

俺はゲディが嫌いではなかった。ゲディには向上心がある。見習うといいわ。母は事あるごとに俺にそう言った。

「俺、エアリスにすっかり嫌われちゃってますよね」

ゲディが面倒くさそうに言った。

「そうね。でも、それも含めての仕事でしょ？」

母親も面倒くさそうに応える。自分に言い聞かせるように。

「そうだけど、たまんないなあ。あんな可愛い子に嫌われるなんて。なあ？」

俺はわずかでも表情が変わらないように祈った。

「でも」母親がちらりと俺を見てから言った。「エアリスの気持ちもわかる。最近のイファルナは本当に辛そう。どんな研究に協力しているの？」

「知りませんよ。知っていても言えないし。ただ――」ゲディは小さな溜息をつく。「科学部門のスタッフも腰が退けてるって話です。宝条博士、やりすぎてるんだろうな」

宝条博士は科学部門のトップだ。それまでに二度見かけたことがあった。三度目はなければいいと思っていた。

「話変わるけど、聞いてくださいよ。軍にいる友だち、今度昇進するんですよ。特別な作戦に参加するだけで階級が上がるんだとか。なんだそれって話ですよ。俺も軍に行けば良かったかなあ」

「軍は大変よ。ここの方が楽でいいんじゃない？」

「俺、別に楽をしたいわけじゃないですよ」

ゲディが不満そうに言った。

「そうね、ごめんなさい」

「なんかいい仕事あったら教えてください。この際、神羅じゃなくてもいいんです」

「悪いことは言わないわ。社内で転属しなさい。世界は神羅のものよ」

これは母親の口癖のようなものだ。

七番街のシルヴィナ・ケリー

シルヴィナは顔を俺に向けて眠っている。静かな寝息が聞こえる。俺はそっと手を伸ばして彼女のお腹に触れる。中には俺たちの子供がいる。この子とシルヴィナと俺がライフストリームで繋がっている様子を想像する。俺たちの絆は清く美しくあってほしい。少しの悪意も、その中にあって欲しくはない。

宿舎のジョアン・リュー

目が覚めた時、俺の頭の中にはあるアイディアがあった。すぐにでも家を出たかったがシルヴィナに止められた。他人の家を訪ねるには非常識な時間だった。九時まで待ってからジャック・クラインを訪ねた。酒屋が開いていなかったので情報料は現金にした。そこで仕入れた名前がジョアン・リュー。グレン・ライナーに成りすましたゲディ・バックと一緒にヘリに乗っていた隊員だ。本社へ行ってジョアン・リューの情報を買った。彼女は幹部兵士用の宿舎に住んでいた。

ジョアン・リューは小柄な女性だった。四十歳くらいのはずだ。鍛錬を怠っていないことが服の上からでもわかる。自分だけではなく他人にも厳しい印象だ。

彼女はまず俺の所属を訊いてきた。刺すような声だ。その次に——

「タークスではないんだな?」

と奇妙な質問をした。相当警戒されている。情報を引き出すためには俺の事情を語る必要があるだろう。何をどう話すべきか。どこまで話すべきか。対応を間違えると面倒なことになりそうだ。

　俺は瞬時に、エアリスとイファルナのことだけは隠すという方針を決めた。俺にとって、あの部屋のことを話すことは禁忌に近いのだ。母から口止めされたこともあり、シルヴィナにも話していない。

「これはきわめて個人的な調査です」

　近々子供が生まれる前に解決したい問題がある。子供の頃に世話になったグレン・ライナーという人が十五年前に亡くなった。彼の身に何が起こったのか知りたくて、彼を知る人を訪ねてあちこち歩きまわっている。

「グレン・ライナーです。これは十五年前の姿です」

　俺はゲディ・バックの写真を見せた。ジョアンは無反応だった。俺は気にしていないふうを装って話を続けた。

「ジョアン。あなたはグレンを知っていますよね？」

　答えはない。俺は少しずつ情報を明かすことにした。

「十五年前、特別土壌調査隊という部隊がありました。野心的な兵士たちが参加した志願制の部隊です。グレン・ライナーはその部隊に参加してヘリに乗り込みました。その時ヘリの中にいたのはパイロット、グレン・ライナー、そして――」

「わたしだ」

　ふん。鼻を小さく鳴らしてからジョアンはソファに腰を下ろした。俺が座る場所はなさそうだった。人を立たせておくことは慣れているのだろう。諦めて、ここに至る道のりを話す。

「パイロットのジャック・クラインは、あなたとグレン・ライナーは親しい友人同士に見えたと話してくれました」

ふん。鼻を鳴らすのが癖らしい。

「さっきの写真に写っている少年は君だな？」

「はい」

「では、その写真に写っているのはグレンではなくゲディだということも、君は知っている」

「——はい」

「ゲディの写真をグレンだといって見せて、わたしの反応を探った」

「……はい」

「どこまで知ってるんだ？」

その時、部屋の壁がドンと鳴った。かなり大きな音。誰かがぶつかったような。ジョアンは身じろぎひとつしない。

ジョアンの部屋は玄関を入るとすぐにリビングになっている。俺たちがいる部屋だ。右手には小さなキッチンとダイニング。左手と奥にドア。それぞれベッドルームに通じているはずだ。

もう一度音がした。ドン。奥の部屋だ。

「リリサ、静かにして」

ジョアンが柔らかな声で言った。

リリサ。

リリサ。

俺はリリサを知っている。いつ。どこで知ったのだろう。理性は手順を踏んで記憶を探ろうとする。だが脳はそれよりも早く正解にたどりついてしまう。思い出したくないことほど早い。頭の中の、ずっと奥底の、簡単には取り出せない引き出しに押し込んだつもりの記憶が鮮やかな色彩とともに蘇る。

記憶の中のリリサ

俺はエアリスの部屋にいた。いつもは俺の母親が一緒だったが、その時はふたりきりだった。エアリスは絵を描くことに疲れ、ぐったりしていた。黙っているので放っておいた。俺は母親が心配だった。実験用に飼われている生き物が逃げ出したらしく、母親もその捜索に駆り出されていたのだ。

「もう、描きたくないな」

「わかってるよ」

またその話かと、子供だった俺はウンザリして答えた。

「ゲディがきっとなんとかしてくれるから待とうよ」

ゲディに『特別な絵』を渡してから二週間ほどが過ぎていた。何も起こらなかった。ただゲディがいなくなった。

「――うん。そうだね。ごめんね」

俺の機嫌の悪さを察して、エアリスが謝った。

居心地が悪い。

入口の扉が開いて白衣の若い女が顔を出した。

「エアリス、絵はできた？」

「今描いてるよ。エアリスの絵は、そんなに簡単じゃないんだ。急がせないでくれる？」

俺はエアリスを意識しながら強い口調で言った。

女は腹を立てたらしい。部屋の中に入ってきた。扉が開きっぱなしだ。実験用の生き物が逃げ出して大騒ぎしている最中だというのに！

「閉じて！」

だが遅かった。白衣の女の背後、開きっぱなしの扉から黒い塊が飛び込んできた。

「ひっ！」

女が短い悲鳴をあげた。俺は黒い塊を見つめた。勇敢だったのではない。恐怖が目を逸らすことを許さなかったのだ。それは黒の、ローブのような服を着た女だ。女は室内を一瞥するとエアリスに注目する。そして奇声を上げながらエアリスに飛びかかった。

「エアリスだな！　おまえのせいであの人は死んでしまった！　おまえの絵のせいで大勢死んだの。わかる⁉」

叫びながら女は七歳の少女の細い首を絞めた。入り乱れる憎しみと恐怖が目に見えるようだった。俺は何もできずに、ただ見ていた。

終わりはあっけなかった。白衣の女がローブの女の首筋に注射針を刺した。ナイフを突き立てるようだった。ほどなくローブの女はエアリスの上に崩れるように倒れた。エアリスは大きな目に恐怖をたたえて俺を見ていた。俺は目を合わせていられなくて顔をそむけた。視線の先には黒いローブの女が倒れている。ローブの裾が乱れて、むき出しの足が見えた。くるぶしのあたりに黒々とした文字があった。

24と読めた。

「誰か来て」白衣の女が監視カメラに向かって叫んだ。

「リリサを確保。回収に来て！　早く！」

※

また壁が鳴った。

「リリサ、静かに」

ジョアンは壁に向かって強くいうと、また前を向いて目を閉じた。

「リリサとわたしは同じ日に入隊したんだ。ふたりとも十九だった。もちろん昔はああじゃなかった。無口なのは変わらないけど、あんなふうではなかった」

「リリサは魔晄中毒だ。科学部門の治療を受けたが、あの状態が十五年続いている」

壁の向こうから悲しげな声が聞こえた。

「……わたし以外にも事の次第を知っている者がいるのは、悪くない話かもな」

そしてジョアンは目を開いて真っ直ぐ俺を見つめた。

「わからないこともあるんだ。もしかすると君が答えを持っているのかもしれない」

ジョアンとリリサ、そしてグレンとゲディ

ジョアン・リューとリリサ・メグ、そしてグレン・ライナーは同じ日に入隊して新兵時代を過ごした。三人ともスラム育ちだった。訓練中のリリサの失敗を育ちのせいにした教官がいた。課業が終わって宿舎に戻ってもジョアンの怒りは収まらなかった。怒りにまかせて教官のところへ行くと、すでにグレンがいて、教官に抗議していた。その出来事がきっかけで三人は親しくなった。そこにゲディ・バックが加わる。ゲディはグレンの、スラム時代の友人だった。新兵の三人

と科学部門の一般職員は時間を作っては集まり、食事をし、夢を語り合った。

ジョアンには夢があった。軍の幹部になることだ。軍統括のハイデッカーに命令する未来を同僚たちに語り、笑った。冗談だったが、どこか本気だった。グレンは野心家だった。ジョアンよりもっと上へ行くと事あるごとに対抗した。その影響か、ゲディも昇進を望むようになった。軍人ではないゲディは、社内政治に詳しくなった。リリサだけは兵士になれたことで満足していた。寝食に困らなければ人生は上々。彼女はスラムでも特に貧しい家庭で育った。

プレジデント直轄の特別土壌調査隊が創設されることを知った時、ジョアンは色めき立った。法外な報賞と引き換えのリスクの高さが気になったが、不安は火のついた野心で焼きはらった。

志願のための受付へ行くと、手続きを終えたグレンがいた。互いの秘密主義を笑った。ふたりとも合格だった。すぐに出発にはならないことを知ったジョアンは朝から晩まで身体を鍛え、夜は遊び歩いた。いつもグレン、時折ゲディかリリサ、あるいはその両方が一緒になった。

出発を翌日に控えて、プレジデント神羅主催の激励会が開かれた。間近で見るプレジデントの激励にジョアンは感動した。野心はどこかへ行ってしまった。世界の未来を左右する計画に参加する高揚感に会場が支配された。そこへタークスが何人か来て、写真を配った。一辺が10㎝程度の正方形の写真だ。奇妙な写真だった。風景画を撮影したらしい。裏には座標が記されている。説明によれば、隊員はその座標までヘリで運ばれてパラシュートで降下し、十日後に回収されるまで写真の風景を探す。場所を特定できれば報賞金の50％、そこが魔晄炉の建設に適した土地なら100%、プレジデントが思い描くような魔晄の宝庫なら報賞の220%が支給されるとのことだった。一生働かずに生きていける額だった。隊員たちは、しかし、たとえ報賞がゼロでもヘリから飛び降りたに違いない。プレジデントの言葉が作り上げた会場の熱狂は、ジョアンたちの判断力を奪ってしまっていた。

その夜、ジョアンとグレンのためのパーティーが開かれた。リリサの発案だった。

公休日だったリリサは自分の部屋で見栄えの良い料理を何皿か作った。ジョアンが現れ、続いてグレンがゲディを連れてきた。酒も豊富にあり、四人は酔った。誰かの誕生日パーティーのようだ。しかしリリサが泣き出して空気が変わった。飲み過ぎたらしい。

「行かないでグレン。嫌な予感がするの。愛してるの」

ジョアンはリリサの気持ちにはまったく気づいていなかった。グレンも同じだった。

「大丈夫だよ。帰って来るよ」

グレンは気休めを言うと、助けを求めるようにジョアンとゲディを見た。

「飲み過ぎた。風に当たってくる」

ジョアンは席を立った。リリサに腹が立っていた。友情を感じてはいるが、それは彼女が自分の領分で生きている場合に限る。夢に向かって進む者の足を引っ張る権利はない。とはいえ、この夜を台無しにするつもりもなかった。

宿舎の廊下の突き当たりにある窓の前に陣取り、煙る魔晄炉を眺めた。開け放たれた窓から入る夜風が涼しい。

ジョアンは自分を呼ぶ、切迫した声を聞いた。

部屋の前まで引き返すと倒れているゲディが見えた。ドアの外に上半身を出している。駆け寄ると、小刻みに震えているのがわかった。痙攣（けいれん）だ。

「ゲディ⁉」

深刻な状況に見えた。中のふたりが気になった。しかし、ジョアンはまず隣人に助けを求めた。ゲディの様子を見せると隣人はすぐに医者を呼びに走ってくれた。

部屋に戻ると吐瀉物（としゃぶつ）の臭いがした。グレンとリリサが汚物の中で倒れていた。やはり痙攣している。ふたりの名を呼んでも聞こえている様子はなかった。

「リリサが――」

弱々しい声に振り返るとゲディが立っていた。壁で身体を支えている。

「リリサが何か入れたようだ」

それだけ言ってゲディは倒れ込んだ。痙攣は治まっていた。

やがて医者が来た。宿舎暮らしの若い医者だ。すでに意識をなくしていたグレンとリリサ、そして回復しつつあるゲディを診察すると、医者はすぐに本社の科学部門に連絡を入れた。驚くほどの早さで白衣を着た男女が部屋に集まった。ジョアンを除く三人は担架に乗せられどこかへ運ばれて行った。彼らは手分けをして吐瀉物、そして残った酒や料理を調べ始めた。試薬を使った簡易検査だろうとジョアンはぼんやり考えた。

「出ました。やはり魔眺です」

料理を調べていた白衣の男が深刻な声で言った。そのあとジョアンは一時間以上にわたって白衣たちと、騒ぎを聞きつけて現れた軍の管理官たちから質問攻めにされた。料理に魔眺が入ったのは事故か事件か。誰の過失か、誰の犯行か。彼らの興味はそこにしかないようだった。やがて伝令の兵士が現れ、それをきっかけに全員が部屋を出て行った。すえた臭いのする部屋に取り残されてジョアンは途方に暮れた。誰もグレンたちの安否を教えてはくれなかった。

――リリサが何か入れたようだ。

ゲディが言い残した言葉を思い返して、その意味を考えた。グレンを行かせまいとしてリリサが料理に何か入れたということだろうか。あり得るだろうか。リリサはそんなことをする女だろうか。なんともいい難い。恋愛感情が彼女を変えたのかもしれない。

深夜近くにゲディが帰ってきた。投与された薬がよく効いて回復したのだと言う。

「そもそも症状も軽かったしね。まだムカムカするけど、もう大丈夫だよ」

「グレンたちは?」

「容態が安定しないそうだ。呼びかけても反応はなかった」

「なあゲディ。わたしが部屋から出たあと、何があったんだ?」

「君が出たあと――」ゲディは眉間に皺を寄せる。「オーブンのブザーが鳴った。キャセロール料理ができたんだ。リリサは無視して話を続けようとした。グレンは食べたいと言った。話題を変えられるならなんでも良かったのさ。それでもリリサは動かない。仕方がないから俺がオーブンから料理を出してテーブルに運んだ。グレンはまだ表面がグツグツしている料理を勢いよく食べた。美味しいといいながらね。気を良くしたらしいリリサも食べた。俺は熱いのが苦手だから、少し待ってから食べた。おかげでグレンたちより食べた量が少なくて、俺の症状は軽かったんだろうね。料理は美味しかった。まさか魔晄が入っているなんて思わなかった」

「その料理に入っていたのは確実なのか？」

「俺たちが口にして、君が食べなかったのはあの料理だけだよ」

宿舎のジョアン・リュー

「君は魔晄クズを知っているか？」

「はい」

俺は答えた。魔晄を使う内燃機の中で不完全燃焼が起こると発生する。装置の中に、普通に存在する毒性の強い物質だ。

「リリサは軍の車両部で働いていた。点検と整備が主な仕事だった」

わかるだろ？　という顔で俺を見ると、ジョアンはキッチンへ行き、水を飲んだ。戻ると再びソファに身を沈める。

「ゲディが特別土壌調査に参加する経緯はどうなんですか？　その事件の翌朝には出発したんですよね」

ジョアンは深く何度もうなずく。

「あれは明らかな違反行為だった。表沙汰になれば処罰されるだろう。十五年後の、今でもな。にもかかわらず、初対面の君に、わたしは話そうとしている」

「誰にも言いません」

「だろうな。でも、そこはどうでもいい。わたしが軍にいるのは生活のため。そろそろスラムに帰っても良い頃かもしれない」

「といいますと？」

「わたしがリスクをとって全て話せば、長年抱えてきた疑問の答えを君がくれるのではないかと思ってね」

俺は迷いを悟られないように間を置かずに答えた。

「知っていることはすべて話しますよ」

ジョアンは首を曲げて奥の部屋の入口を見やる。そして大きくうなずいた。

「ゲディが、グレンの夢を叶えてやりたいと言いだしたんだ。そのために昏睡状態のグレンの認識票を借りてきたと言ってわたしに見せた。グレンに成りすますつもりだから口裏を合わせてほしいと言った。自分がグレンとして任務を果たせるようにとね。それを聞いて、わたしはどう感じたと思う？」

「どうでしょうね。なんの訓練も受けていないゲディにそんなことができるだろうか、とか？」

もうひとつ、思いついたことがあったが黙っていた。

「わたしは感動したんだ。ゲディの崇高な友情にね。友人の代わりに危険な任務に参加すると言うんだから」

まったく予想外の答えだった。でも、確かに、そう考えたのでなければジョアンはゲディに協力しないだろう。

「幸いなことにグレンの荷物は回収されずに部屋にあり、その中にはグレンが探すことになっていた風景の写真もあった」

ジョアンとゲディ

特別土壌調査隊の集合場所は零番街本社ビル前。若い兵士が運転を担当するトラックの荷台に、ジョアンと、グレンに成りすましたゲディが滑りこんだ。集合時間間際だった。他に四人の志願者がいた。知らない顔だった。そのままヘリポートまで運ばれた。ジャック・クラインのヘリに乗り換えてジュノンに着いた。一度全員降りて、方面別のヘリに乗り換える。ジョアンとゲディはジャックのヘリに振り分けられた。

　ヘリの中でふたりはヘルメットをかぶっていた。パイロットの手前、ふたりは旧知のジョアンとグレンとして振る舞った。ジョアンはパラシュート降下のコツを教えるふりをして、基本から教えた。ゲディは本で読んだ知識しかなかったのだ。ジョアンの不安はゲディの覚悟と熱意に吹き飛ばされてしまっていた。

宿舎のジョアン・リュー

　そしてジョアンは飛び降りた。その後のことを彼女は知らない。

「さあ、君の番だ」

「はい」

　俺はふたりを運んだヘリのパイロット、ジャック・クラインから仕入れた話をそのまま話す。隠すべきことは特にないと思った。ヘリの客としてひとり残ったゲディは、ジャックと交渉して進路を変えさせた。もしパイロットがジャックではなかったら、どうなっていたのだろう。それはわからない。ゲディは別の方法でパイロットを懐柔したかもしれない。

「でも、結局ゲディは何も見つけられず、魔晄中毒になって回収された。そうだな？」

「はい。ジャックが科学部門に引き渡しました」

「グレンと同じ運命か」

「グレン――本当のグレンはどうなったんですか？」

「わたしは運良く――なんの成果もなかったが健康なまま――ミッドガルに帰還することができた。それから二週ほど経ってからリリサが戻った。重度の魔晄中毒だ。歩けるようにはなったが、それ以上の回復は見込めないということだった。グレンのことはリリサを送ってきたタークスたちから聞いた。宝条博士を始めとする科学部門が治療に当たったが力及ばず。グレンは死んだ、とな。そしてわたしは後始末を引き受けた。彼らの家族への連絡とか、残された物の整理と処分。リリサの両親はすでにいなかった。グレンの両親は息子の死を静かに受け入れた。兵士で、戦争中のことだからな」

「ちょっと待ってください。戦死だということにしたんですか？」

「特別土壌調査で戻らなかった者の扱いはそうなっている。戦死であれば遺族は恩給を受けとることができる」

「でもゲディは違いますよね」

「ああ。ゲディはただ姿を消しただけだ。父親は十五年前にはすでに亡くなっていたから、母親がひとり残された」

「そうですか――」

「さて、約束だ。質問に答えてもらう」

そんな約束をしただろうかと俺は思った。

「十五年前。特別土壌調査の一員として、グレンはコスモキャニオンの近くへ行く予定だった。でも、グレンの写真を引き継いだはずのゲディはミディールへ進路を変えた。別の写真を持っていたということか？　それともミディールには確実に魔晄の宝庫があると信じていたのか？」もはや質問ではない。独りごとだ。「そうだとすれば、その確信は何に由来していたのだろう。そもそも、わたしたちが渡された写真はなんだったんだ？　絵はどこから来た？　プレジデントはいったい何に賭けたんだ？」

俺はトイレを借りるふりをしてジョアンの部屋から逃げ出した。

神羅ビルのエアリス

エアリスとイファルナの部屋は神羅ビルの上層にあった。正確な階数は知らない。知ろうとすること自体が禁止されていると母親に言われて素直に従っていた。白衣を着た関係者が歩きまわっていた。血走った目をしている職員が多かった。寝ていない人ばかりだとゲディ・バックが教えてくれた。軽装備だが兵士もいた。接する階では時々研究用のモンスターが暴れた。いつも緊張感があった。

俺の母親はイファルナ親子の世話係だった。俺はエアリスの遊び相手だった。わずかだが報酬も出ていたらしい。

毎日午前十時になるとイファルナに迎えが来る。ゲディの仕事だった。イファルナが留守の間に母親は掃除や洗濯をした。その間、俺はエアリスの相手をして過ごした。自分で考えた奇妙なダンスを見せ合ったり、部屋の中を駆け回ったり。エアリスはかくれんぼをしたがったが、何しろ隠れる場所が少ないのでゲームとしては成立しなかった。そこで俺たちは、見つかった時に変な顔をしてオニを笑わせれば勝ちというルールを考えた。それはもうかくれんぼとは呼べないが、楽なので俺は気に入っていた。

ソファの裏に隠れたエアリスを見つけると、たいていの場合、捨てられた人形のように仰向けに倒れていた。目は斜め上を睨んで、舌を視線とは逆の、斜め下に向けて垂らしている。その顔をされると、俺はまたかと思いながらも笑ってしまうのだ。

エアリスはよく笑う子だったが、あの日を境に、変わってしまった。

エアリスは俺の母親の、他愛のない話で笑っていた。家の近所でモンスターとバッタリ出会った俺がいつもの五倍の速さで逃げたというような、嘘交じりの話だ。

「五倍って、すっごく速くて、足、からまっちゃう！　ね！　そうだよね！」

そこ？　と聞き返したくなるような感想だった。しかしエアリスは立ち上がり、その場で足踏みをしてみせた。

「これくらい？」

「その三倍くらいかなあ」

母親の身も蓋もないホラ話には呆れたが、エアリスが笑ってくれるならそれも悪くはない。

「ねえ、どんなモンスターだったの？　ボム？　サボテンダー？　ゴブリン？」

知る限りのモンスターを挙げる勢いだ。

「そんな派手なモンスターじゃなくて、大ネズミを小さくしたようなやつかな」

「それ、ふつうのネズミ！」

「普通じゃないよ、モンスターだよ」

「どうして、モンスターだと思うの？」

「尻尾が普通のねずみの倍以上あった。それに先っぽの方はとぐろを巻いてるんだ」

口からでまかせだ。

「とぐろ？」

エアリスはとぐろという言葉を知らなかった。

「とぐろは……そう、グルグルって」

俺は指先を螺旋状（らせんじょう）に動かす。

「わかんない」

「ええと……」

俺は周囲を見まわして紐を探した。

「ちょっと待ってて」

母親が部屋を出て行った。紐を持ってきてくれるのだと思っていた。だが、渡されたのは紙の束とペンだった。

「尻尾がとぐろを巻いているところを描いてあげなさい」

俺は想像上の大ネズミを思い浮かべながらとぐろを巻く尻尾を描いた。

「こんな感じかなあ」

「へえ……」

エアリスは熱心に俺の絵――というよりは図――を見つめている。

「なんかちがうな」

不本意だったので描き直そうとした。

そのあとのエアリスの反応に俺は衝撃を受けた。

「うー―っ」

まるで獣のように唸ったのだ。

「エアリス⁉」

エアリスはペンを鷲摑みにして、猛然と何かを描き始めた。筆圧が高くて紙がゆがむ。

人の顔。木。花。動物。モンスターかもしれない。俺と母親は黙ってその様子を見つめていた。

次から次へと重ねて描くものだから、紙は見る見る真っ黒になっていく。

「うー」

「緊急事態よ。誰か来て」

母親が部屋の隅を見て言った。監視カメラの存在に俺はその時はじめて気づいた。ほどなくゲディがドアを開けた。白衣たちが大勢入ってきた。最後に宝条博士が来た。

博士がすぐ近くに来て絵を覗き込んでもエアリスは気づかない。何かに取り憑かれたみたいに描いている。

「エアリス」

宝条博士が呼ぶ。

「何かが見えるのかい？」

エアリスはこくりと頷いた。

「見える。聞こえるよ。ザーって」

「ククククク……」

宝条博士が低く笑った。嫌な予感がした。

「エアリス、お目覚めだね」

そしてまたククククと笑った。

「ごめんね。こんなつもりじゃなかったの」

母親が呟くように言った。

あれは俺に謝ったのではなかったのだろう。

スラムのジョアンとリリサ

休暇は終わっていた。夜通しの勤務を終えた俺は人の流れに逆らって帰宅する。

家の前でジョアン・リューが待っていた。

「中には女がいるんだろう？　何かと面倒だ。一緒に来てくれ。これからスラムへ行く」

有無を言わさない口調だった。

「どうしてここがわかったんですか？」

歩き出したジョアンを追いながら訊いた。

「君と同じ方法を使った。我々の情報が売られていることに驚いたよ」

ジョアンの声が笑っている。改めて見ると、初対面の時とはちがって温和な表情をしていた。

「なんだか雰囲気が変わりましたね」

「そうかもな。あれから色々考えたんだ。自分は何かを求めてはいけない人間だと考えるのはもうよそう。そう決めた。解放されたよ。君のおかげだ」

なんと言えばいいのか。

「君は過去と向き合おうとしていた。その姿勢は見習う価値があった」

俺たちは駅にむかう通りに入る。ジョアンは俺よりも速く歩く。意識していないと遅れてしまう。

「役に立てたなら良かったです。失礼だったと反省していたんです」

「あれは猛省すべきだ。心を許して真実を話したわたしの質問にはこたえず、逃げた。無礼だった」

「申し訳ありません」

「謝罪は不要。あの日の質問にこたえてくれ」

彼女の声はもう笑っていない。

「ゲディはミディールの写真をどこで手に入れたのか。あの絵は誰が描いたのか。今さら知ったところで何をしようというわけではない。もちろん他言もしない」

俺は答えず、黙々と歩いた。ほどなく駅に到着した。驚いたことにリリサがいた。行き交う人々の冷たい視線を受けながら、ゆらゆらと立っている。

「君に隠していたことがある。わたしとリリサはよくスラムへ行くんだ」

ジョアンが何か言うたびに俺の借りが増えていく気がした。

列車のシートに俺とジョアンは並んで座った。座席はほとんど埋まっている。通路に立っているのはリリサだけだった。俺と同じような時間に働いていた連中がスラムへ帰るのだろう。スラムへは治安維持出動で三度行ったことがある。印象はあまりよくない。プレート生まれの偏見だと思う。プレートの上で育った俺たちは下に落ちないように生きる。下はダメな人間が生きる場所だと教えられて育つのだ。

「安心しろ」ジョアンが言った。「戦闘服を着ていれば襲われることはない。憂さ晴らしの罵倒程度だ」

「だといいですね」

「皆、あわよくば神羅で働きたいと思っている。反権力を気取ることはあっても無茶はしない。わたしたちもそうだった」

わたしたち。ジョアン、リリサ、グレン、そしてゲディ。俺には到底わからない絆があったのだろう。

「上へ行ったら二度と戻るまいと思っていた」


スラムの七番街駅で列車を降りると、リリサがゆらゆらと歩き出す。繁華街ではなく寂れた廃棄車輛置き場に行くようだ。列車墓場と呼ばれているとジョアンが言った。朽ちつつある車輛のあいだを、時には中を抜けてリリサは進む。

「どこへ行くんですか?」

「日によって違うからわたしにはわからない。リリサについて行くだけだ。わたしの役目は

──たとえば間違った列車に乗ってしまった時や、心ない奴らにからかわれた時の対処とか。ボディガードだな」

「リリサは自分がしていることをどの程度把握しているんですか？　魔晄中毒ですよね。かなり重い印象ですけど……」

「重度の魔晄中毒なのは間違いない。だがこの〝散歩〟に関しては科学部門で受けた治療のせいではないかと考えている人もいる。たとえばグレンの母上。息子の身体に手術痕を見つけたそうだ」

「え？」幾つかの疑問が頭に浮かんだ。

「シッ」

ジョアンは立ち止まり前方を指差した。ひらけた場所があった。

そこにいたのはリリサだけではなかった。同じようなローブを着た人影が他にもいる。六人、いや七人か。全員何をするでもなく、ただ立っている。好き勝手な方角を向いているが、顔だけは上を見ている。視線を追ってもプレートの裏側の鉄骨が見えるだけだった。

「グレン。そしてゲディだ」

ジョアンは離れて立つふたりを指差して言った。

「う？」

間の抜けた声が出た。

「グレンは五年ほど前にスラムをうろついているところを父親が見つけて保護した。それを知ったゲディの母親は息子も生きていると確信した。いや、一度も息子が死んでいると思ったことはなかったそうだ。まあ、親なんてそんなものかもしれないな」

そんなものだろうか。

「母親の祈りが届いた……なんて話をわたしは信じないがゲディも帰ってきた。四年前だ。グレンだけじゃない。君は知らないだろうがスラムでは行方不明者が多い。そのうちの、古くは十五年前、最近だと二、三年前に、行方不明になっていた何人かが帰ってきた。みんなリリサに近い状態だ。それに全員身体のどこかに数字のタトゥーがある」

「科学部門のやり方ですね。実験サンプル並みの扱いだ。会社はどう説明してるんです？」

「軍関係者の消息に関して様々な混乱があったことだけは謝罪した。また、神羅カンパニー内で治療を受けていた長期入院患者で、これ以上の治療を望まない者は退院を許可したとも言っている」

「それって、彼らのことですよね？」

俺はぼんやりと立つ黒いローブの男たちを指差した。

「治療を望まない者だと？　どうやって意思を確認したのか知りたいものだ」

ふん。ジョアンは鼻を鳴らす。

「宝条博士をはじめ、科学部門の連中は罰せられて当然だと思う。だが、親たちにとっては違う。

本来なら魔晄中毒で死ぬしかなかった息子が治療のおかげで生きのびたと考えている。それを否定する資格は、わたしにはない。もちろん、君にも」

全てを受けいれよ。そういうことか。

俺は男たちのひとりに近づいた。髪と髭が伸び放題でもわかる。懐かしのゲディ・バックだ。

「ゲディ？」

声をかけてみた。反応はない。俺は軽く肩を叩いた。今度はゆっくりと俺を見る。

「ひさしぶりだね」

しかしゲディは俺がわからないようだ。十五年という時の隔たりのせいだけではないだろう。

「こんなことになって——」

だが、俺の声はまったく届いていなかった。

背後に人の気配を感じて振り返るとジョアンがいた。

「ずっとリリサが毒を盛ったのだと思っていた。グレンを引き止めたいという動機と毒を手に入れる機会があった。でも、もっとしっくりくる答えに思い至ったんだ。君が訪ねてこなければ気づかなかったよ」

「ジョアン——」

幾つもの思いが頭をよぎる。ゲディやグレンが生きていたことが俺にとってどんな意味があるのか。これから始まるはずの、ジョアンの尋問にどう答えるべきか。重度の魔晄中毒に陥った彼らに、俺はどんな罪の意識を抱けばいいのか。贖罪（しょくざい）の機会は与えられるのか。

「俺はどうしたらいいんでしょう」

「ひとつずつ片付けるんだ。時間はある。彼らはもう、どこへも行かない」

帰りの列車は来るときよりもずっと空いていた。リリサはジョアンの隣に座っている。疲れたのだろうか。ジョアンの肩に頭を乗せている。その頭をジョアンは手で支えてやる。

俺はジョアンを挟んでリリサの反対側に座った。ジョアンが乱暴な動きで俺の首に腕を回して引き寄せた。

「わたしの想像を聞いてくれ。十五年前料理に魔晄を入れたのはリリサではなくゲディだった。科学部門に出入りしているなら毒性の強い魔晄由来物質の入手はさほど難しくなかったはずだ。犯行、あえてそう呼ぶが、犯行の目的はヘリに乗るためだ。乗ってしまえば確実にプレジデントの期待に応えることができるとゲディは考えた。そのあとにどんな未来を思い描いていたのかは知らないが、あいつは勝者になるためにリリサの恋心やわたしたちの友情を利用した」

「離してください」

「でも、ゲディにそこまでさせたきっかけはなんだ」

ジョアンの腕に力が入る。

「君がゲディにこだわる理由はなんだ」

「こんなことになって——君はゲディにそう話しかけた。こんなことになってごめんなさい。謝罪するつもりだったんだろう?」

俺は黙っていた。

「わたしたちが渡された写真。その写真の元になった絵を描いていたのは君だな?」

「——はい。いいえ。いや——」

「さあ、話してくれ」

ジョアンは俺の首から腕を外して言った。

「エアリスという女の子がいたんです」

俺は、エアリスと過ごした日々、彼女が絵を描き始めたきっかけ。そしてそのあとの事件のことを話した。


エアリスの絵は評判になって、ついにはプレジデント神羅が直々に見学に来るほどになった。プレジデントはエアリスが描く風景画に、特に興味を持った。しきりにその風景の由来を訊きだそうとした。エアリスは面倒くさそうに答えていた。

頭の中にね、浮かぶの。景色が、ぱっと。プレジデントはその答えが気に入った。

「それが特別土壌調査隊の始まりか」

ジョアンが溜息まじりに言った。

「はい。プレジデントはそもそも古代種の不思議な能力が莫大な利益をもたらすと信じていました。だから、ついにその時が来たのだと思ったのかもしれません」

「君はどう思った？　信じたのか？」

エアリスの普通ではないところ、俺には見えない何かが見えていること、聞こえることには気づいていた。でもそれを認めると、彼女が遠くへ行ってしまうような気がしていた。古代種だとしても俺と同じ〝普通〟でいてほしいと思った。

「絵を描き始めてからエアリスは変わりました。食事もあまりしなくなった。笑わなくなった。踊らなくなった。本も読まなくなった。とぐろの絵を描いた日から七日目。俺は部屋に入れてもらえなくなりました。母は変わらず出勤していたけど、俺は家で留守番でした。宝条博士が方針を変えたからだと母は説明してくれました。〝普通の子〟と遊びなさい。母にそう言われて、俺は泣いて暮らしました」

「でもさらに一週間後、状況が変わりました。日が暮れてから呼び出しがあって、俺は母親に連れられて神羅ビルに向かったんです。嫌な、嫌な予感がしました。その予感は的中しました。久しぶりに会ったエアリスは痩せてしまって、病気の仔犬みたいでした。いつもは結ばれていた長い髪はほつれてからまって、服は絵の具で汚れていて——でもエアリスの様子に気づくより先に俺を圧倒したものがありました。壁一面に描かれた大勢の人や風景の絵です。不思議な動物も描かれていました」

神羅ビルのエアリス

部屋に入る直前に、俺は母親に言われていた。

「エアリスを説得してほしいの。絵を描くようにって」

※

「エアリスが描いたの？」

彼女はこくりと頷いた。そして涙で汚れた顔をあげて言った。

「でもプレジデントも、博士も、こんな絵、嫌いなんだって。小さくていいから、風景の絵、ほしいって」

「描きたくないの？」

「描けないの。もう、見えないんだもん」

「想像で描けばいいよ。こんな景色、あったらいいなってさ」

エアリスは目を大きく見開いて、首を横に振った。いや。絶対にいや。

「ほんとの風景じゃないと、誰か、死んじゃう。博士、いったもん」

あの頃はわからなかったが、今はわかる。特別土壌調査隊は相当な数の行方不明者を出したのだろう。それをエアリスに伝えた宝条には反吐が出そうになる。だが俺も子供だった。手に余る状況に自分を巻きこんだエアリスに腹を立てた。

「じゃあやっぱり描かなくちゃ。がんばって」

「かけないもん」

「じゃあやめれば？」

「お母さんに会いたい。会いたいよ」

憎むべきは神羅のやり方だ。だが俺はまた怒りの鉾先(ほこさき)をエアリスに向けてしまった。

「じゃあ、いうことを聞け。いうとおりの絵を描くんだ。最後の一枚にしてやるから」

「どうやって」

「それは秘密だよ。でも本当にそうなったら、いうことをなんでも聞いてもらうからな」

エアリスは大きな目で俺を見ていた。俺は耐えられずに目を逸らした。

「うん、描くね」

俺を信じたわけじゃない。気持ちが折れたのだろう。会いたかった友人は神羅の手先だったのだ。

エアリスはのろのろと絵の準備を始めた。

俺はエアリスのとなりに座り、囁いた。

そこは島だ。

木がいっぱい生えている。

高さは二階建ての家くらいかな。

木にはエアリスと同じくらいの大きさの葉っぱが繁っている。

そんな木が、いっぱい、ひしめき合っている。

濃い緑の、背の高い木。

母親が読んでいた雑誌に載っていた風景だ。

俺は非常用ブザーでゲディ・バックを呼びつけ、絵を渡しながら小声で伝えた。

「エアリスが最後の力を振り絞って描いた絵だよ。これまでにないくらい、はっきりと頭に浮かんだ風景だって。でも、この絵を描くので力を使い果たして、もう、本当に描けないみたい。宝条博士に伝えてくれる？」

「そうか――うん、まかせてくれ」

いいながらゲディは絵を見ていた。

「これ、ミディールか？」

「さあ」

ゲディはなおも絵を見ている。そして部屋に入って来てエアリスに訊いた。

「これ、ミディールだよね？」

エアリスはぼんやりと俺を見た。俺は小さく、うなずいた。とにかくゲディを立ち去らせたかった。

俺を真似て、エアリスがうなずいた。

「やっぱりな！　雑誌で見たことがあるんだ」

「ゲディ、ちゃんと博士に渡してよ」

「もちろん」


結局ゲディはその絵を自分のために使った。その結果、自分自身とグレン、リリサの人生から輝きが失われた。ジョアンは友人たちを失った。

そして二週間後——

「リリサが部屋に飛び込んできてエアリスの首を絞めました。恐怖で声も出せないエアリスは目で俺に訴えていました。助けて。助けて。それなのに俺は——リリサはすでに気を失っていたのに——部屋から逃げ出しました」

俺はいつのまにか泣いていた。

「罪の意識が君を突き動かしている」

俺は子供のように——かつてエアリスがそうしたように——うなずいた。

「すこし考えてみようか。リリサとグレンをあんな目に遭わせたのはゲディ。そのゲディにきっかけを与えたのは君かもしれないが、それは君の意図したことではなかった。神羅の科学部門が関与したせいで何人もの人生が奪われたが、それが君の責任だと責めることは、わたしにはできない」

「ありがとう――ございます」

礼を言うのは違うような気がしたが、他に言葉が浮かばなかった。

「だが、わたしがいくら言葉を連ねても君の罪悪感は消えないだろう。いや、そもそも君はこっち側の話には罪悪感など抱いていないのだと思う」

「そんなことは――」

見透かされていた。

「八番街の駅の前に広場がある。行ったことは？」

質問の意図がわからず、俺は困惑した。

「いえ、あっち方面は行かないです」

「花売りがいる。名前は確かエアリスだったと思う」

八番街のエアリス

　俺は夕方近い八番街の駅前にいる。花売りは確かにいた。手かごに花を入れて、行き交う人々に笑顔を振りまいている。髪の色は同じだ。大きな目も記憶の通りかもしれない。それでも俺は確信が持てなかった。

「じゃあな、エアリス」

　花を買った客がそう言って離れていく。常連らしい。彼女の名はエアリスだ。あのエアリスだろうか。目で客を見送ったあと、彼女は俺に気づいた。少し離れているところからずっと見ている神羅兵はさぞ不気味だろう。俺はメットを脱ぎながらエアリスに近づいた。間違いない。あのエアリスだ。曖昧な笑顔を浮かべている。やがてその笑顔が消える。俺の正体に気づいたのだろう。彼女は周囲を一瞥しながら半歩下がる。

「エアリス、俺は――」

　話の入口が浮かばなかった。でも、名乗った瞬間、過去の扉が開いた。俺は子供の頃の記憶を、思い出せる限りすべて話した。楽しかったこと、自分の無力を呪ったこと、浅はかだったこと。

「ごめん。ずっと謝りたいと思っていた。謝らないと俺は先に進めない。そう思って、でも、なぜだろう。真っ直ぐ君を探せなくて、ぐるぐる回り道をして――」

「あの」エアリスが言った。「人違いだと思います」

「そんなはずはない。君はエアリスだろう？　イファルナの子、古代種の——」

彼女の表情がこわばる。

俺はその顔でやっと理解した。

俺は彼女の、思い出したくもない過去の一部なのだ。

「ごめん。忘れて」

俺は喘(あえ)ぐようにそれだけを言うと、七番街方面に駆けだした。広場が終わるあたりで足を止め、最後に一度だけと振り返った。エアリスも俺を見ていた。次の一瞬。彼女が舌を出した。

目は——目は斜め上を見ている。

そしてくすりと笑い、小さく手を振った。


帰宅した俺をシルヴィナが迎えてくれた。エアリスには少しも似ていなかった。シルヴィナを愛するほどに肥大化していた罪悪感がスッと消えていくのがわかった。